U0825997

何　鹰◎著

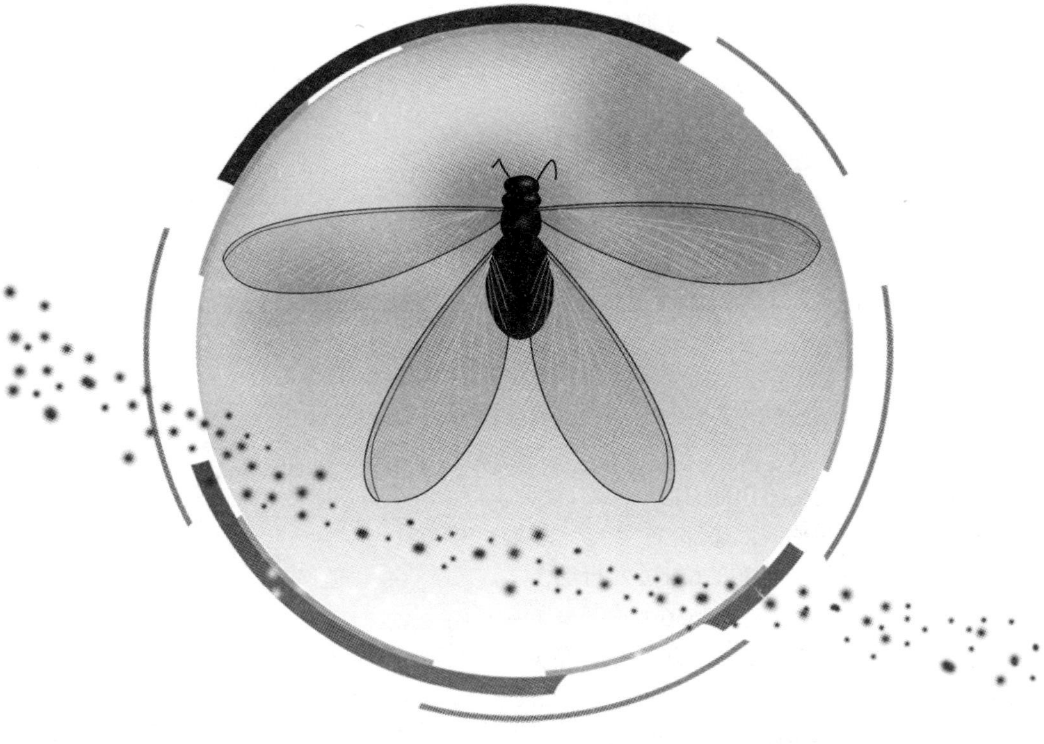

大水蚁

天津出版传媒集团
百花文艺出版社

图书在版编目（CIP）数据

大水蚁 / 何鹰著 . -- 天津 : 百花文艺出版社 ,
2021.1
ISBN 978-7-5306-7997-5

Ⅰ . ①大… Ⅱ . ①何… Ⅲ . ①幻想小说—中国—当代
Ⅳ . ① I247.5

中国版本图书馆 CIP 数据核字 (2020) 第 247236 号

大水蚁

DA SHUIYI

何　鹰　著

选题策划：董满强　　**责任编辑：**由高峰
执行编辑：王　欣　　**装帧设计：**陈丽维
出版发行：百花文艺出版社
地址：天津市和平区西康路 35 号　　**邮编：**300051
电话传真：+86-22-23332651（发行部）
+86-22-23332656（总编室）
+86-22-23332478（邮购部）
主页：http://www.baihuawenyi.com
印刷：天津雅泽印刷有限公司
开本：710 毫米 ×1000 毫米　1/16
字数：223 千字
印张：13.75
版次：2021 年 1 月第 1 版
印次：2021 年 1 月第 1 次印刷
定价：55.00 元

如有印装质量问题，请与天津雅泽印刷有限公司联系调换
地址：天津宝坻经济开发区宝富道 2 号 101 室
电话：（022）29645110　邮编：301800

版权所有　侵权必究

序

我任职的工厂厨房有一位厨工阿姨，五十多岁了，戴着一副近视眼镜。她干活尽心尽力，洗菜、切菜、淘米、煮饭都一丝不苟，如果安排加班，她会为有了加班费开心不已。而下班后的她，爱穿连衣裙和高跟鞋，戴着花哨的戒指和手链，不仅风韵犹存，还有那么一股子富贵气息，不认识她的人，根本不会相信她只是一个厨工。

后来才知道，这位阿姨曾经是个小矿山的老板娘，有数百万身家，后来由于种种原因，经历了破产和离婚，现在和刚工作不久的女儿相依为命。

命运对她并不慷慨，她却没有怨天尤人的意思，每天在闷热的厨房里挥汗如雨、勤恳工作之后，依旧精致地生活着，在老家又买了房，似乎还谈了男朋友。

工厂开小车的司机四十七岁了，工作尽职尽责，每日里嘻嘻哈哈，极少烦恼。没有人能看得出他在这几年遭遇了多少烦心事：父母相继病逝，整个兴旺的家族厄运连连，只剩下了七口人，女儿更被卷进了一场官司，面临牢狱之灾。

至于过往，这位司机经历的事就更多了：开过工厂，开过音像店，还开过瑜伽馆。至于感情生活，更是五光十色，令人羡慕。只是这一切都成了过眼云烟，现在的他，是一个深得老板信任的司机，他能在语言完全不通的情况下与德国客户交流，也能独当一面完成复杂的接送任务。

在我这个十几个人的小部门里，已经不止上述两个有故事的人，那整个工厂呢？整个城市呢？

这个被誉为世界工厂的城市，有太多追梦的人，残酷的现实是，他们的大多数都失败了。但失败之后呢？并不是每个人都选择颓废，不少人依旧积极地面对生活，把曾经的精彩故事深埋在心底，做一个平凡而且优秀的员工。

陪着喝一杯美酒，能把他们的故事引出来，这些故事都是不错的小说素材，有时候让人心里一暖，有时候让人心里一痛。

把这些故事挖掘出来，已经够我写很长一段时间了。

目 录

CONTENTS

第一章

一

袁笑生用力拉开玻璃门，大踏步走进这家名叫“东方辉”的小餐厅时，粟军正坐在角落的餐桌边，悠然地吸着今天最后一支烟。只见袅袅毒雾从这位餐厅老板的鼻孔中轻盈溢出，冉冉升起，无声无息地钻进上方吊顶的排风扇里，一派祥和，令人神往。原本满肚子憋屈的袁笑生，也被这仙风道骨感染，转身轻轻掩上门，静等对方享受完这个庄严的慢性自杀过程。

“老板，要吃饭吗？厨师还没上班呢。”直到烟头燃尽，烫到了手指，粟军才像刚从美梦中醒来，忙不迭站起，堆起笑脸迎客。其实他在袁笑生进门前已经看见这个衣冠楚楚的短发胖子了，也猜到这个家伙不是企业老板就是管理人员，只不过凭多年的经验，这种看起来慈眉善目、彬彬有礼的贵客，其实最难服侍，精于算计且极善砍价，卑躬屈膝未必换得到更多的钞票，远不如装傻省事。

“这个嘛……老板，请按这份菜单做菜，可以吗？”袁笑生左看看，右瞄瞄，点了点头表示对餐厅的陈设和卫生都满意，这才拿出一张白纸轻轻抖开，放在身边的餐桌上。

菜单也自己带过来？粟军按熄手里的烟头，狐疑地拿起白纸，却见整整齐齐一排字，写的是尖椒炒猪耳朵、卤猪舌、红烧猪蹄、清蒸排骨、水煮肉片、古老肉、爆炒生肠、油炸大肠之类的家常菜，有十几款。这些菜，任何一家不入流的餐厅都能够做得出大部分，何必自带菜单。而且这手字虽说中规中矩，但笔画生硬、结构混乱、全无章法，像是个小学生写的。

“老板，今天没有买到生肠，能不能换个菜？本店招牌菜是脆皮鸡，要不要尝尝？”粟军惊觉自己犯了老毛病，这位主顾的字当然与自己女儿获奖的书法作品天差地远，连忙定了定神，匆匆又看了一遍菜单，说道。

“我今晚只想吃猪肉。请问你这里有母猪肉没有？”袁笑生皱起眉头答道。

“不可能，我们这里绝对不会用母猪肉来糊弄客人！”粟军不大明白袁笑生这话什么意思，下意识说道。

“那就麻烦了，母猪肉也没有，生肠也没有……这样吧，你先准备其他的菜，我打电话问问朋友能不能帮忙把生肠买过来。”袁笑生沉思片刻，掏出手机拨通了电话。

粟军丈二和尚摸不着头脑，这家伙什么意思？真的想吃又老又韧还没鲜味的母猪肉？生肠其实是猪的子宫，也是母猪特有的器官，这怪人对母猪还真是执着！再认真看了一遍菜单，粟军又有新发现：这十几个菜没一个素的，而且全是猪身上的东西。今晚这一桌，难道是传说中的“全猪宴”？

再看袁笑生，已经打完了电话，把餐厅里两张带靠背的塑料椅子叠放在一起，肥胖的身子一屁股坐了下去，跷起二郎腿，闭上了眼睛，不住摇头晃脑，忽左忽右忽上忽下，似乎有规律，却又无迹可寻。嘴巴里还哼起了歌，并不是什么流行曲子，粟军从未听过，只依稀听到他含糊唱的是什么“你无德，她不贞，仇深似海，狭路相逢……”。

二

东关这个曾经享誉全国的制造业名城，如今似乎走向没落了。工业区一排排厂房和民宅虽高耸依旧，却无法掩饰岁月刻下的沧桑。街边的一家家店铺看起来没精打采，整个白天不见几个主顾。到处都在修建排水管道，装备着破碎锤的挖掘机发出一连串震耳欲聋的冲击声，把原本平整的水泥路面砸得千疮百孔，四下里尘土飞扬，更弄得一条条街道灰扑扑、脏兮兮，满眼破败。川流不息的汽车可能是这里唯一一种有生气的东西，却被无处不在的排水管工程四下堵截，无可奈何地排起一条条长龙。司机心里堵得慌，常猛按喇叭来泄愤，想提醒或吓唬的对象却往往充耳不闻。

夜幕降临之后，工业区街景大变。大量的人流从工厂涌将出来，整条街道虽不至于水泄不通，却也熙熙攘攘，极具人气。所有的商人傍晚前都将自家门口草草打扫，饮食店摆开桌椅，水果店搬出电视，杂货店架起烧烤摊，原本宽阔但冷冷清清的人行道立时被占得满满的。在车间里忙了十个小时以上的大老爷儿们聚在酒桌边，点几大盘鸡鸭鱼肉，叫上啤酒，一边大快朵颐，一边谈天说地。电视机前从不缺观众，追电视剧的同时消耗着各个店铺的瓜子花生水果，小孩子在人前人后奔跑打闹，不时因踩到香蕉皮摔跤。

周乐乐好不容易找到停车的位置，小心翼翼地把自己赖以谋生的高压清洗车倒进那个狭窄的角落后，锁上车门，拎起那包臭烘烘的生肠，往不远处的“东方辉”餐厅大步走去。才走出几步，忽然拍了拍脑袋，转身又回到车子旁边，把那包袁笑生千叮咛万嘱咐的宝贵食材小心放一边，开门抱了一件带轮子的大家伙出来，歪头想了想，确定没忘记什么东西了，这才提着生肠，拖着行李，进了餐厅门。

“你总算到了！生肠呢？就等你这包宝贝了！”袁笑生不知翘首等待了多久，这时候笑得龇牙咧嘴，从已经摆满了美食的大餐桌边站起来，迎接这个迟到的老朋友。

“你托我买的工业吸尘器我也弄到了，一个刚倒闭的厂子甩卖的，很便宜，九成新。”周乐乐先将大吸尘器推到餐厅角落里，然后转身，把生肠递给袁笑生。

“拿给老板，拿给饭店老板——老板，生肠买来了，马上帮我炒，这个菜最要紧，请快一点！来，老周，坐下喝一杯，今天你可帮了我的大忙。”袁笑生伸手想接，但马上觉得自己身为老板，不能随便碰这么脏的东西，于是缩回肉鼓鼓的手，扭头吩咐粟军。

“我开车来的，不能喝酒。”周乐乐为找这包生肠跑了不少地方，还没吃晚饭，肚子正饿，当然要叨扰老朋友这顿饭，不过现在交警查得严，酒是断不能喝的。

“我知道，没叫你喝酒，你喝醋总可以吧？我这里有上好的山楂醋，昨天一早放进冰箱，刚叫人拿来的。来，这瓶归你，自己倒。给你们介绍一下，这是我老朋友，周总。”袁笑生热情地把周乐乐拉到自己的座位左边坐下，不忘向满桌人介绍一番。

这张小餐厅最大的餐桌边已经坐满了人，个个饥肠辘辘，望着满桌肉食吞咽着口水，总算听说袁笑生一直等待的贵客赶到，纷纷抬起头，打量着这位老板传说中的好朋友。只见周乐乐的尊容确是与众不同，浓眉大眼，虎鼻猴腮，门牙微凸，脸上皮肤粗糙，实在瞧不出多大年纪。这副相貌本该凶狠骇人，却因为满面笑容，看起来不仅不令人反感，反而颇有亲和力。

“各位兄弟姐妹，初次见面，让大家饿着肚子等实在抱歉，我叫周乐乐，先敬大家一杯。”周乐乐全无架子，笑着站起身，端起手中的山楂醋，招呼在座众人。他舌头有点卷，普通话发音不是太准，听起来略带一丝油滑，却并不令人讨厌。

“别急嘛周总！大家没等多长时间，最重要的主菜还没炒好呢，大家先别忙着喝酒，喝口茶，再等一等。他们都是管理人员，个个少说有十几号手下，胸怀宽广着呢，不会见怪，天气又不冷，菜没那么快凉。”袁笑生笑着把周乐乐按回到座位上，说道。

“生肠也算主菜？好歹叫我帮你弄只大龙虾吧？”周乐乐扫了一眼满桌的菜肴，心里已经猜到了七八分袁笑生的用意，也不点破，把面前刚斟满的茶杯一饮而尽，随口笑道。

“周总您有所不知了，今晚袁总这场是全猪宴，除了猪肉，什么山珍海味都是浮云。”紧挨着袁笑生右边坐着的一个三十来岁的男人不等老板开口，已接过了话头。

“猪肉是好东西，当年原始满汉全席的第一道主菜，其实就是烧猪。满族人有句老话，叫‘亲不过娘舅，香不过猪肉’。”周乐乐和谁都能聊得来，这时更明白如果不把气氛搞活，这桌辛苦工作一天又饿了一个多小时的主管经理们未必对自己有好感，马上就把话题展开了。

“那当然了。不过今晚袁总请我们吃这顿全猪宴，还另有深意，这个周总恐怕不知道，大家也未必清楚。”男子显然并不懂满汉全席，生怕周乐乐把话题带偏，连忙说道。

“这和生肠有关？”周乐乐已经猜到了男子的心思，不动声色问道。

“说起来真是一肚子气，公司有个可恶透顶的员工，外号叫老母猪，屁本事没有，仗着是大客户介绍过来的，到处横行霸道，连袁总都不放在眼里，在座各位没有谁不想揍她的。那婆娘当然不敢得罪袁总，但袁总心里重视我们这帮手下，早就看那个母猪不顺眼，打算拼着不要大客户，也要把她炒掉。不过正准备动手时，老母猪居然自己辞职滚蛋了。袁总知道我们个个恨那家伙入骨，特地摆上这一场全猪宴，就当大家剥她皮抽她筋，吃她心肝五脏，好好出一口恶气。周总，您也该知道，只有母猪才有生肠，没有您带来的这道主菜，大家脑海里资料不全，吃喝起来就没那么解气了不是？”男人终于把酝酿已久的话说了出来。

“别这么说，别这么说，做人要心胸宽广，不要和浅薄之辈计较，何况那女人还是你本家。周总，这位是我的左膀右臂，叫王云，等会儿菜上齐了你们好好喝几杯，下了班我不是老板，大家都是兄弟。”袁笑生等王云说完，才拍着他的肩膀，嘴上责怪，实则开心不已。

三

周乐乐微笑点头，一句话也不说。其实，今天这场全猪宴的来龙去脉他比谁都清楚。这位王云老兄的话有一半歪曲事实，意在溜须拍马，估计在座各位或多或少都心里有数。当然，一个原本素不相识的职业经理人能成为袁笑生这种小企业老板的心腹，光有能力肯定不行，阿谀奉承的手段必不可少，何况袁笑生的心胸远不如他自己想象中那般宽广，这也是职场潜规则，大家都活得有些无奈。

那位传说中的“老母猪”确实算王云的本家，叫作王玲。她既没有大客户的背景，也不能算不学无术，作为一个仓库管理员，还是有一定能力的。只不过这位王仓管脾气远比自己的能力大，为人心高气傲，谁都不放在眼里，说话又尖酸刻薄，从不留一丝情面，在袁笑生的工厂里工作不到三个月，已经把所有的管理人员都得罪了个遍。如果王玲是个美女，还多少有点眼高于顶且口没遮拦的资本，偏偏她面如锅底、腰似水桶、眼小嘴大、门牙焦黄，长相实在不敢恭维。也不知是谁给王玲起了“老母猪”这个外号，迅速得到全厂的认可，只瞒着她一人。

面对老板，王玲也是我行我素，全无尊重，袁笑生当然很不高兴。只是一来仓库一时招不到合适人选，二来王玲已过了试用期，工作上也没有什么大错，根据《劳动合同法》如果辞退要支付赔偿金。袁笑生倒是很想掏腰包送走这女瘟神，但深知工厂一众员工素质有限，真这么做，大家都意识到对着老板指手画脚拍桌子还能得到赔偿金，纷纷有样学样，那可真的后患无穷。经过深思熟虑，袁笑生决定装作大人不记小人过，先容忍“这头老母猪”的一切。

周乐乐虽没进过老朋友袁笑生的工厂，但小企业老板的忍辱负重，他是感同身受。如今别说东关，整个珠三角都闹劳工荒，工资越来越高，福利越来越好，招人却日益艰难。现在的员工比大爷还难伺候，动辄离职已经算给面子，有事没事弄一场仲裁或诉讼，足以搅得老板焦头烂额。不过话说回来，人心也是肉做的，企业若给予员工足够的尊重，大部分员工也不至于太过分，像王玲这种完全不懂做人的，毕竟不多。

袁笑生的退让没能换来王玲的收敛，后者越发嚣张跋扈，频繁挑战老板的底线。就在袁笑生忍耐到了极限的时候，王玲却忽然提出辞职，当真喜从天降。

辞职书洋洋洒洒写了几百字，袁笑生用手机拍照发给周乐乐看过，确实颇有气势，尤其最后一段：“我本来以为在你这小工厂里能学到一点不同的东西，结果从老板到管理层只懂吹嘘互捧，成天吃喝玩乐，压根儿没有什么用！作为老板，根本不懂管理，养着一群百无一用的书生，只会扯牛皮。你们演戏的人不累，我看戏的先腻了，恕不奉陪，另谋高就去！最后建议袁总把企业名改成牛皮公司！”

周乐乐看得苦笑摇头，觉得王玲“老母猪”这个外号，有点侮辱猪。一个人要没脑子到什么地步，才会写下这些后患无穷的蠢话？猪怎么说还是有脑子的吧？

四

一大盘用葱姜爆炒的生肠总算被粟军端到了餐桌正中。餐厅老板并不笨，早从袁笑生的各种做作中得知这盘菜肴意义重大，特地亲自下厨，精选配菜，严控火候，全力烹饪，还用了最漂亮的盘子盛装。当然，收费也没有手下留情，尽管食材不是他提供的。

“大家久等了，放开肚皮吃喝吧！菜不够尽管再点，不过记住，一定要猪肉，不准点其他肉类，也不能点素菜。”袁笑生终于端起面前的酒杯，示意开宴。

肚皮里唱了好几出空城计的众位管理人员，都听出袁笑生这话的实际意思是：“我已经不再装模作样了，你们自便”。纷纷伸出筷子，攫取喜爱的食物放怀大嚼。以在座各位的收入，自然并不稀罕这一桌猪肉猪杂，不过肚子既饿，又可以想象在吃那个可恨的王玲，倒也有滋有味。

周乐乐看了看喝干杯中酒后满脸落寞、自顾吃菜的袁笑生，放下了心。自从袁笑生创业以来，他一直担心这个倔强自负、好像永远长不大的老朋友撑不下去，今天虽然第一次参加袁老板公司聚餐，发现这家伙当起老板来居然真像那么一回事。

听说袁笑生要弄个什么“全猪宴”时，周乐乐哭笑不得，一直劝老朋友收起这套莫名其妙的孩子气举动，要有作为企业家的胸怀和老总的威严。对周乐乐苦口婆心的规劝，袁笑生嘻嘻哈哈不置可否，今天上午却忽然一个电话请周总务必赏光赴宴。周乐乐本不打算参与这无聊透顶的古怪聚餐，无奈架不住这位老朋友的盛情，不仅来了，而且捎来了两样东西，其中之一，就是那包被视为点睛之笔的生肠。

猪生肠并不好找，虽然这个器官有点不尴不尬，却是岭南本土人极喜爱的美味，经常供不应求。今天又是星期六，周乐乐为找这包玩意儿，还真使尽了浑身解数，赶到“东方辉”时已过了晚上 8 点，进餐厅门时心下惴惴，生怕宴会已散席，留下目光呆滞的袁笑生等自己。

没想到的是，十几位管理人员安静等待着周乐乐，整桌肉食琳琅满目，却没有一个人动筷子。望着一桌平均年龄不超过 30 岁的年轻人，周乐乐心下对袁笑生不得不服。他见识过这些小年轻的厉害，哪个不是个性张扬，一言不合就转身走人？周六本是这些小伙子小姑娘娱乐的黄金时间，几个人肯陪老板聚餐，而且还是如此无聊的全猪宴？如今，这些小家伙不仅来了，而且服服帖帖忍饥挨饿，袁笑生是怎么做到的？周乐乐自诩少年老成、目光毒辣，多年前已经看透世态炎凉，今晚也困惑了。

“胡思乱想什么呢？你不是早想我请吃饭吗？吃啊！这菜比起五年前我们在路边摊吃的强多了吧？”袁笑生猜中了周乐乐的心思，得意扬扬地说道。

周乐乐笑着竖了竖大拇指，总算明白为什么袁笑生非要他来参加这宴会，看来这三年来，老朋友已经脱胎换骨，不用担忧了。看来那位没见过面的“老母猪”王玲惨被如此诅咒，完全不能怪袁笑生。

五

天气突变，毫无征兆地下起了大雨，享受着周末的行人惊叫奔跑，到处寻找避雨的地方，店铺撑起了一个个各具特色的雨篷，满街的灰尘都变作了稀泥。这场雨来得快去得也快，不到十分钟，天上又云开见月，留下满地积水和浓浓的泥土气味。

“东方辉”餐厅里，别的食客已酒足饭饱离开，全猪宴还在继续，大雨打消了一部分人饭后出去逛街玩耍的计划，大家都放怀喝酒聊天，除了偶尔有人上前敬老板一杯酒外，基本没有谁理会袁笑生。连那位一开始很拍了几下马屁的王云，这个时候也忙着对两个有姿色的女职员大献殷勤，似乎忘记了身边袁总的存在。这，与周乐乐见识惯了的众星捧月场面完全不同。也不知道袁笑生是怎么与这些年轻人相处的，说他不像老板吧，这些年轻气盛的小家伙肯老老实实等最后一道菜；说他像老板吧，大家又不大恭维他。

“兄弟，你看我带起来的团队怎么样？”袁笑生慢条斯理地喝了一口啤酒，问周乐乐。

“你厉害，怎么做到的？”周乐乐不得不佩服，一个小企业主，能做到让一帮桀骜不驯的年轻人既尊重又不拘束，实在很了不起。

“肯去做，总会有办法做得到。不肯留下的，自然会走。现在我这里局面打开了，各部门人才也到位了，就缺一个能统领他们的大将，要不，你来担这个重任？”袁笑生总算说出了心里话。

“算了吧！我一个环卫工人能做什么？你不是有左膀右臂了吗？”周乐乐摇头苦笑，他知道老朋友迟早会对他说这番话。

“你说王云？他有能力，但浮躁了些，心理素质远远比不上你，如果栽个跟头，很可能就起不来了。再说了，他的能力只够维持现状，生意进一步做大的话，他支持不下去的。还有一些话，我不多说了，你懂。”袁笑生放下酒杯，凑近周乐乐的耳朵边轻声说道。

周乐乐当然懂。所谓用人要疑、疑人要用，能耐大的人，很可能是个炸弹，破坏力相当致命，不防着怎么行？就是因为懂，他才不愿意在朋友手下打工，因为一旦从朋友关系变成了雇佣关系，袁笑生下一个刻意提防的人，肯定就是他周乐乐。只是老朋友如此盛意拳拳，当场回绝未免太煞风景，且先用拖字诀，说需要时间权衡利弊，过两天再打电话婉拒，是最好的处理方法。

思考停当，周乐乐正要开口，忽听一连串惊叫声从餐厅外传来，此起彼伏，连绵不绝，似乎整条街的人都看见了什么古怪可怕的东西。喝得兴起的一大桌子人也被这越来越大的惊呼声所扰，纷纷站起，面面相觑一番后，都把头扭向了餐厅的玻璃门。

静静在角落里玩手机的餐厅老板粟军满面狐疑，站起身，上前推开玻璃门欲看个究竟，眼前忽然一花，一大蓬飞虫铺天盖地般涌进了餐厅。

“是白蚁！快关灯！呸！呸！呸！”粟军高声示警时嘴里立即钻进了几只虫子，恶心不已，忙不迭关门。

“是大水蚁！”周乐乐急步抢到柜台一侧的电源箱边，关上了所有的日光灯。

第二章

一

大水蚁是白蚁的一种，在岭南长住的人估计都见识过。每逢春夏晚间暴雨天气，这种有翅膀的白蚁便从巢穴中大量飞出，数以万计。因为有近似飞蛾扑火的趋光本性，大水蚁对各种灯光视若圣地，非靠近膜拜不可。哪怕紧闭门窗，这些执着的昆虫也总能找到极小的缝隙鱼贯而入，不达目的誓不罢休。有经验的人知道若想防止白蚁入屋，一定要关灯方能断绝它们的狂热，周乐乐就是其中一个。

然而刚才粟军开门揖盗，已经放了不知多少只大水蚁进来，目标缺失，千百飞虫顿时如无头苍蝇般四下乱飞，黑暗中女性的惊叫声此起彼伏，餐厅中各位食客身上都空降了不速之客，无一幸免。

“白蚁不咬人，别怕，爬身上的捉住捏死就行……”粟军气急败坏，心知经过这些白蚁的捣乱，今晚这批顾客定然兴致败坏、胃口全无，但也无可奈何。

“痛！痛！别捉！这些白蚁会咬人！”一个男人的声音打断了粟军的话。

“怎么回事？今年的大水蚁和去年完全不同，真的会咬人！别去捉，它们自己会飞走！老板，打开门窗，放大水蚁飞出去！”袁笑生的声音依旧镇静，有效平息了众人的恐慌。

“开门？别开玩笑，会放更多的白蚁进来！”粟军当然不肯听袁笑生的话，按他以往的经验，白蚁进入室内后哪里还会出去。

“今年的白蚁变异了！现在还在飞，开门，让它们找外边的路灯去！”王云也发现大水蚁的异常，待眼睛适应了关灯的黑暗后，便要强行推开餐厅玻璃门。

粟军哪里肯让蚁害进一步扩大，两人各执一词，在门边争执不休。

今天的大水蚁确实大不相同。按白蚁习性，这些分飞繁殖的离家者翅膀会很快脱落，转为爬行昆虫，然后四处寻找异性交配繁殖。因为大水蚁的生命力不强，往往爬个十来分钟便精疲力竭而死，只有极少数能存活并组建新的族群，因此虽令人讨厌，却很少能造成什么大灾害。而今天，满屋子大水蚁不但有攻击性，而且翅膀没有脱落，飞行起来矫健灵活，翅膀振动的声音清晰可闻，室内的嘈杂声也掩盖不住，诡异至极。一众管理人员都是聪明人，很快发觉了其中的异常，惊叫声渐小，直至最后连大气都不敢透一口，大水蚁飞行的声音更是变本加厉，忽高忽低，听来惊心动魄。

"这是……外星怪物吗？"一个女主管颤声问道。

"别怕，你不去捉它们，它们不主动咬你。我们还是先离开这里吧。老板，买单！"袁笑生狠狠呼出一口气，强迫自己镇定下来，咬牙说道。

"外面的白蚁更多，能躲到哪里去？你们看门外的路灯！"粟军似乎也定下了心神，指着门外说道。

大家顺着他指的方向望去，却见成千上万的大水蚁拼命飞向惨白色的LED路灯，爬得密密麻麻，不能亲近灯光的后来者不甘心地在周围回旋飞舞，与去年的状况极为相似。不同的，是去年路灯下地面白蚁尸体无数，今年却没有几个牺牲者。

今年的大水蚁真的变异了？

二

大伙瞪着路灯不知所措的时候，身后忽然一亮，是手机自带电筒功能的光芒，小而刺眼。

"快关掉！会把更多的白蚁引进来的！"不知是谁率先反应过来，吼了一嗓子。

话音未落，小餐厅里所有的白蚁已经发现了新目标，杂乱无章的振翅声忽然变得整齐起来，已降落在地面、桌面、天花板和人身上的休整部队也纷纷腾空而起，数不清的白蚁一如闻到血腥味的蚂蟥，蜂拥而去，虽只是方圆五六米的斗室空间，昏暗的小夜光灯下，这阵势仍叫人不寒而栗。好几位女性将矜持抛到九霄云外，不由自主发出了尖叫声。

影响形象的尖叫声马上被一阵马达的轰鸣声彻底掩盖,更诡异的一幕发生了。只见将要到达最终据点的白蚁先头部队忽然莫名其妙偏离了方向，在灯光源头旁几厘米处消失不见！紧随其后的援军也像学会隐身法一般，不断失去踪影。空气发生了扭曲，似乎有一头看不见的怪兽，大口吞噬着依旧舍生忘死飞向光芒的白蚁，密密麻麻的空中部队迅速减少，不到一分钟时间，满屋烦人的飞虫几乎全军覆没。

马达声停了下来，手机电筒也被关闭，餐厅里再次模糊一片。

这是科幻片吗？是做梦吗？一众管理人员呆若木鸡，这短短两三分钟发生的事，实在超越了他们的理解范畴。

“是吸尘器，我的吸尘器！乐乐，干得好！干得好！我就知道，你总有办法！什么麻烦事你都有办法！”袁笑生最先反应过来，高声叫好。他几天前曾托周乐乐帮他购买一台便宜的工业吸尘器，今晚赴宴时周乐乐一起带了过来，万没料到这宝贝还没在工厂里建功立业，先在餐厅为他和管理人员解了燃眉之急。

众管理人员这才释然，随即内心一阵兴奋：吸尘器竟有这用途？这一招，不知对付苍蝇蟑螂和蚊子能否奏效。

“今年的大水蚁比去年多了几倍，不，多了几十倍，怎么回事？”袁笑生不愧是企业老板，永远比普通人多想一些东西。

“数量其实没多，不过今年的大水蚁生命力很强，不容易死，所以打扰我们的虫子显得多了。”周乐乐拔出刚插到墙面插座上的吸尘器插头，一边整理电线，一边淡淡回答。

“我就知道，你什么都懂，什么事都有办法。乐乐，干脆别再通下水道了，来我这里当副总，怎么样？”袁笑生虽然看不见手下这帮管理人员的表情，却也能感受到大家心头的佩服。这群“90后”小伙子小丫头虽说目空一切，但对紧要关头依旧镇定自若且能力挽狂澜的人物却是发自内心地崇拜，周乐乐无疑有这份魅力。袁笑生是何等人物，再要小孩子脾气，也不会为一个离了职的垃圾员工如此大张旗鼓，今晚聚餐最主要的目的，还不就是把这个老朋友拉到自己的公司来？今天周乐乐露的这一手，已然初步建立威信，袁笑生心里简直乐开了花，如果说全东关这个时候有谁最感激大水蚁，那非袁总莫属。

三

周乐乐皱起了眉头，一时不知道该说什么好，袁笑生在这个时候当众邀请自己，如果当场拒绝，哪怕再委婉，也有些伤这个老朋友的面子。但如果答应了，两人的朋友关系可能维持不了多久。周乐乐很清楚，袁笑生的野心极大，精力充沛，若做了他创业的搭档，铁定会在这个并不感兴趣的行业里耗尽所有精力，却永远只能作为陪衬。一旦能力不能满足要求，就是两人分道扬镳、老死不相往来的日子。

“各位兄弟姐妹，周总是我以前的同事，也是我最好的朋友，各方面的能力都比我强，也比我早一年创业，不过他的运气稍微差了一些，被一个客户狠狠坑了一把，亏损了几十万。但他凭着自己的本事，不到两年就还清了所有的欠债，重整旗鼓，现在又开了一家物业清洁公司，再次做得风生水起。如果他肯加入我们团队，业务一定会有更大的发展。大家觉得该不该欢迎周总成为我们的一员？”袁笑生同样了解周乐乐，知道他重情重义，不会当着一群手下的面让自己下不了台，这个时候趁热打铁，很有可能成事。

“我也觉得周总一看就是了不起的人物，和袁总强强联合，公司铁定做大做强！”王云作为袁笑生的副手，又怎么听不出老板的意思，这时候当然立即附和。他也意识到周乐乐如果真被招揽，会对自己的地位造成威胁，不过看这家伙呆板木讷，只会赔着笑脸，估计能力有限，根本就不足为惧。至于刚才用吸尘器来对付白蚁，哪里算什么神来之笔！物业清洁公司其实不就是清理化粪池下水道的吗，每天干的事不就是拿根管子抽大粪，这个“吸”字诀，只是本能反应而已。

耳听袁王两人一唱一和，周乐乐暗暗叹了一口气，心想该来的尴尬总会来，今晚看来是不得不让老朋友吃点瘪了。看见袁笑生能够用若有若无的牵绊来管理这个年轻的团队，算开了眼，也放下心来，不用担心他步自己后尘。人总会变的，眼前的袁总已经不是当年只会空谈创业理论的袁笑生，周乐乐也不是几年前那个明知被对方算计，也硬不起心肠拒绝的冤大头了。

正要开口了断，却听餐厅老板粟军一声大喝：“快关上门！”

原来餐厅门被猛力推开，一个长发披肩的窈窕身影闪身而入，右手一扬，一道白光自左往右扫射了一遍整个餐厅，随即不见。众人愣神之际，来人已撞开两张拦路的椅子，跑进了餐厅另一头的厨房。

“谁？厨房不能随便进！”粟军话刚说完，那个人已经从厨房里出来，拉开餐厅一侧的铝合金窗，一跃一翻，人便到了窗外，动作极为敏捷。

“关窗！白蚁会飞进来的！”粟军刚关上玻璃门，见状急得跳脚，连忙上前把窗户关紧。

可是他顾此失彼，餐厅玻璃门又一次被推开。这次冲进来的，是四条气势汹汹的大汉，先撞上了靠门边的餐桌，然后踢翻了好几把椅子，其中一人总算找到了电灯开关，把灯开了。

“谁叫你开灯的？想把白蚁引进来吗？”粟军刚关上窗子，又见几个人进来捣乱，忍不住大声喝骂道。

“那个女人呢？”开灯的大汉并不理会粟军的话，扫了一眼在场众人，冷冰冰地问道。

餐厅外还没有找到目标的大水蚁很快发现了灯光，已经有几只飞了进来。

“那女人已经从窗户走了，快点关灯！”粟军一边说，一边疾步走到开关边。他当然看得出来这几个大汉不会听他的话，打算亲自动手。

“窗户明明关着，她往哪里走？你当我是傻瓜吗？”大汉一把攥紧了粟军的手腕，恶狠狠说道。

“放手！你们是什么人？喂，那里是厨房，不准进去，别弄脏了里边的东西！”粟军比那大汉矮了半个头，力量似乎也不是一个级别，既不能如愿关灯，又挣不脱对方的掌握，又急又气。扭头看见另一个大汉进了厨房，开灯四下寻找，更是急火攻心，声音更大了。

“乐乐呢？周总呢？”一边看戏的袁笑生忽然发觉周乐乐不知什么时候不见了，大吃一惊，立即便要出门寻找，却被第三条大汉挡住了去路。

“我问你，刚才有个女人进来了，她躲在哪里？”大汉沉声问道。

袁笑生哪里有心思回答他，一边掏出手机准备打电话，一边打算从大汉身边绕过去。

“听见没有？问你呢！”大汉的脾气并不好，一把抢过了袁笑生的手机，厉声问道。

“滚开！”袁笑生忽然暴怒，右手猛力一个上勾拳，重重打在大汉的下巴上。大汉万没想到这个肥胖迟钝、面目和善的家伙竟有如此惊人的爆发力，当即被打了个仰面朝天。袁笑生在对方被击倒前随手攫回了自己的手机，没有再看对手一眼，自顾出门找人。

突然发生的变故，惊得一帮公司管理者目瞪口呆，这还是那个整日里嘻嘻哈哈、骂不还口的老板吗？刚才那一拳既准且狠，没练过几年，哪里打得出来！

众人还没反应过来的时候，眼前一黑，日光灯又被关上了，耳边传来了杀猪一样的叫声，竟然来自刚才开灯的大汉。

“我说了，那个女人已经从窗户跑了！你们给我出去！”餐厅老板粟军的声音不大，却像在发号施令。他已经从厨房把那个大汉揪了出来，并关上了灯。至于刚才开灯的大汉，已经蹲在地上缩成一团，不住号哭。

又从现实科幻片转为武侠片了吗？不仅袁总是武林高手，这位餐厅老板也是深藏不露的世外高人？

第四条大汉哪敢多说一句话，匆匆与刚被赶出厨房的大汉一起搀扶着两位被打倒的同伴离去。留下一众管理人员互相望着自己人黑夜中模糊的面孔，不知所措。

“请帮忙关门。今晚发生这些事，实在不好意思，我给大家打八折优惠。对了，刚才那位兄弟呢？能不能再开一下吸尘器，把餐厅刚飞进来的白蚁清理一下？”粟军恢复了平静，眼睛在夜色中炯然生光。

“您……说周总吗？他……好像走了。我们老板刚出门去找他，应该……马上就回来。对了，多少钱？我马上买单。”王云期期艾艾开口答道，生怕粟军误会袁笑生出门是为了吃霸王饭。

四

“急什么？今天是你们老板请客，又不是你，等他回来再说。”粟军看了王云一眼，又瞅了瞅几个手忙脚乱学着周乐乐用吸尘器对付白蚁的年轻人，忽然笑了笑，拉张椅子坐了下来。

“这个……等袁总回来也好。看不出大叔您的身手这么好，一下就打趴下两个。怎么称呼？”王云见粟军似乎挺好说话，放下了心，赔着笑脸，也坐了下来，恭恭敬敬递上一支烟。

“不用，我规定自己一天只能抽三支烟。我姓粟，就是上边一个东西的西、下边一个大米的米那个粟。名字叫粟军，将军的军。你们老板不简单，看他出手是认真练过几年的，我也走眼了，一直没看出来。现在年轻人还肯下苦功学这个，挺了不起的。”粟军拿过一个空茶杯，给自己斟了一杯茶，对着窗外透进来的路灯光看了看，确定茶水里没有白蚁尸体，这才轻轻啜了一口。

“那是，我们老板每天早晨5点起床，练上一个小时功夫，雷打不动，这份自律，我是佩服得五体投地。那天早上我醒得早，无意中看见他练功，那招式真是高深莫测，公司里的篮球场，他两个凌空翻滚就到了另一头，空中连环踢腿，快得肉眼都看不清，厉害着呢。”王云看粟军似乎对袁笑生颇有好感，立即眉飞色舞，说起了老板的故事。

粟军肩膀微微一耸，忍住笑不说话。袁笑生刚才那一拳是常见的拳击动作，并非传统武术，如果说他练习时是打沙袋或两人对练，还有个谱，空中飞腿什么的，真是胡说八道。这个年轻人吹起牛来有板有眼，应该是个业务高手，不过信口开河最好有个度，否则难有太大的发展。

“大叔您深藏不露，一身好功夫，却淡泊名利，隐居在这个工业区开个小餐厅，不用说是传说中的高人。其实我早该看出来了，您上菜时手脚多麻利，今天的全猪宴，切这一堆猪心猪肝猪肠子的刀工和别的饭店完全不同，所谓倚天切、屠龙斩，也不过如此。是不是真气所至，普通菜刀削骨头就像切豆腐一样？这可是几十年深厚功力，高明！高明！”王云的嘴巴跑起火车来几乎刹不住，反正多说好话对自己没啥损失，说不定这位高手老板心情好起来，饭费能够折上加折呢。

“够了，帮我出去看看你们老板回来没有！”粟军一口茶差点喷出去。这个家伙无疑很有趣，可惜，今晚不是聊这些笑话的时候。那几个大汉面生，并不是附近的人，却如此明目张胆捉拿一个年轻女性，估计来头并不简单。他倒是不怕，大不了店子被砸了到别的地方另起炉灶，可是袁笑生是这附近的企业主，没办法说走就走，动手打这些人，很可能会惹上麻烦，得好好商量一下该怎么办。

对这些平时坐办公室的管理人员来说，工业吸尘器是个稀罕的玩具，几个男孩子玩得不亦乐乎，清理完了餐厅里的大水蚁仍觉得不过瘾，有个调皮的家伙居然提议再次开灯开门引飞虫进来杀灭。粟军默默站起身，关了吸尘器，拔下电源插头，制止了嬉闹。刚才看见过餐厅老板的手段，几位年轻人噤若寒蝉，不敢说话，老老实实垂首站立。别人，就更没有话说了。

餐厅里的气氛变得沉闷起来。

五

大水蚁仍旧在整个工业区，甚至整个东关的空中肆虐。

这些变异了的飞虫固然可怕，但它们的对手也不是吃素的。醒过味儿来的人们，发觉这些该死的大水蚁虽然生命力强了很多，却并不是不可战胜，纷纷开始反击。工业区所有百货店的杀虫喷剂全被抢购一空，找不到杀虫剂的，用烟熏、火烧、水喷淋以及各种工具扑打，地面上很快尸体狼藉。还没有死的大水蚁们依旧对灯光趋之若鹜，全不理会人类的威胁，看来全军覆没只是时间问题。

周乐乐把自己关在高压冲洗车的驾驶室里，呆呆出神，只有这个时候，他才会收起笑容，任由失落和悲凉侵蚀脸庞，看起来，似乎一下子苍老了 20 岁。

为什么刚才偷偷溜走？为什么心里堵得慌？是嫉妒袁笑生吗？周乐乐扪心自问，却得不到答案。

手机急促响了起来，周乐乐不用看，光听这个特别设置的铃声，已经知道是袁笑生。这个电话，接，还是不接？他犹豫着，掏出手机后，又扔到副驾驶位置上，心如乱麻。一分钟，又一分钟，音乐铃声停了又响，响了又停。袁笑生极有耐心，一次又一次拨打着周乐乐的号码，显然打算等到老朋友接通电话，或者手机电池电量耗尽，方肯罢休。

该接的电话还得接，不用那么小家子气！电话里拒绝对方的邀请，也不至于让袁笑生丢脸。周乐乐终于鼓起勇气，拿起电话，可是刚接通“喂”了一声，对方却又挂断了。他生气了？周乐乐茫然看着手里的手机，不知是该松口气，开车离去，还是回拨电话。

“啪！”

一只肥厚的手掌重重拍在汽车的挡风玻璃上，吓了周乐乐一跳。定睛望去，却是袁笑生已经找到了他的冲洗车。

“今晚吃饱了没有？”袁笑生没有责问周乐乐为何不辞而别，也没有再提招揽老朋友的事，只递上了一支烟，轻声问道。

“戒烟了。”下了车的周乐乐这下反而真的松了一口气，推开了袁笑生的手。

“能戒烟，厉害！我也想戒，戒不了。创业压力大，神经绷得紧紧的，晚上几乎睡不着觉，只有抽根烟，才会觉得轻松一些。这车子新买的吗？看起来不错，那辆吸粪车呢？”袁笑生为自己点燃了一根烟，沉默半晌，才说出这几句话。

“今晚是来赴宴，我总不能开那辆臭气冲天的玩意儿吧？”周乐乐的脸上又有了笑容，说道。

“有发展就好！本来想和你好好聊聊，但发生的两件事都透着邪门，不知道工厂里有没有大水蚁捣乱，还是得回去看看。你也早点回去休息吧。乐乐，只要这个公司还是我的，我这里第一副总的位置永远给你留着，别的就不多说了。下次再见面，该你请吃饭喝酒了，记住。”袁笑生几口吸完了手里的烟，狠狠拍了拍周乐乐的肩膀，叹了一口气，转身离去。

周乐乐目送老朋友回到“东方辉”餐厅，微微耸耸肩，摇了摇头，心里多少还是有那么一丝暖意。

第三章

一

周乐乐认识袁笑生已经七年了。

七年前，22岁的周乐乐在一家化工厂做电工，袁笑生比他晚进那家厂五个月，是一名应届毕业生，充当运营经理的助手，企业重点培养对象，主管级别。照理说，身份地位天差地别的两个人不可能有什么交集，成为好朋友的机会微乎其微。可是，别忘了这是工业城市东关，在这里，什么事都可能发生。

那是一家香港人开的化工厂，总共只有四十来个员工，主要产品是油墨和油墨稀释剂。虽说这里的生产工艺和设备并不算特别先进，但是原材料大多是从世界五百强企业进口的，质量非常好，在早几年进口化工产品并不是那么容易弄到的，老板的利润相当丰厚。可是随着国家开放的步子越迈越大，香港老板的优势逐渐消失殆尽，不得不缩减人手降低成本，却依旧摆脱不了走下坡路的命运。进入2010年后，老板才开始意识到培养人才、提升技术含量和管理水平，可已经晚了一大步，公司已经到了倒闭的边缘，在苦苦挣扎。

人手不足的时候，别说电工清洁工这类后勤人员，所有办公室的职员都得到车间帮忙赶货。周乐乐就是那时候知道办公室有这么一位白白胖胖的大学生主管，两人真正认识并相熟，是溶剂原料卸货的时候。

公司溶剂的主打产品是783稀释剂，原料从德国进口，200升的大溶剂桶，每桶净重190公斤，加上18公斤的铁桶，总共208公斤。每月一次的进货都有两个货柜，每个货柜80桶，从香港直接运送到东关的工厂，经常晚上八九点钟才到。卸货的时候，整个工厂的男员工大都叫苦连天，因为需要外请叉车，将货柜车里叠放成两层的大桶溶剂放倒，滚到叉车上，然后运送到溶剂仓库，人手扶起。对大多数人来说，把躺在地上208公斤的大桶物料扶起来，然后斜滚到指定的位置放好，不仅需要技巧，而且必须力大无穷，是非常困难的事。通常，要两个人才能对付一个桶。

每到这个时候，生产主管就会赔着笑脸请电工周乐乐帮忙。别看周乐乐干干瘦瘦的，爆发力惊人，手脚也极为麻利，能够轻易一个人扶起地上的整桶溶剂。相比之下，车间新招来的员工都是手无缚鸡之力，三个人没他一个有用。周乐乐性格随和，觉得自己既然有力气，辛苦这一两个小时没多大损失，还能挣一笔加班费，何乐而不为？其余员工可不这么想，这种苦差事往往能推就推，说多少好话都没有用，逼急了大不了辞职。所以每次卸货，基本都是生产主管带着副手在货柜车上忙，仓库里只有周乐乐一个人累得半死。人毕竟不是铁打的，把160桶超过400斤的东西从地上扶起来，劳动强度真不是闹着玩，尤其到了7月底三伏天，汗流浃背的周乐乐感觉自己在地狱里。

没有想到的是，看起来细皮嫩肉的新进主管袁笑生竟然肯不请自来，帮他的忙。这个胖子力气也很大，刚开始还不熟悉滚筒操作，但经周乐乐示范指点后，很快掌握了技巧，两个人齐心协力，当晚的任务顺利完成。

这是两人生平第一次合作，配合非常默契，却没有说几句话，事后袁笑生显然还没完全习惯这种重体力活，匆匆回宿舍洗澡休息。下次卸货，是一个月之后的事了。这整整一个月里，周乐乐都困惑不已：这个胖子不是一线员工，更是主管级人物，不仅没有必要干这些粗活，而且按规定就算加班也没有加班费，他掺和进来，是什么意思？

七年前周乐乐的性格，是心里藏不住话的，有了疑问马上就想弄个明白。然而，白天在办公室里的袁笑生却是满脸威严，不苟言笑，官架子十足，全然没有一个应届毕业生的青涩。周乐乐也不是没有见面的机会，毕竟到办公室安装个插座或者搬动个文件柜什么的经常叫到他，可就算碰面，袁笑生也无非冷冰冰点点头，一副拒人千里之外的架势，根本没法搭腔。不能当面问，周乐乐只有从旁观察，公司的饭堂没有设立管理人员餐厅，所有人在一起吃饭，从吃相上找答案或许是个不错的主意。这位袁主管就更令周乐乐看不透了：他吃饭的时候从不挑食，狼吞虎咽不说，普通人不怎么吃的软骨、虾壳、冬瓜皮什么的全部嚼碎吞下去，胃口好得惊人。

本以为这个胖子只是刚经历了失恋之类大受打击的事，干重活宣泄情绪而已。不料下次 783 到货时，袁主管又一次不请自来，而且时隔一个月，动作娴熟了很多，根本就看不出是个刚工作不到两个月的大学生。

“周乐乐，今晚一起去宵夜，喝一杯？刚发了工资，我请！”袁笑生态度与白天上班时间判若两人，笑容极具亲和力，重重拍了拍周乐乐的肩膀，那动作与老板对员工表示赞赏时一模一样。

“你知道我的名字？”周乐乐一时不习惯对方如此亲热，居然有一丝受宠若惊的感觉，而且因这位主管记得自己的名字，好感大增。

“怎么不知道？咱们可是两次同甘共苦了！你的名气大得很，没哪个员工说你不好的。走吧走吧，喝啤酒去，热死人了！”袁笑生霸气地一挥手，当先出了仓库门，似乎肯定周乐乐会跟上来。

飘飘然的周乐乐当然乐得享用一顿不花钱的啤酒夜宵，两人在路边摊喝了两个小时，感情迅速升温。

“老板疑心病很重，平时上班最好不要显示出和谁的关系好，尤其不同部门的人之间，不然可能有麻烦。”袁笑生喝了五瓶啤酒，面色依然白皙，不忘向周乐乐解释他白天对谁都爱理不理的原因。

“那你来搬 783 干吗？”周乐乐除了满脸通红，并无醉意，趁机问这个想不通的问题。

“看不过眼，凭什么要你一个后勤人员帮仓库干苦力，车间那么多年轻人装作看不见？这些小伙子每次要你帮忙的时候，他们怎么开得了口？脸皮还真是厚！”袁笑生沉吟片刻，满脸真诚地说道。

现在回想起来，袁笑生那番冠冕堂皇的话很可能只是为了收买人心。但周乐乐时隔七年，还是感动得一塌糊涂。毕竟从来没有人用这种挥汗如雨的方式收买过他，至今也没有。

二

老板当然听说了袁笑生协助卸货的事，却选择睁一只眼闭一只眼装糊涂，并没有因为这事，在试用期结束时多加一分钱的工资。袁笑生并不在意，当月卸货时依旧来帮忙，做完苦工后还是拉着周乐乐一起喝啤酒吃烧烤。周乐乐却为此有些愤愤不平，觉得老板实在太小气。

“你一个大学生肯帮他干这苦活，他一点表示都没有，干下去也没有啥意思。今晚的酒我请，别再说你工资高了，我有加班费，你没有。”周乐乐一口干完杯子里的酒，恨恨说道。

“很多老板都是这样，能省就省，我就算换一家，还不是一个模子？这事又不是找不到代替的人，他干吗要为一个可有可无的人加工资呢？”袁笑生嚼着烧烤摊的烤韭菜，慢条斯理说道。

“下次我也不帮他卸货了！既然找得到别人，干吗还要叫我？”周乐乐还是没想通。

“你不要这加班费了？”袁笑生平静地问道。

“10 块一小时，每个月为这 20 块卖苦力，根本就不值得！我知道每次生产主管虚报加班人数，捞这些小钱，这种人也不值得帮！”周乐乐又喝了一杯酒，拿起一条烤鸡腿大嚼。

“你确定不要？下个月就真的不需要这么多人加班卸货了。”袁笑生本来拿起酒杯准备陪喝，这时顿住，盯着周乐乐的眼睛问道。

“卖苦力卖时间，是最廉价的赚钱方法。有这个时间，不如让我自己变值钱一些。我刚报了个汽车修理学习班，以后没那么多时间了，建议你也别再来卖这个苦力。”周乐乐嚼着鸡腿，含糊不清地说道。

“好，从下个月开始，不需要再安排苦力卸货了。”袁笑生放下酒杯，说得郑重其事。

“你……是说真的吗？”周乐乐这才发觉袁笑生的神色不同。

“我来了也差不多半年，如果还拿不出什么有价值的举措，以老板的脾气，估计要让我走人了。生产主管安排人手协助仓库卸货，连着我也才四个人，他却上报八人，私吞五人的钱，骗这每月100块的加班费，连你都知道，我怎么会不知道，老板又怎么会不知道呢？只不过整治措施无非每月省一百几十块，还得罪人，我才决定等一等，和别的措施一起上报老板批准。现在，是时候支持你学修车了。”袁笑生满脸自信，显然胸有成竹。

“有办法？”周乐乐来了兴趣，他对新的东西总有好奇心。

“有没有听说过‘桶夹’？那东西可以直接套在普通叉车上，把整桶溶剂平平夹起来，直接放到仓库里去，以后生产主管要做的就是把溶剂弄到货柜车门边。我申请买个两三千元的桶夹，以后卸783最多安排一个人，就够了。”袁笑生淡淡说道。

“还有这种东西？”周乐乐从来没有听说过，瞪大了眼睛发呆。

袁笑生拿出自己的手机，在屏幕上划拉了两下，给周乐乐看了几张照片。

这几张照片，以及接下来的谈话，影响了周乐乐的一生。在那天之前，他的思维仅停留在多学一点技能，赚取更多的工资上，从未想过利用现代科技为老板节约人手和成本，可以让自己更有价值。他原本对工具的认识，除了万用表、电笔、扳手、螺丝刀和电钻之类外，少有别的东西，那时他忽然意识到自己确实是井底之蛙，竟然还想学什么修理汽车，就算是电工本行，也够自己好好研究多年的。

“学一下修理汽车也没什么不好，电工和机修、汽修这些本来是相通的，对你的本行技能提升也有帮助。”袁笑生却并不认同周乐乐改变计划。

周乐乐生平第一次感受到有文化的人是这么厉害，对袁笑生这个只比自己大一岁的胖子佩服得五体投地。当晚他们聊到了深夜，野心勃勃的袁笑生得以确认自己找到了好帮手，这位在企业里口碑极好的电工确实潜力无限；不甘于现状的周乐乐则如醍醐灌顶，看到了以后发展的方向。

七年后，那个被大水蚁搅得支离破碎的夜晚，周乐乐和袁笑生同时回忆起两人正式结交的那一天，不约而同长长叹了一口气，深感梦想何等绚丽多彩，现实却如此残酷无情。

三

周乐乐是个行动派，发现自己坐井观天后，立即便放弃了大部分玩乐，全力提升自己。一晃三年过去，机会似乎真的来了：一位叫方刚的老乡，研发了一款新产品，正在寻找生产厂家，根据产量和单价，每月加工费高达几十万。方刚得知周乐乐对机械和设备维修极为在行，便建议周乐乐与他的妹妹方湘萍合作开一个小加工厂，到时利润平分，一起发财。

那款产品需要的设备很先进，加工技术含量极高，按周乐乐这几年自学的知识分析，只要迅速抢占了市场，一定能够赚大钱。方湘萍不懂技术，害怕亏本，一直不肯投入资金，周乐乐觉得这个机会千载难逢，如果放过实在可惜，毅然辞职，拿出全部积蓄，还大胆借债二十多万，购买设备，重金请师傅开始着手生产工艺开发。

自行开发生产工艺说来简单，其间的辛酸苦辣只有周乐乐明白。花了足足一年时间，他才完成这项艰巨的工作。周乐乐兴冲冲地将全套工艺资料拿给方湘萍，告诉她所有生产问题都已经解决，可以正式合作推出新产品了。

万万没有想到的是，得到了工艺资料的方湘萍立即自己购买了全套设备，抛开周乐乐单干，将所有利润全部独吞！

周乐乐这才发现自己倾家荡产且耗时一年，到头来全为他人作嫁衣裳。找方刚理论时，方刚兄妹露出狰狞嘴脸，以前的信誓旦旦全不认账，还率先报警，倒打一耙，险些让周乐乐被关进看守所。

输得一无所有的周乐乐好汉不吃眼前亏，只能再被方刚敲诈最后一笔，将自己举债买来的设备四折卖给方刚，换取了自由。

袁笑生知道周乐乐惨败的消息时，已晚了一步。面对着憔悴疲惫，短短一年没见便像苍老了十几岁的好朋友，袁笑生的心缩成一团，却爱莫能助。他也刚辞职不到一个月，同样把所有的积蓄都拿来创业，且已结婚，妻子的肚皮刚刚隆起。但是袁笑生更清楚：周乐乐朋友虽多，却没有几个有钱人，他为了创业，已经把能借的钱全都借光了，没脸再去求任何人，这个时候除了自己，没有人能帮他，就算家里添一双筷子，让出客厅一角让老朋友打个地铺，也算尽了一份心意。

周乐乐成年后第一次痛哭流涕，把刚从方刚手里拿到的十万元硬塞给袁笑生，却挨了重重一个耳光。

“我知道你想什么，你不想活了，对不？你还是不是男子汉？拉一屁股债一死了之，你以为债主不会找你父母的麻烦？你是男人，给我老老实实找那些朋友说个清楚，才欠几个钱？咬着牙省个三五年，以你的本事，怕挣不到钱还债？”袁笑生额头青筋暴绽，怒目圆睁，神色极为可怕。

周乐乐愣住了，既没想到袁笑生一眼看穿了他的心思，又见识到了这个好朋友的另一副面孔。他不得不承认，老朋友可能比他更适合创业，自己如果在方刚打电话报警时这么做，或许不是今天的结果。

这一记耳光把周乐乐打醒了，他开始冷静思考以后的事。确实，如果先用手头这点钱还一部分欠债，同时再回企业里做老本行，省吃俭用五年左右，所有的钱都可以还清。可是，那时候的他，还是个穷光蛋，而且拖欠别人的钱几年下来，再好的交情也被岁月消磨精光，还有谁肯借钱给他重新创业呢？而且五年后，他已年过三十，还会有现在的雄心壮志吗？

思前想后，与其倒退回打工生涯，不如再拼一把，用手头的资金另起炉灶！可是区区十万元，能做什么？这点钱如何在最短的时间里，除了解决衣食住行和必要开支外，还能带来两倍以上的纯利润？冥思苦想了几天，周乐乐仍是茫无头绪，每日里失魂落魄，除了在袁笑生家蹭吃蹭住，便是四处游荡，看起来不务正业。袁笑生新婚不久的妻子已经一脸嫌弃，却碍于丈夫，不好发作。

直到有一天，周乐乐闲逛到一条阴暗的小巷子里，忽然脚下一软，踩到一团粪便上，自叹倒霉之际，脑海里忽然灵光一闪：收拾粪便这类最肮脏的活儿，利润似乎极大！只要不怕脏、肯吃苦，一定能够迅速挣钱还债！

想通了这节，周乐乐不再犹豫，立即用手头的钱买了一辆二手吸粪车，做起了掏粪工人。这个时候，多年修炼的知识和能力逐渐派上了用场：周乐乐学过汽车维修和机修，既懂保养，也懂改进，同样吸粪，能够比别人更省油，效率也更高；涉猎过营销学的他，每次都是一身价格不菲的工作服包裹得严严实实，各类护具齐全，看起来远比同行更专业；他也懂服务道理，干的虽然是最脏最累的活儿，却每次认真把现场打扫干净，吸粪车每天擦拭冲洗，自己也理发刮胡子剪指甲收拾得清清爽爽，给客户留下好印象。债主朋友们为了周乐乐能尽早还债，也极为配合，不断介绍客户给他。不到半年，生意好得忙不过来，就算涨价，不少老客户也宁愿找周乐乐。

短短两年，周乐乐已经还清了所有的欠债，第三年，更添置了一辆崭新的高压冲洗车，那辆立下汗马功劳的吸粪车则租给了别人。虽然还是要和臭水沟打交道，但是总算不用再接触粪便，也算是开始脱离这一行的第一步吧？

四

对袁笑生，周乐乐当然感激，却也彻底看清了这个人。在周乐乐创业初期最缺钱的时候，不少朋友慷慨解囊，袁笑生除了祝福和必要的忠告外，一毛不拔；遭方刚兄妹算计，负债累累时，袁笑生除了提供食宿，没有掏出一分钱为周乐乐解决债务问题。当然，在周乐乐万念俱灰时，他用一个耳光把朋友打出了万劫不复之地，绝不能说他不够意思，可这个人是天生的生意人，每一笔付出，都会反复评估，确定最高的性价比，再行出手。当年，袁笑生肯满身臭汗帮周乐乐卸货，不用问是早已从同事口中得知这个电工的为人，认为值得长期利用，刻意接近，进行感情投资。而这个时候，制造业遭遇寒冬，袁笑生无疑需要人帮忙突破瓶颈，多年来投入的人情，正好让周乐乐偿还，今晚的全猪宴，打的无非就是这个主意。

周乐乐想明白这些问题已经整整一年了，虽然对袁笑生的心机之深有些不寒而栗，但是回想起来依旧感激。毕竟这个家伙算计归算计，还真没做出什么对不起他的事。而且没有他的指引，周乐乐可能现在还在工厂里和电路、机械、汽车这些冷冰冰的东西打交道，生活必定枯燥无味，哪里像现在这样跌宕起伏、惊心动魄。

总而言之，袁笑生这个人做朋友可以，前提是两人必须地位平等，如果以后有合作机会，一定能够互惠互利，双赢结局。至于小说里那种肝胆相照、生死与共的交情，那是想都不用想。周乐乐认定自己如果做了手下，袁笑生只会亲手收割以前在老朋友体内种下的野心，绝不会助其进一步成长壮大、蓬勃发展。

两人都明白对方的价值，彼此心照不宣，没有多说。袁笑生虽找到了周乐乐，却意识到自己收缰晚了一步，小觑了对方在绝境里的生存能力和发展能力，已经无法驾驭这时的他。早知如此，一年前周乐乐还在掏粪时便该出手。既然错过了机会，保留着这个朋友，对袁笑生也算有益无害。或许，日后在商海的惊涛骇浪中拼杀，四周除了尔虞我诈、诡计陷阱之外，多少还有一个真的朋友，也不是什么坏事。

周乐乐却没有袁笑生那么拿得起放得下，回到车上后又陷入了沉思。在袁笑生手下工作，利用价值耗尽之前，必定是他的副手，虽然重新回到工厂，地位与四年前的自己相比，那是判若云泥。而现在，一个通下水道的虽说听起来比掏粪的好上那么一丁点，还不是同一个级别？这些年，周乐乐根本就不敢让父母知道自己做的究竟是哪一行。老两口若知道辛苦培养出来的儿子每天泡在臭水沟里，估计会活活气死。相比之下，小企业高管这个身份，无疑风光得多。工作其实没有贵贱之分，但世俗的眼光和思想，是真能够把人折磨死的。

当然，现在周乐乐不仅已经脱离欠债旋涡，而且收入比大多数同龄人高。但他真的就这么通一辈子下水道吗？虽说每月有五位数收入，可这点钱在东关房价高企的今天，还得辛苦十年八年才能解决房子问题，至于成家、后代教育这类的长远问题，简直不敢想。

不通下水道，周乐乐又能干什么？

第四章

一

砰砰！砰砰砰砰！砰砰砰砰！

又一阵拍打汽车玻璃的声音打断了周乐乐的思绪。这一次，比刚才袁笑生下手粗鲁得多，对方似乎恨不得砸碎了汽车的挡风玻璃。

周乐乐当然很不高兴，但定睛一看，火气又收了回去。这个很不礼貌的家伙，竟然是一个身材高挑的美女！而且这张清秀脱俗的脸，周乐乐刚见过，就是刚才从四个大汉的捉拿中逃脱的年轻女人！由于经常在下水道里摸索，周乐乐锻炼出了一双夜眼，“东方辉”餐厅关灯避大水蚁时，他不仅能够轻易找到电源、开动吸尘器，而且在这个女人闯进来的短短十几秒钟内，将她的面容看得清清楚楚。

“开门！快开门！求求你！”美女看见周乐乐发现了自己，停止了拍打，带着哭腔大声喊道，一边喊，一边不住回头张望，似乎身后有什么可怕的东西。

她不是摆脱了那四个大男人了吗？周乐乐满心狐疑，还是开了门锁。一阵香风涌进，美女在一秒钟内开门上车、关门上锁，动作极其敏捷，然后靠在副驾驶位上气喘吁吁，看起来一时三刻说不出话来。

周乐乐没有多问，因为他的锐眼已经发现了暗处有四点荧荧碧光，显然追踪这个美女的不仅有人类，还有狗。作为在这个城市里很不被狗待见的掏粪工和下水道疏通工，周乐乐也并不认为狗是人类的朋友，这时不假思索，发动了自己的高压清洗车。

“对，开车！请……马上送我离开这里，谢谢师傅！”美女终于喘过气来，对周乐乐的举动表示感谢，谈吐文雅，看得出受过良好的教育。

周乐乐点点头，对着美女笑了笑，却一时不知道该说什么好。这几年，大部分女性看见工作状态的他都是捂着鼻子有多远走多远，已经很久没有如此接近异性了。

“小心，有好多狗。师傅，等会儿不管谁让您开门，您都千万别理他们好吗？相信我，那些都不是好人！先送我离开这附近，越远越好，我会付车费。”美女系上安全带，忐忑不安地说道。

“有人追你，你应该弯下腰，而不是这么舒舒服服坐着。”周乐乐到底经历过风浪，很快恢复了满不在乎的常态，说着话，一眼往车外扫去，果然发现有七八条狗，均是同一品种，身体精壮，四肢颀长，两只耳朵耸得老高，没有尾巴。这么多年来，他一直没有放下看书的习惯，知识面相当广，认出这种狗叫杜宾犬，不仅灵活凶猛，而且极具智慧，善于追踪，难怪这个精明果断的美女如此害怕。被这群狗缠上了，确实是极大的麻烦。

“对！谢谢师傅提醒。”美女立即伏下了身子。

“你惹的人不简单嘛！杜宾犬很贵，纯种的小狗一条动不动上万，养得起这么多的，有钱得很啊。”周乐乐开着车，嘴里调侃道。

“不是我不想说，有些事，师傅您还是不要知道的好。”伏在自己大腿上的美女微微扭过头，轻声回应道。

“我也不想被卷进来，但你似乎找错了车子，以我这辆车的速度，根本就别想摆脱这群杜宾犬。”周乐乐看了看两边的倒后镜，笑着说道。

美女无言以对，工业区本就是人员密集的场所，加上到处修排污水管，路面被挖得三十六坑七十二堑，就算跑车，也开不快，何况这辆环卫冲洗车。她当然不是没有考虑过这个问题，只是慌不择路、精疲力竭之下，实在想不到别的办法了。周乐乐的口气听不出到底是什么意思，可以肯定的是，她的安危，现在就在这个男人的一念之间。意识到当前的处境，美女不禁微微发抖。

“杜宾犬虽然聪明，到底还是狗，不是人，狗只相信鼻子闻到的东西，它们跟着这辆车，可能因为车门和车玻璃上留着你的味道。”周乐乐嘴巴没有停，瞄到了美女的彷徨，却装作看不见。

“你是说，如果我脱件衣服扔出去，可能就会吸引这些狗的注意力？”美女聪明绝顶，立即便明白了周乐乐的意思。然而话刚问出口，立即后悔——现在已经是晚春，身上只有这么一件短袖上衣，如果脱了，会有什么后果？这个男人究竟怎么想的，他和车外的群狗相比，谁更可怕？

“我可没这么说！也不想你这么做，不然我可能有嘴都说不清。有你味道的东西不一定是衣服吧？比如你的袜子？”周乐乐想都没想，笑着答道。

“你……不怕我的脚臭？”美女松了一口气，把头向左扭到了极限，从侧面打量着周乐乐。

“你觉得我一个通臭水沟的，会在乎你的脚那点气味？”周乐乐笑着反问。

“那我真脱了。”美女被周乐乐的笑容感染，虽然对方的话其实一点都不好笑，她也忍不住嫣然一笑，心头一暖。

“别急，这些狗都有项圈，估计装有追踪器，我先把它们引到一个复杂一点的地方去，你再扔掉袜子，把那帮养狗的家伙引过来。记住，扔一只袜子就够了，不然狗分散了，追踪你的人就猜到咱们的策略啦。”周乐乐胸有成竹，说话间一扭方向盘，冲洗车驶进了一条四通八达的横路，同时关掉了所有的车灯。

一群杜宾犬也鱼贯跟了过来。

这是另一个工业区，相对偏僻，公路两旁林立的厂房因为今晚的大水蚁灾已经过去，又变得灯火通明。这时是晚上九点多钟，不用上晚班的员工还没玩够回来，加班的员工还没下班，整条路冷冷清清，几乎没有行人。就算有，看见八条撒腿狂奔的恶狗，也老老实实待在路边不敢动弹。

“袜子就扔这里吧，前边是个鞋厂，右转一条路全是抽风机，喷出很浓的胶水怪味，我们就从那里开溜，狗鼻子闻不到。”周乐乐放慢车速，示意美女摇开车窗一条缝，放下诱饵。

群犬果然放弃了汽车，争抢那只臭袜子，撕扯得稀烂后，方才发觉目标消失，一个个木立不动，不知所措。

“师傅真有办法！谢谢！请问您怎么称呼？”美女见杜宾犬果然没有跟上来，兴奋不已，坐起身来道谢。

“先别急着坐起来，这里的几个出口估计早被他们的车子堵住了。我姓周，叫周乐乐，直接叫我名字，比叫师傅好听。”周乐乐可没有放松下来的意思。

“那怎么办？”美女听周乐乐的语气里没有一丝慌张，也就不着急，却不肯就这么叫对方的名字。

“前边有个大厂，占地很大，有另一个出口，就在这个工业区外的大路边。”周乐乐果然已有对策。

“保安肯让你借道吗？”美女又问了一句。

“我还不知道怎么称呼你呢。”周乐乐没有回答这个问题。

美女又不说话了。

二

这家大型食品厂的保安显然认识周乐乐，嘻嘻哈哈三言两语后，拿了个本子让签名登记一下，就放车进了厂区。从另一边的门出厂似乎有点麻烦，保安不是太好说话，不过周乐乐拿出一包香烟扔下去后，对方立即接住礼物，二话不说开了自动门。

“好啦，算是暂时脱险，没有名字的美女，你想去哪里，我送你去。”周乐乐松了口气，再次开车驶离主干道，平静地问道。

“我……”美女欲言又止，似乎心乱如麻。

“还是快点说吧，这辆车速度有限，耽搁太久，不知道还能不能开溜。”周乐乐摇下车玻璃，呼吸着夜晚的空气，追问道。

“我也不知道哪里安全。就算知道，现在也不能说走就走。”美女定了定神，答道。

“那你打算在哪里下车呢？拉我下水，又不信任我，你到底想怎么样？”周乐乐有点哭笑不得，耐着性子说道。

美女默然，伏在副驾驶位上一动不动，周乐乐却从几不可闻的抽噎声中得知她在无声哭泣。作为一个对女性几乎有求必应的绅士，周乐乐对美人的眼泪没有抵抗力，但知道对方性格要强，安慰可能是一种伤害，只能装作不知道。正不知如何是好，却听一阵“咕噜噜咕噜噜”的肠鸣声，来自美女的肚子。

“看来你没吃晚饭，先找地方吃点东西再说吧。”周乐乐立即意识到对方还饿着肚子，立即提议道。与此同时，他的脑海里忽然灵光乍现，想到了一个好地方。

“你……想去哪里？”汽车忽然加速，美女全身一颤，如梦初醒，扭头问道。

“刚才不是说了吗？先吃夜宵，再想下一步。”周乐乐说着话猛踩油门，汽车在偏僻的道路上全速前进，不多久，便到了一家熟悉餐厅的门口，竟然又是“东方辉”。

“怎么是这里？”被叫下车的美女当然认识这家餐厅，目瞪口呆。

“就因为他们在这里搜不到你，所以认为你不会回来，最危险的地方，也就是最安全的地方。”周乐乐锁上车，一边推开餐厅门一边说道。

“你怎么知道我来过这里？”美女吃了一惊，下意识停下了脚步，问道。

“你跳出窗户的时候，我就坐在离你不到两米远的地方。”周乐乐指了指餐厅里几小时前他坐过的座位，笑道。

美女惊疑不定，拿不定主意是立即转身发足狂奔，还是听从这个爱笑男人的安排。可是餐厅里飘来全猪宴残余的香味，教她的肠胃抽搐不止，已经无法正常思考。吃饱肚子是人类最原始的欲望，整整一天没有吃东西的她，实在没法忍受这个致命的诱惑。

三

“你又来啦？这里要打烊了，找别家吃夜宵吧——怎么你也来了？还不快躲起来！”粟军正在抹餐桌，看见周乐乐，立马直起腰来打招呼，但眼光扫到客人身后，脸色就变了。

“您也看得清？老板，现在十点多了，附近就您这里还开着门，路边摊不卫生，您就再做一次生意吧。”周乐乐对粟军也认出美女微觉诧异，但马上意识到在夜色里眼神好的人应该不止他一个，马上释然，堆起无往不利的笑脸，说起了好话。

“不行！这里不做夜宵！厨师和服务员早走了，我半夜4点还得起床干活呢，耽搁不起。”粟军其实对周乐乐挺有好感，如果不是这个年轻人带来的强力吸尘器，那些变异的大水蚁现在也别想清理干净。但这个从饭局开溜的家伙肯定不知道，这里用暴力手段收拾了那几个大汉，而且对方不认为美女已经离开，绝对还会回来。

“老板，哪有开饭店赶人走的！我们也不要什么好东西，您就来份炒饭，怎么样？如果您实在不肯，就借灶头给我，我自己炒点剩饭打包带走，几分钟时间，钱照付。”周乐乐这几年掏粪受尽了白眼，早练就了金面罩铁脸皮，哪会轻易接下这个逐客令，一边涎着脸说好话，一边掏出了随身的香烟——他不抽烟，但深知好烟是公关利器，少不得。

“不是我想赶人走……”粟军也发觉自己有些失控，正想解释，却见餐厅门一动，被人缓缓推开，心头一紧，停了话，死死盯着门口。

周乐乐也隐约觉得不妥，扭头望去，却是一个满头白发的老汉推门进来。这老头身材高大瘦削，虽白发苍苍，却步履稳健，还不见多少老态，只是满脸疲惫之色，另一只手还牵着一位老婆婆，如此年纪还如此亲昵，除了老伴不会是别人。再仔细看看，周乐乐发觉这对老夫妻实在是与众不同，竟然穿着一模一样的蓝色短袖上衣，胸口上都印有当红歌星的时尚图片。老汉背着一个驴友常用的双肩包，眼睛亮如天星；老婆婆头发染得漆黑，却是眼神空洞、表情木讷，对周围所有的人或东西视而不见。但老汉一停下来，老婆婆立即便把他的手臂紧紧抱住，似乎那是最宝贵的东西。

“这个……老板，请问还有吃的吗？”老人看见餐厅里有人，眼睛更亮了，一眼断定粟军是老板，径直上前问道。

“东西卖得差不多了，只有炒饭。”周乐乐没等粟军开口，抢着回答道。

“炒饭也行！炒饭也行！老板，炒两份饭吧。走错路了，还没找到地方，非吃点东西不可。”老人连声说着，拉开两张椅子，扶老婆婆坐下，从她怀抱里抽出手臂来，卸下背上的双肩包，自己也一屁股坐下了。老婆婆立即又捉住了他的手，握得紧紧的。

“我这里已经……”粟军没想到周乐乐来这一手，哭笑不得，但还是没打算做生意。可是他再次把送客的话说到一半时，餐厅门又被推开，令他再次条件反射地闭上了嘴巴。

“老板，还有快餐吗？”

这次进来的，是个步履蹒跚的孕妇，戴着一次性口罩，一身宽松的裙子，肚子还是隆起老高，走路时两腿张开，穿着大号拖鞋的双脚可见浮肿。

“马上关门了，只有炒饭。”粟军从牙缝里挤出了这句话。两个年轻人倒也罢了，现在多了两位年纪加起来140岁以上的老人和一位最多一个月后就生产的孕妇，而且明显都经过了长途跋涉，疲惫不堪，再赶人家走，良心何在？

四

“我姓陈，这是我老伴儿，姓沙。来东关找我一个远房侄子，从高铁站下来已经很晚了，好不容易赶上最后一班地铁，走了神，多坐了一个站。我说反正没多远，走路回去吧，看来又弄错方向了……”

姓陈的老伯北方口音，颇为健谈，周乐乐又是个见谁都满脸笑容且找得到话题的主，没多久，两人便混熟了。陈老伯戴上老花眼镜，打开手里的东关地图，一边看一边向周乐乐诉说今天的经历。

“怎么不打您侄子电话让他接您？这地图是几年前的版本了，难怪走错方向，现在大家都用手机地图，挺方便的。大爷您说这里啊，我去过，要不等会儿开车送您过去？就怕环卫车您坐不惯。”周乐乐对附近地形极熟，看了两眼便知道那是什么地方。

“手机没电了，没法联系。再说他也忙着呢，干他那行的，周末更没空。大爷老是老了，又不缺胳膊少腿儿的，多走几步还延年益寿。你大妈这身体也得锻炼。对了，小伙子心肠挺好的，你姓啥？这闺女是你女朋友吗？”陈老伯当然想有人送，但他那个时代的人，既好面子又客套，自然不会立即答应。

“我姓周，叫周乐乐。这位……”周乐乐没想到陈老伯问得如此直接，不由得苦笑，心想自己一个掏粪通下水道的，哪敢痴心妄想，正想把话说清楚，一边的美女却开口截住了他的话。

“我叫李冬萍，冬天的冬，浮萍的萍。”

李冬萍已经放下了戒心，坐在同一张餐桌上的这几个人虽然都不认识，但周乐乐冒险救过她，另外三人则是古稀老人和孕妇，怎么看都不像坏人，也不大可能对任何人造成威胁。逃跑了整整一天，不知道到底谁可信的她，这时才觉得紧绷的神经放松下来，居然报了名字。

“这名字在我们老家可不大吉利。浮萍本来就没有根，随波逐流，冬天只有枯萎。闺女，你是南方人吗？”陈老伯不知为何愣了愣，问起了李冬萍的来历。

“南方的冬天温暖，浮萍还是活的。大爷，我看大妈精神不大好，等会儿还是让乐乐开车送您过去吧。他的车是双排座，还能坐下几个人。”李冬萍不置可否，巧妙转移了话题。

“有话直说不怕，我知道你早看出来了，你大妈得了老年痴呆症，不是正常人。现在这个病不能根治，却不是完全没办法，一是要吃药，二是得不断带她到处旅游，见识一些新奇的东西，据说可以促进脑细胞再生，减轻症状。一有空，我就带她天南地北到处去玩，有个协会挺不错的，还赞助我们旅费，你们看，这衣服就是他们让穿的，好看吧？”陈老伯是个爽快人，直截了当回答了李冬萍的探问。

“那我还真得送您过去不可了。大爷您可能不知道，这工业区龙蛇混杂，治安不大好，太晚了真的有危险。对了，这位大姐，要不要等吃完东西一起送您回家？”周乐乐一向古道热肠，对陈老伯也挺有好感，又看出对方其实就等自己再次发话好下台阶，于是笑道。

“我老公等会儿就来接我。”孕妇的声音和蚊子差不多大，至今没有摘下口罩，“对了，这位小姐，能不能借手机给我打个电话，我怕辐射对孩子有害，没带手机出来，餐厅也没看见有电话。”

“我也没有手机。”李冬萍摇了摇头。

“我真的就打个电话，如果你不信，我告诉你号码，你帮我拨通。”孕妇当然不信李冬萍的话，毕竟这时代大部分年轻人可以不要父母、不要异性朋友，却不能不要手机。何况，身边这个年轻漂亮的小姐腰上分明有个运动腰包，那不正是放手机的吗？

“我也忘了带手机，腰包里是一瓶药。”李冬萍见孕妇盯着她的腰包，猜到了对方的心思，双手在腰包上轻轻按了按，果然凸出一个大药瓶的轮廓来。

“用我的手机吧。”周乐乐把自己的手机放在饭桌中心的玻璃转盘上，轻轻一推，将电话送到孕妇面前。

“我在砖窑三路路口对面的餐厅，快累死了，你还不来接我？”孕妇道谢后，拨通电话，对着手机撒起了娇。

陈老伯与周乐乐相视一笑，老人笑容里满是慈祥，周乐乐却笑得颇为苦涩，想起自己多年打拼，依旧孑然一身，不知什么时候方能成家，眼泪只能笑着往肚子里咽。

一大盘热腾腾的杂锦炒饭端了上来，五彩斑斓、香气四溢，一桌人无不食指大动。粟军虽说不大情愿，这盘炒饭却没有偷工减料，不仅分量充足，而且考虑到老人及孕妇的口味清淡和营养需求，炒饭里鸡蛋和切成丁的黄瓜、洋葱、胡萝卜、香菇、西芹、腊肉诸般食材应有尽有，却一点都不油腻。

李冬萍顾不上斯文，拼命往嘴里扒饭，连吃了三四碗后，总算放下筷子，长长舒了一口气。待意识到自己吃相不好看时，满脸尴尬地望向周乐乐，后者却已离开饭桌，找柜台边的老板粟军买单。一边的陈老伯一眼没看李冬萍，拿着纸巾，不断擦去同样狼吞虎咽的老伴儿嘴边的饭粒。孕妇不知何时已吃完，又把口罩戴上了。

“兄弟，吃完赶紧走，这里危险。刚才——喂，你干什么？”粟军正低声嘱咐周乐乐，不知为何全身一颤，指着孕妇大声喝道。

周乐乐大惊扭头，却看到不敢相信的一幕：孕妇的手里，不知何时已经握住了一把带消音器的手枪！被粟军发现的她急速扭身，对着粟军扣动了扳机。只听类似敲击木头的声音响起，粟军应声而倒。

陈老伯看得呆若木鸡，李冬萍反应却极快，站起身来撒腿便跑。便在这时，餐厅玻璃门再次被推开，一条大汉拦住去路，一把攥住了李冬萍的胳膊。

孕妇正要开第二枪，周乐乐一把抓起柜台上的计算器扔了过去，正中凶手手腕，手枪应声落地。孕妇没想到周乐乐应变快到这种地步，只觉右手剧痛，愣神间，周乐乐如猛虎扑食般一跃而至，拳头便要往对方脸上招呼。然而，对手闪避动作笨拙，确实是个孕妇，周乐乐这一拳哪里打得下去，腰身一扭，人已闪到了餐厅门口，离开孕妇时不忘一脚把手枪踢出老远。

第五章

一

李冬萍心慌意乱，拼命挣扎，无奈劳累一整天，根本就没剩下多少力气，哪里挣得脱那大汉铁箍般的大手。慌乱间，大汉另一只手已轻盈地拉开她腰包上的拉链，拿出了一个约10厘米高的小玻璃瓶。李冬萍惊叫着抢夺，大汉却小臂内收，一个肘锤往她脸上猛击过去，这一下子要打中了，整个脸都得变形。

千钧一发之际，大汉只觉疾风扑面，接着右腕一紧，被人死死握住，对方借前冲之力往外一带，不仅化解了大汉的肘击，还顺手把玻璃瓶抢了过来。李冬萍也趁大汉分神时猛力挣脱了对方的掌握，扭头看去，救她的正是周乐乐。

“东西拿来！别管闲事！”大汉有些吃惊，怒喝道。对方刚才虽然用巧劲，但握力和腕力都大得惊人，并不好对付。

“还不从你上次的老路走？”周乐乐并不缠斗，救人夺物后立即拉着李冬萍倒退，嘴里提醒着。

“瓶子还给我！”李冬萍会意，但周乐乐手里的东西至关重要，逃走前一定要拿回来。

周乐乐眼尖，把瓶子递与李冬萍时，无意中看见了瓶子里一条蠕动的大虫子和好几只大水蚁，心头一震，猛然缩手不给。就在这时，大汉哇哇怪叫着扑了上来。玻璃门外，还有两条大汉鱼贯而入。对方来势凶猛，周乐乐本想闪避，但他身后已经是呆若木鸡的陈老伯，这么一来势必伤害无辜。他急中生智，忽然把手里的玻璃瓶一晃，送到大汉的眼前。

大汉愣了愣，连忙刹住攻势，便要接住瓶子，不料周乐乐忽然把瓶子往身后一扔，双手连环快拳，往大汉脸上招呼了五六下，眨眼工夫，大汉已摔了个仰面朝天。另外两条大汉正要上前，周乐乐反手拿起餐桌上一个厚瓷茶杯掷去，正中其中一人的面门，茶杯粉碎，那大汉捂着脸蹲下哀号，手指间鲜血不住渗出。

李冬萍接住了玻璃瓶，却没有跳窗逃走，她觉得如果自己这么一走了之，把麻烦留给萍水相逢的周乐乐，实在太对不起人家。正打算找什么武器帮忙，却见周乐乐以迅雷不及掩耳之势打倒了两人，第三条大汉也吓呆了，看见周乐乐又拿起另一个茶杯，顿时心胆俱裂，转身抱头鼠窜。

孕妇看来动了胎气，痛得满头大汗，却又把手悄悄伸进了提包里，可是另一只大手忽然伸来，往她手背上一弹，在她吃痛缩手时抢走了女士提包。孕妇大惊扭头，看清来人，更是吓了一大跳，那人竟然是餐厅老板粟军！他不是饮弹身亡了吗？

吃惊的当然不是孕妇一个，周乐乐、李冬萍和陈老伯三人全都张大了嘴巴闭不起来，倒是沙婆婆依旧面不改色，一脸茫然，却还不忘紧紧抓住丈夫的手。

“还愣着干什么，赶紧走啊！”粟军把周乐乐刚才一脚踢到墙边的手枪也捡了起来，塞进刚抢来的提包里，转身一个耳光，打得孕妇晕头转向，接着身子一晃，瞬间加速狂奔，转眼间追上了刚逃出门的大汉，一掌劈到他后颈上。那大汉跑出三步后，才趴倒在地，轻轻抽搐，已然晕厥过去。

“对！快走！陈大爷，一起走吧，我送您找您的侄子。”周乐乐如梦初醒，连忙招呼陈老伯。

陈老伯到底见多识广，虽刚经历了惊心动魄的一幕，也不特别慌乱，从容背起双肩包，牵了妻子的手，跟着周乐乐出门，上了那辆双排座的清洗车。李冬萍一言不发，还是坐在副驾驶位上，微微发抖。

“你到底打算去哪里？”周乐乐发动了汽车，沉着脸问李冬萍。

李冬萍正要开口，却听身后一声轻响，车门又被人拉开，粟军竟然也上了车。

“老板你也一起走吗？”周乐乐颇为意外。

“不走难道等着被他们杀掉？”粟军冷冷反问道。

“要不要先去医院？”周乐乐想起刚才孕妇开枪，这位餐厅老板似乎中了弹。

“没打中我，本来想装死，但实在忍不下这口气。你叫周乐乐？那个袁笑生是你朋友吗？你们都不简单嘛。对了，麻烦把手机关机，她刚才拿你的手机打电话，不知道做了什么手脚。”粟军迅速平复了情绪，和周乐乐套起了近乎。

“陈大爷，好像听您说过您侄子是在学校工作的，是哪家学校？我先送您过去吧。”周乐乐苦笑一声，依言关掉手机，不愿意提袁笑生，扭头先问陈老伯。

“时代华亚学校，他叫陈自力。”陈老伯回答道。

“时代华亚陈校长？您不早说！马上就送您过去。”周乐乐眼睛一亮，立即将车开进了一条偏僻的小道。

“你认识我那大侄子？”

“我认识他，他不一定认识我。”周乐乐开着车，随口答道。

“我认识他，他也认识我。今晚正想找他，看来这个顺风车没上错。唉，大爷啊，您要早说您认识老陈，我直接把您送到家去，今晚就不会被害得餐厅也开不成了！”粟军开口接过了话头。

“都不是外人嘛。怎么称呼？对了，您刚才没受伤吧？怎么躲开子弹的？”陈老伯认真打量着粟军，对这位深藏不露的饭店老板极为好奇。

“我叫粟军。那个孕妇反应慢，我在她扣扳机前已经倒下了，她看不出来，其实没有打中我。我上炒饭时闻到她身上有股硝烟味，是个经常练习实弹射击的人，已经发觉不对。但那女人确实怀了孕，而且不认识这位小姐，我觉得多一事不如少一事，也就没有说破。谁知道越怕什么就越来什么，她真和那几个打手是一伙的。”粟军轻描淡写地说道。

“粟老板还真是艺高人胆大。”周乐乐暗自咋舌，这个餐厅老板竟然这么厉害，真人不露相，幸好他帮着自己，如果是对手，那就倒大霉了。

“我已经对袁笑生说过了，附近混社会的我大都认识，今天这帮人面生，也不是普通的流氓，他动手打翻了其中一个，估计以后麻烦不小，叫他一定要小心。我说这位小姐，你到底招惹了哪一路的神仙？”粟军解释了几个周乐乐好奇却不愿意问的问题，又问起了李冬萍。

“我也不确定。实在对不起粟老板，差点害了您。”李冬萍轻声说道。

“你不确定？我彻底被搞糊涂了。你和那个孕妇互相不认识，她却不顾产期临近，带了枪来找你麻烦，看起来是深仇大恨，非要了你的命不可。我现在连餐厅也开不成了，为了救你们差点把命搭上，你好歹让我知道一点东西吧？”粟军当然听出李冬萍不愿意说清楚原委，哪里肯轻易放过她。

“我……也没想到会连累这么多人，这次的事太复杂了，我掌握的信息也非常少，只是凭着女人的直觉逃出他们的掌控。粟老板能不能给我一点时间，我整理一下，才能把事情说清楚。”李冬萍的口吻有点哀求的意味，对心高气傲的她来说，已经很不容易。

“女人的直觉？你的直觉靠得住吗？如果直觉真的准，你就不该回到我的餐厅，也不该和那个大肚婆坐在一张桌子上。”粟军哼了一声，并不接受李冬萍的话。

“事情确实没那么简单。如果我没有猜错的话，今天爆发的变异大水蚁就和李小姐有关。”周乐乐忽然插了一句嘴。

“你说今晚的白蚁？我找陈校长就是想问问这件事呢。你怎么知道的？”粟军精神大振，改变了目标。

“大水蚁是黄翅大白蚁的繁殖蚁，也就是未来的蚁王和蚁后，只要分飞配对成功，就能在短短一年内形成新的白蚁族群。幸好大水蚁生命力不强，分飞后能存活下来的不足万分之一，不然所有有木头的地方，都会变成白蚁窝，后果不堪设想。今晚的大水蚁却和去年完全不同，生命力强了几倍，而且性情凶猛，如果白蚁都变成这样，恐怕是一场席卷全国的大灾难！”周乐乐开着车，慢吞吞地说道。

“我也是在担心这个问题。但这事你怎么知道与李小姐有关？”粟军还是不大明白，追问道。

“动物的自然进化是一个漫长的过程，不可能说变就变。大水蚁忽然变成这样，不用问是人为干预的。正常情况下，我相信也不会有谁没事干，研究怎么增强这种祸害的生命力。很有可能是有人意图把白蚁变异成为生物武器，造成重大的经济损失，从中渔利。李小姐是参与者，是不是上当受骗，现在看穿了对方的阴谋，所以逃了出来？”周乐乐不慌不忙分析着。

“你……真的只是一个环卫师傅？”李冬萍盯着周乐乐的脸，一字一句问道。

“还有假的吗？你以为我是什么人？特工？便衣警察？”周乐乐又笑了起来。

“粟老板说女人的直觉不准，我有什么办法？你是看见了那个瓶子，才猜到这些东西的吧？我不说清楚，是因为自己都不知道该从哪里说起，也不知道该不该信任你们。”李冬萍说这番话的时候表情相当轻松，已经做出了选择。

“这事等会儿再说吧，陈校长的家马上就到了，我已经微信请他准备好茶水点心。周老弟来头也不小嘛，那个计算器和两个茶杯扔得又准又狠，我也看不出是什么暗器手法，但肯定练了几年的吧？不过我更佩服的，是老弟的脑瓜子，这种人才去做环卫工人，确实浪费了。那个袁笑生今天想请你当副总，干吗不答应？你和他要是合作，肯定能赚大钱。”粟军对周乐乐的兴趣比对李冬萍大得多，这时反而不急了。

“那是网上找扔飞镖资料照着自学的。没办法啊，做这一行经常要应付流氓无赖，不练两手没法防身。”周乐乐只能苦笑，当年被方刚那个混账东西带着几个人欺负得话都不敢说，如果那时候练有这招绝技，或许不至于走到今天的地步。得感谢《水浒传》的作者施耐庵，如果不是他笔下那位令不少梁山高手吃瘪的没羽箭张清，周乐乐也没想到暗器这条路子。

二

夜已深，陈校长家的会客室灯火通明，青柑茶香气扑鼻，主人家的眉头却皱成了疙瘩。他当然不是不欢迎面前的几位客人，而是还没从李冬萍带来的震惊中醒过来。

“李冬萍是我的原名，但我进这个神秘组织，用的是另一个姐妹的身份，她叫李彩霞，和我长得有点像，是生物学天才，但临时决定考研，就把这个名额让给了我。我一个二本大学生物系的毕业生，很难找得到工作，又不愿意转行，这个机会，怎么说也不能放过。”李冬萍在路上已经想清楚了前因后果，决定赌上一场，实话实说。

“这是个什么组织？”陈校长问道。

“表面上，是一个生物科学研究机构，主要研究对象是白蚁。”

“研究那东西干什么？打着防治白蚁的幌子？”周乐乐回想今天的大水蚁，不祥预感更甚。

“你对白蚁的了解还只停留在它们的害处上。其实白蚁对我们人类有很大的价值，它体内含有多种结构和人体接近的营养物质，能改善体质，增强免疫力甚至能够抑制癌细胞增生。鸡纵菌这种蘑菇，营养可以说是蘑菇中最高的，只能长在白蚁窝边，就是吸取了白蚁排泄物里的有益物质。而且白蚁的食性奇特，能够消化一些很难进行生物降解的东西如废塑料之类，如果我们利用白蚁来清除这些工业垃圾，就能够真正实现变废为宝，一举两得。我加入这个组织，就是为了实现这个梦想。”李冬萍目光炯炯，说起自己的专业，似乎有些兴奋。

“你们主要研究些什么？”陈校长是办学之人，听李冬萍说得头头是道，也来了兴趣。

“白蚁其实不是蚂蚁，和蟑螂算同一科，但不知怎么回事变成了社会性极强的昆虫。明面上，我们的研究课题是通过人为干预，利用白蚁自身的蟑螂基因，改变白蚁的蛀虫本性，为以后的大规模饲养提供方便。万万没有想到公司的目的只是让白蚁有类似蟑螂的生命力，一旦成功，白蚁成灾，所有与木业有关的行业一定受害。黄翅大白蚁对农业的危害也很大，尤其是甘蔗之类的经济作物，变异后如果数量大增，甘蔗不够吃，很有可能蛀食小麦和水稻！我无意中发现工作人员偷偷把培育出来的大水蚁放生，举报后遭到一系列报复，但还没有想那么多，只觉得这个组织有一些不为人所知的阴谋。直到今天，那个公司忽然来了几个不认识的人，要把我关到宿舍里，我才觉得不对，逃了出来，顺便拿走了一只刚成熟的蚁后。刚才经周师傅提醒，我才发现后果比我想象中严重得多。”李冬萍口气微微发颤，对自己卷入了一场惊天阴谋后怕不已。

在场的周乐乐、粟军和陈校长不约而同打了个寒战。蟑螂的生命力有多强，别人不清楚，开餐厅的和钻臭水沟的哪里会不知道。周乐乐想起不知哪篇科普文章里说过，当年研制出剧毒农药DDT来对付蟑螂，蟑螂却仅仅用了十年时间，就能够在这种毒药的煤油溶液里游泳。如果白蚁真能进化到这种百毒不侵的地步，那真是全人类的灾难！

“我就不明白了，白蚁泛滥，是全人类的灾难，为什么会有人做这种损人不利己的事呢？”周乐乐吐出一口气，也不知道问谁。

“我也是想不通这件事，所以今晚来打扰陈校长。也算巧，你老人家的长辈竟然碰巧来我的饭店里吃饭，没有他，这么晚把你这个大忙人叫起来，你给我面子才怪。”粟军也跟着说道。

“也有你九房叔不懂的事？你什么时候来我敢不迎接？”陈校长打了个哈哈，

反问粟军。

“呃……粟老板、陈校长、李小姐，时间已经不早了，我该回去了，明天还要干活呢。”周乐乐越来越觉得这个被陈校长称为“九房叔”的粟军深不可测，而且人家马上要谈论大事，轮不到自己这种小人物插嘴，于是站起身来，准备溜之大吉。

“周老弟先别急。今天发生的事是个好机会，你也是一个不甘平凡的人，错过就可惜了。”粟军一把拉住周乐乐，笑道。

“我只是一个通下水道的，有什么资格不甘平凡？”周乐乐苦笑着想挣脱粟军，不料这位被陈校长称为“九房叔”的餐厅老板力气大得惊人，连他也比不上。

“袁笑生愿意让你在他手下当副总，足以证明你有资格，别掩饰，我看得透你的心！今天晚上的白蚁估计有很大的阴谋，后面的人来头不小，需要你这个聪明人拿些主意。你能用吸尘器对付白蚁，救李小姐时反应也很快，是难得的人才，我们正需要你。”粟军把周乐乐按回沙发上，笑着说道。

“根据新闻，3 月下旬超级大国对我国进行了加征商品关税的经济制裁，你们有什么看法？”一直低头思考的陈校长忽然问了在场众人一个看似不相干的问题。

“那个国家关心的就是自己的利益，哪里会容忍我国经济发展壮大，大量赚他们的钱。”粟军到底是个商人，三句话不离本行。

“北斗卫星一颗接一颗发射，目前我国已经完全不用依赖以前的导航系统了，超级大国这方面的暴利没有了，肯定恨死我国。近年来我国科技迅速发展，手机普及率已经超过大多数国家，连乡下卖菜的老太太也懂微信支付，这样发展下去，超级大国的霸主地位要被动摇，所以要采取措施限制我们进步。”李冬萍是技术人员，自然从科学技术角度去分析。

“周老弟，你怎么想？”陈校长把脸转向周乐乐，神情意味深长。

“国家大事，不是我们这种小人物管得了的吧？”周乐乐勉强挤出笑容，不愿意多说。

“周老弟在我这里通过几次下水道，还指出了我这里电路布线不对，以及消防方面的一些隐患，很不简单。你那天的几个建议我都采纳了，确实省了很多麻烦事。我一直记得周老弟这个人才，怎么一向热心的你今晚不肯指点了？”陈校长为周乐乐斟满一杯茶，慢慢说道。

“电工我还懂，别的方面真的不擅长。”周乐乐没想到陈校长竟然记得自己，有些受宠若惊。

“我欣赏的不是老弟你的电工技术，而是什么事都比别人看远一步的思维方式。”陈校长的语气极为诚恳。

“你不仅懂电工，还懂昆虫，更有很强的分析能力，陈校长也很想知道对于目前的国际形势，你怎么想。”粟军也帮上了腔。

“陈校长不是也看出来了吗？国外的神秘组织趁着超级大国对我们经济制裁，悄悄搞这些卑鄙无耻的小动作，让害虫进行变异，神不知鬼不觉摧毁我国的农业和木业。这么一来，大部分人都会以为就是超级大国下的手，两个大国可能有进一步争端，不管结局如何，我国和超级大国都会大伤元气。不过我觉得我国自古就是农业大国，有袁老这种世界级高人，还不至于连白蚁都对付不了吧？”周乐乐终于发觉自己要不说点什么，面前这两位高人不会放过自己，索性不再客气，拿起茶杯一口喝干，把身子往后一靠，说道。

“我工作的这家公司并不是外资企业，怎么可能和国外组织有关？”李冬萍半信半疑，问道。

“岂止不是外资企业，估计就是没牌没证的假公司吧？你说出公司名来，我查一下工商局网站就知道有没有了。”陈校长拿出平板电脑，点开屏幕，对着李冬萍轻轻扬了扬下巴。

“全名叫‘青榕生物科技有限公司’，据说是重点扶持的企业。”李冬萍轻声说着，不安的感觉越来越强烈。

“东关和全省都没有这家公司。我猜一猜，公司应该有个大庭院，占地面积不小，门口‘青榕’两个字，你觉得是公司招牌，别人看应该是富豪附庸风雅在院门上题的字。实验室的环境应该很不错，仪器也非常先进，工资也不低，宿舍环境也不错，生活设施一应俱全，想要什么都能送货上门，平时都不怎么想出去，对吧？唯一不大好的地方，就是手机信号极其糟糕，互联网也不通，不过肯定会解释说为了商业秘密，不得已进行了干扰和限制。”陈校长侃侃而谈，似乎亲眼看见一般。

“您……去过那里？”李冬萍霍然站起，问道。

陈校长和粟军愣了愣，对望一眼，一起大笑摇头。

“非正规公司，花那么多钱在工作环境上，待遇还好得离谱，你觉得像赚钱的企业吗？”周乐乐这次没有笑，淡淡解释着。

“从我刚才说的白蚁对人类的意义来说，这些投入确实值得，所以我一开始工作时丝毫没有怀疑。现在回想起来，生物研究其实根本没必要用到基因测序仪这么先进的东西，真的是有些把钱往水里扔的感觉。对我来说，那里资料很齐全，学到了很多大学没接触到的东西，如果不是公司干这么伤天害理的事，我还真得感谢老板。”李冬萍对那段时间的工作竟然不无怀念。

“我看过《昆虫记》，那位作者也是昆虫学家，他在一片废墟里研究昆虫几十年。我觉得那些地方，才是真正能够研究出成果的好地方。”周乐乐或许是有些嫉妒李冬萍的工作，或许是对自己前途黯然神伤，居然说了这么一番话。

“你也看《昆虫记》，对这类书有兴趣，也喜欢昆虫吗？”李冬萍大为惊奇，怎么也想不到这位环卫工人师傅看过那一类书。

“兴趣没有，不过听说是名著，就买来看看。至于昆虫，真的不喜欢，最讨厌的是苍蝇、蚊子和蟑螂。”周乐乐摇了摇头，眼前浮现出蚊蝇成群、蟑螂遍地且恶臭不堪的臭水沟。

第六章

一

“你可以感谢你的老板，也可以觉得周老弟的推断是空穴来风。但不管怎么说，他们想要了我的命，我不能就这么放过他们。李小姐肯不肯带路，我们一起去你公司好好玩玩？”粟军忽然脸色一变，语气里透出阵阵杀气。

“好！我带你去！但你为什么不报警？”李冬萍被粟军的目光盯得心惊肉跳，却没有犹豫，只是答应之后，问了一个很傻的问题。

“我是给他们制造麻烦，不是去自找麻烦。”粟军这两句饶舌的话，似乎答非所问。

“那你们忙大事，我先回去了吧。”周乐乐看粟李两人跃跃欲试的模样，苦笑一声，再次告辞。

“谁说你能回去的？我没有车，你有车，不是你开车送我们去，难道我们走路去不成？”粟军一把拽住周乐乐的肩头，又一次制止他开溜。

“陈校长不会没有车吧？”周乐乐哪肯轻易蹚这浑水，扭头向陈校长望去，希望对方能帮自己。

“今晚我还真没有车，车子在4S店保养，所以我也得搭乘周老弟的车子一起去。”陈校长的话更大出周乐乐预料。

“您也去？他们有枪，那地方危险！”周乐乐愕然，凭多年混迹社会的经验，他看不出陈校长和粟军与今天的几个大汉有什么关系，但怎么也想不通他们为何非要拉自己下水。

“他们有枪，我们有防弹衣，怕什么？走，马上出发！”陈校长站起来，从沙发边的地上拿起一个鼓囊囊的大背包，也不知道啥时候准备好的，朝着周乐乐扬了扬，当先出了客厅的门。

周乐乐只有苦笑，跟着陈校长出门，四人一起上了他的清洗车。李冬萍还是坐在副驾驶的位置，详细描述了公司的大致地点，周乐乐由于职业原因，对方圆十公里极为熟悉，一听就知道在什么地方。

“周老弟，我知道你不想掺和进来。问题是你觉得你走得掉吗？他们记得你的模样，就算没留意你的车牌号码，东关又有几辆双排座的高压冲洗车？更要命的是，你的手机号码他们也知道了，只要开机，他们就有可能找到你。那个孕妇打电话时说不定已经在你的手机里做了手脚，你就算关机，也逃不过他们的追踪。”粟军还是坐在后排，不紧不慢地解释着一切。

“所以现在只有主动出击，彻底打乱对方的部署，才能为我们争取到时间。”陈校长接着说道。

“该死！这些杀人凶手竟然利用孕妇，我怎么会把手机借给她用呢？都过了差不多两个小时，现在就算赶过去，他们也都撤走了吧？”周乐乐终于明白自己根本就没法置身事外，气得咬牙切齿。

“他们当然会走，但你想过没有，为什么会是一个孕妇来找你麻烦？那可真的是一个孕妇，肚子里塞枕头可骗不了有社会经验的人。”粟军还是一副什么都知道的模样。

“我估计……他们人手不够，那个孕妇恐怕在这个组织里地位也不低，难怪带着枪……也就是说，这个组织没有想象中那么严密，人也不算多，未必能够及时撤走？就算人撤走了，可能还留下大量的线索，可以顺藤摸瓜？”周乐乐打消了离去的念头后，思维恢复了平时的敏捷，稍微想了想，已经明白了粟军的意思。

“厉害！难怪你老朋友袁笑生这么看重你，不过他还是低估了你的能力，不然不会梦想把你收到他的手下。我想李小姐也真的需要赶回去一趟，是不是？”粟军在身后狠狠拍了一下周乐乐的肩膀。

周乐乐斜眼看了看副驾驶位子上的李冬萍，后者却默不作声，似乎根本听不见粟军的问话。

“九房叔这个家伙就是爱故弄玄虚，周老弟和李小姐现在还是糊里糊涂吧？

看来我不把事情从头到尾说清楚，李小姐根本就不会信任你这个餐厅老板。你们不知道吧？这位粟老板是个大财主，十年前因为老家征地，得到了巨额补偿款，搬来东关后一口气买了九套房子，都在黄金旺地，每月收租金少说也有十几万。九房叔这个外号，就是这么来的。他开这个餐厅，哪里是为了赚钱，纯粹是打发时间。”陈校长也看出气氛尴尬，开始解释起来。

“难怪这么厉害，能做武侠小说里的大侠，都是不缺钱的。”周乐乐闻言吃惊不小，但随即笑道。这种事真也好，假也好，与他一点关系都没有，九房叔粟军再有钱，又不会送给他。

“今天晚上忽然闹起了大水蚁，九房叔发觉事情很不寻常，知道我这个学校最近和生物研究机构合作，研究一些有关昆虫的课题，他就打了电话给我。顺便告诉我今晚遇到的几个有趣客人，包括一个点菜时只点猪肉而且练过拳击的胖子、一个反应很快的年轻人、一位被不明人物追踪跳窗逃走的小姐。本来那时候我该赶过来捉几只大水蚁拿回去请教研究人员，可是老家那边通知我一位本家长辈带了老婆来投奔我，老人家七十好几了，太太又得了老年痴呆症，还非要自己坐地铁过来，我只能在家里等。没想到左等右等老叔不来，打电话又关机，急得我要命，事情就是那么巧，他竟然跑到九房叔的餐厅去了。这位远房叔叔别看年纪大，眼神不差，心里更是什么都明白，周老弟打斗的时候一直顾及着他安危，他全告诉我了。倒是这个练武三十多年的九房叔看见对方有枪，吓得屁滚尿流，躺在地上装死，哈哈哈……”陈校长继续说着，不忘揶揄粟军一番。

“附近那几个混社会的老大我都认识，白道各部门也有朋友，一起不知道喝了多少次酒，都混了个脸熟。我餐厅里闹事这几个人，我一个都不认识，问那几个老大，都说不可能派人搅我的生意，而且最近没收到什么风声。周老弟估计不知道，那几个追捕李小姐的人被我和袁笑生打跑了，后面肯定还会回来，竟然还带着李小姐来找我要夜宵，赶都赶不走。这样也好，不是你们杀这个回马枪，我还不知道今晚的白蚁和李小姐有关，你们就别想脱身了。”粟军与陈校长显然交情不浅，一点都不介意对方的取笑，接过了话茬。

“看来今晚我真的不该自投罗网。”周乐乐的脸上除了苦笑，想不出摆什么别的表情。

“其实，如果是三个小时前的我，我会选择装死，然后偷偷溜走，根本就不会蹚这场浑水。”粟军忽然叹了一口气，说了句大出周乐乐意料的话。

“我也想不通，你这么个颓废不堪、生无可恋的家伙怎么一反常态，像完全变了一个人。”陈校长也是迷惑不解，这可能也是今晚他参与这件事的原因。

“我不知道你们相信不相信，有时候遇上一两个人，或者经历一件事，会改变我的一生。”粟军没有马上回答，沉默片刻，才沉声回答。

“你这种犟脾气，撞到南墙不回头，几只大水蚁能让你这么判若两人？打死我也不信。”陈校长还是挖苦的口吻。

“我相信。我就是遇上了一个人，彻底改变了这辈子。如果不是遇上特别的人，我现在可能还只是工厂里一个普通的电工。”周乐乐感触颇深，插嘴说道。

“那个人就是袁笑生？”粟军又把手按到周乐乐的肩膀上，问道。

“对，就是他。他这个家伙在我准备一辈子平凡的时候挑起了我的野心。又在我第一次创业失败、不想活下去的时候，重新点起了我的斗志。这个人情，我欠他一辈子。”周乐乐回想起认识袁笑生这七年的酸甜苦辣，感慨万千。

“你知不知道，就是你和他，把我彻底改变了？”粟军紧接着周乐乐的话问道。

“我没这个本事。”周乐乐当然不会把自己看得这么高，答话时瞟了一眼身旁的李冬萍，却发觉这个美女眼睛一眨不眨盯着他。

“你们两人的身上，有我没有的东西，那就是血性。”粟军收回了按在周乐乐肩头的手，扭头看了一眼身边满脸问号的陈校长，说道。

“血性？”这次轮到李冬萍开口了。她不大明白这个词的意思，毕竟搞科研的女性，很少会去看已经不大流行的武侠小说。

“李小姐不大懂？就是那种刚强、果断、勇往直前、无所畏惧的性格。你看我很能打，其实我最怕的就是打架，可能因为有几个臭钱，这条命宝贵，加上有老婆孩子，怕惹上麻烦连累她们，遇上什么事，能好好坐下谈就好好坐下谈，不能谈就吃点亏花点钱，当交个朋友，久而久之，胆子就越来越小了。我一个月挣下的钱，比一般人一两年挣的钱还多，根本不用为了生活奋斗，开那个餐厅真的就是打发时间，有心情就打开门做生意，没心情就把门一关，找猪朋狗友醉生梦死。这些年来，活得浑浑噩噩，一点意思都没有。如果不是两个女儿还没有长大成人，我都不想活下去了。”粟军口气平静地说着，眼睛里却闪烁着狂野的光芒。

“按照我们教育工作者的话，你这是物质生活极度丰富导致精神空虚。东关很多靠收租生活的有钱人都是你这样，结果不到五十岁，身体超过一百种病。你还算好些，每天早上练练功夫，身体没有太早垮掉，不过也拖不了几年。”陈校长说起话来还是一点情面都不留。

“你一边去！今天我算是明白了一个问题。我们几个都不是东关本地人，背井离乡来这里发展，我和陈校长还买房子定居在这里，是什么原因？说白了，就是这里发展的机会大、生存的环境好。老家是个窝火的地方，没有关系网，任你能力通天，也休想有出头的日子，这里却不一样，只要肯打拼，总不至于一事无成。拿我来说吧，拿了这笔征地补偿款，想在老家做点生意，结果八字还没一撇，一大堆平时不认识的亲戚就排队上门借钱要钱拉赞助，散尽家财也填不满他们的口袋。如果给这个一万，给那个八千，拿得多的那个觉得理所当然，拿得少的把我十八代祖宗骂了个遍，一气之下，谁都不给，干脆搬来东关！话扯远了，既然我把这里当自己的家，有人想通过培养变异白蚁这类卑鄙手段破坏这里的环境，我还能坐视不理吗？”粟军平时话并不多，今天却口若悬河，兴奋莫名。

周乐乐吐出一口气，身上已冷却几年的血液似乎又要沸腾起来。这些年来，他也曾隐隐约约感觉到：如果留在家乡，他不会遇到袁笑生这种人，也不会活成今天的自己。这些年虽然历尽艰辛，却远比平平淡淡的人生精彩。在东关这个地方，没有谁在乎他是掏粪的还是通下水道的，这要在老家，不知会被多少亲戚朋友看不起。但被人看不起就等于做错了吗？他再失败，好歹手头有两辆汽车，每月上万的收入，而且这些钱挣得干净清白，无愧天地！是东关这个城市的包容，成就了今天的周乐乐！他，是不是也该为东关做一点什么？

“快到了吧？周老弟，你先停下来，再最后商量一下。九房叔这家伙今晚不知道怎么回事，想做大英雄。我是没办法，谁叫我认识了他这个损友，上了车就下不去了。但你们不同，如果觉得没有意义，现在可以退出。”陈校长虽然认同粟军的话，但是他多少还是清醒的，眼看目的地已经不远，遂郑重其事地对周乐乐和李冬萍说道。

“他们认得我的车，还有我的手机，我反正走不掉。”周乐乐没有多考虑，只是笑了笑，但还是把车停了下来。他的意思当然很明白：副驾驶位的这位李小姐当然有权拒绝。

“你该知道我更走不掉，那你还停车干吗？”李冬萍挺起了胸脯，也笑了笑，说道。

“你不怕危险？他们有枪，还有一群恶狗。”周乐乐扭头问道。

“当然怕，但不是还有九房叔、陈校长和你吗？”李冬萍把头左扭，迎上了周乐乐那双精光闪烁的眸子。

“开车！谁叫你听陈校长的废话！你以为今晚会有多大的危险，这帮家伙发现事情败露，肯定已经走人，我们只是到人家的老窝好好找找，看有没有更多的线索。”粟军用力拍打着面前的座椅靠背，大笑道。

二

清洗车停到了一个占地几万平方米的大花园门前。果然如陈校长所料，古色古香的牌坊门上是“青榕”两个大字，看起来完全不像一家公司，更像有钱人的豪宅。花园大门敞开，夜色中可见里边花木葱茏，一条能容两辆汽车并排行驶的水泥路弯弯曲曲向内延伸，不知通向什么地方。

“犹豫什么，还不进去？快点，耽误时间越多，获得资料的可能性越小。”粟军见周乐乐放慢车速，迟疑不前，连声催促道。

周乐乐咬了咬牙，猛踩油门，驾车沿着水泥路进了这个犯罪据点。在汽车远光灯下，惨白的水泥路面上什么也没有，看来对方确实人手不足，仓促撤离，没时间像电影里那样埋个地雷或挖个陷阱什么的。

大花园里居然还有个不小的人工湖，粼粼波光在红彤彤的乌云下，变幻着奇异的颜色。人工湖一侧是个停车场，停车场的三面，则被一个室内篮球场、一栋看起来像图书馆的大楼和一栋像客房的三层小楼包围着。周乐乐大模大样把清洗车停到了客房边。

“看来原本是个度假村或乡村会所，东关这个地方的有钱人真的太多了。”粟军下了车，东张西望，感慨了一番。这位九房叔无疑比大多数人富有，但在寸土寸金的东关，他想拥有这么大的一块地盘，资金还远远不够。

“那里就是研发中心，所有资料都在里边。电脑什么的，估计已经搬走了，但一些笔录没整理的纸质资料我喜欢放在实验室隔壁更衣室的角落里，可能还留着。”李冬萍下了车，指着大楼说道。

“愣着干吗？还不带我们进去参观一下？”陈校长背上背包，反手从包侧口袋里拿出一个强光电筒，四下照了照，没发觉有什么异常，于是笑道。

“就不怕他们偷袭？”周乐乐觉得这次反攻好像一场儿戏，总觉得粟陈二人把敌人想象得太过简单了。

“哈哈，周老弟，这几百米内除了我们，没有一个活人。你以为陈校长没有准备吗？他的背包里可不是什么防弹衣，而是小型雷达生命探测仪，那宝贝地震废墟里有没有活人都能够探测得到，下车前已经扫描过了，没人。想安全，最好赶紧进去，如果有奥运会冠军级别的远程狙击手，站在这空旷的地方更危险。”粟军拍着周乐乐的肩膀大笑道。

“校长还有这种东西？”周乐乐啧啧称奇，总算明白了为什么粟军如此托大。

“没有金刚钻，不敢揽瓷器活。就像你没有一身本事，也通不了下水道。也别高兴得太早了，对方能砸这么多钱下去干坏事，训练出来的人没那么容易打败，里边没活人，天知道有没有什么毒虫。一切小心为上，知道吗？”粟军嘴上说得轻松，脸上却是神色凝重。

“对了，可能还有狗，现代的生命探测仪能自动过滤人类以外大多数动物的电磁波，未必能探得到狗。”周乐乐从车上的工具箱拿出心爱的电工工具腰包，围在腰上。腰包里各种电工工具护具均经过认真挑选，重量轻、体积小、价值不菲，是他吃这行饭的本钱。

三

李冬萍默默注视着周乐乐的一举一动，有些困惑。这个经常满脸笑容的环卫工人究竟是什么人物？他好像什么东西都知道，面对危急情况冷静如常，智计百出，粟军这种深不可测的隐形富豪，竟然能被他影响而改变人生观？陈校长这么一个文质彬彬的教育工作者，接触交往的社会精英不知凡几，也对这个底层小人物推崇至此，半夜三更的，冒着生命危险出来一起疯？受影响的当然不止这两位成功人士，她李冬萍也不知不觉从六神无主中走了出来，大致知道自己该做些什么，不管是现在，还是以后。

作为一个刚从大学校园出来的科研人员，李冬萍脑子里的东西其实不多，除了庞杂的实验数据之外，就是长跑。如果同行以外的人和李冬萍聊天，估计会活活闷死，因为她能说出来的话，不是节肢动物门、昆虫纲、蜚蠊目、白蚁科等有关虫子的术语，就是多巴胺、内啡肽、荷尔蒙、左旋肉碱之类跑步时人体的分泌物，对于时尚女性精通的化妆、穿衣、逛街、网购、嫁人、生子之类的知识，休想从她嘴里挖出一星半点。好好一个高挑秀丽的美人儿，整天一身土得掉渣的工作服，不近视也戴着防紫外线的护目眼镜，记录用的签字笔不是夹在耳朵上就是上嘴唇和鼻子之间，吃起饭来狼吞虎咽像和食物有十冤九仇，接触过她的男性基本都摇头大叹老天弄错了性别。

或许正因为如此，这家以科研机构名义阴谋对我国进行生物破坏的组织，才完全放下了戒心，对这个十足的书呆子全然不加提防。因为无数历史事实证明，这类人就算正义感极强，做得出的事也有限，古人不是有话“书生造反，三年不成”吗？

这一切却只是表面现象。

李冬萍的血管里流动的，确实是一个称职科研人员的血，她不仅不是书呆子，而且具备很强的独立思考能力。现代的大学校园，早已经不是纯白无垢的象牙塔，而是踏入社会的第一步。20世纪90年代出生的年轻人，被誉为“互联网的原住民”，思维方式不是几年前来到世界上的人能够想象，只要胆子够大，他们的大学生涯，已经提前进入同居时代。当然，李冬萍思想相对保守，大学期间经历的是柏拉图式的爱情，仅发展到牵手阶段，已经被现实冲击得支离破碎。分手的表面原因，当然是女方脑子里只有学习和实验，忽略了男朋友的感受，实际上除了不容易吃到禁果外，还有家庭贫富差距和生物学研究前途等一系列与爱情无关的问题。李冬萍不是琼瑶剧的女主角，对方唾沫飞溅情绪激动地提出分手也没觉得太伤心，只是把心思转移集中到学习上，未到毕业，就云淡风轻了。

说不伤心，肯定是假话，只是李冬萍觉得从这一场失败的恋爱中得到的远比失去的多。如果不是这个势利男人，她也不会考虑自己工作和经济方面的问题。

生物系毕业生就业难，所以在毕业前一年她已经开始寻求解决方案，也就有了她冒名李彩霞到这家青榕公司应聘的事。

正因为身份是假的，李冬萍珍惜这份工作，才在整整一年中以书呆子面目示人，一直没有被识破。但得知辛苦研究的成果要被拿去做坏事时，她立即意识到自己上了贼船，马上便逃出了这个舒适的魔窟。

逃走时，李冬萍还顺手偷走了培育出来的最新一代白蚁蚁后。

第七章

一

李冬萍偷走白蚁蚁后，可以说是无意识的举动，脑海里根本就没想过这个东西对自己有什么用。接下来一连几个小时的逃亡，数次险些落到追捕大汉手里，她更加没有时间思考下一步该干些什么。遇上周乐乐的时候，她已经筋疲力尽，极度饥饿令她灰心丧气，如果追捕者早一步捉到她，她或许已经放弃抵抗，听天由命。

可是病急乱投医却遇上了好医生，周乐乐不仅冷静地摆脱了那群杜宾犬，而且兵行险着，带李冬萍回到那家本是慌不择路逃进去的“东方辉”餐厅，几碗炒饭下肚，恢复了她的体力、信心和对抗命运的勇气。至于那个带枪的孕妇，李冬萍以前从没见过，对方无疑是神秘组织里的高层，可能有照片，但只知道李冬萍的化名“李彩霞”，没有确定目标，因此迟迟没有发难。后来通过试探确定了李冬萍没有手机和身上带着白蚁蚁后，才借周乐乐的手机联系爪牙来支援。当然，另一个没动手的原因，是周乐乐怕冷落了一桌人不断轮番没话找话说，间接监视了每个人的一举一动，如果不是他去柜台买单，或许那孕妇根本没有掏枪的机会。

在餐厅里吃东西时，李冬萍完全没有怀疑在场任何人，所以受到的惊吓实在不小。就是这个时候，周乐乐掷出一个计算器和一个茶杯，轻松解决了孕妇手里的枪和两个大汉，而“中枪”的粟军展示出更厉害的身手后，李冬萍更加惊疑不定。她感觉自己已经被卷进了命运的旋涡，完全身不由己，这两个男人比神秘组织的大汉还厉害得多，如果真要对她做什么坏事，她根本就没有还手之力，事到如今，只能见一步走一步。

周乐乐看见了瓶子里的东西，粟军显然也看见了，却都避而不谈，李冬萍内心忐忑，脑子里更乱成一团。粟军要求李冬萍带路回公司时，后者才心里一动，隐隐约约猜到了他想做些什么，却一时还是无法理清思路。直到听了车上三个男人交心之后，李冬萍终于知道他们的意图，也清楚了自己该做些什么。

事情已经开始明朗：某国外极端组织准备在东关培养变异的大水蚁，在贸易战的敏感时刻从后方破坏我国的经济支柱，并嫁祸栽赃，坐收渔人之利。现在研究已经初步完成，就算作为骨干的李冬萍不再参与研究并带走了新一代蚁后，这次大水蚁分飞的效果已经很明显。这个神秘组织手头已经有充足的研究资料，白蚁繁殖又快，再培育更可怕的蚁后只是时间问题。这个惊天阴谋一旦实施，后果不堪设想，最聪明的办法，是把研究继续下去，找到变异大水蚁的弱点，制定出有针对性的防治措施。如果真打算这样做的话，这个组织里的资料就非常宝贵了。而李冬萍，则是整个计划的核心人物！如果一切顺利，不仅可以弥补这一年来无意间犯下的错误，还可以为这场国家级的暗战立下汗马功劳。

二

“慢着！”

四人刚进了实验大楼的玻璃门，周乐乐忽然一把拉住了当先领路的李冬萍。

“不是说里边没人吗？放开！”急不可待的李冬萍下意识想挣脱周乐乐抓住自己上臂的手，却觉得对方五根手指如同铁箍，比在餐厅的那个大汉的握力还大。如果换别人如此无礼，李冬萍或许觉得是奇耻大辱，但周乐乐这么做，她却没法生气。

“气味有点不对！”周乐乐的语气凝重无比。

“气味？”李冬萍不由自主东闻闻、西嗅嗅，却没觉得有什么异常。

“有一点类似漂白水的气味。”粟军用力嗅了嗅，说道。

“这有什么奇怪的？天气潮湿闷热，这里清洁工每周两次用勾兑过的漂白水来拖全实验楼地板，为的是杀菌消毒。喂，你捏得我好痛，能不能放手？”李冬萍闻言释然，觉得周乐乐有点小题大做。

“不对，气味不对！那边是不是楼梯？怎么开着应急灯，断电了吗？”周乐乐放开手，用自己工具包里的小电筒扫了扫天花板，又问了一个莫名其妙的问题。

“有些大型实验器械是接三相电的，如果拆走的话，肯定要切断电源，有什么奇怪的？”李冬萍虽可以自由走动了，但看见周乐乐眉头紧皱，知道他一向心思缜密，也不敢迈开脚步。

“周老弟觉得有哪些不对？”陈校长也比较了解周乐乐，见状连忙问道。

“电源开关在哪里？配电房在哪里？马上告诉我，晚了就来不及了！”周乐乐没有回答陈校长，却接连问了两个问题。

“开关在门右侧，我去打开。电工房在那边。”李冬萍指了指门外后，三步并作两步走到电源开关边，总开关果然被关掉了，但扳上去后，整栋楼一点反应也没有。

“你们等我一下，先不要上去！”周乐乐说着话，用最快的速度奔向门外配电房的方向。

“那小子什么意思？我们要不要听他的？”粟军莫名其妙，问陈校长。

“周老弟这么做有他的道理，可能这里已经是一个陷阱。听他的语气，有办法破解，先等等吧，不在乎这一两分钟。话说，这里是不是有管道煤气什么的？如果有，开灯可能引发爆炸。”陈校长也摸不着头脑，却还是选择信任周乐乐。

“东关的管道煤气和天然气还没那么发达，送不到这么偏僻的地方。再说了，你没有留意吗，上边的窗户差不多全打开了，就算有煤气，浓度也大不到哪里去，未必会爆炸。老陈你电视剧看多了吧？”粟军揶揄道。

话音刚落，应急灯忽然熄灭，接着大楼几处刚才李冬萍顺手打开的照明灯全亮了，并没有引发煤气爆炸。

“现在马上上去拿资料，马上！越快越好！小心，大楼里倒了很多汽油，因为加了气味抑制剂，这里闻不到什么气味。我怀疑他们要点火烧楼，什么隐藏的文件估计都要化成灰！”周乐乐疾奔回来，连声催促道。

“你就是为了这个开灯？搞什么鬼？”粟军还没弄清楚周乐乐的用意，却也不敢怠慢，跟着李冬萍拔腿狂奔。

沿楼梯登上三楼时，果然闻到了一阵淡淡的汽油味，地面湿而且滑，已经倒了不知多少汽油。粟军斜眼看了看身边的周乐乐，心里不得不佩服这个家伙的博学多才，经过灭火器箱时，顺手拿了一个干粉灭火器提在手里。

李冬萍越发相信周乐乐的话，一点没有犹豫，推开虚掩的实验室防火门，一个箭步跨了进去。

门里是一间约十平方米的更衣室，被一米高的两排长桌隔成三部分，进去的工作人员要先行脱鞋，从长桌上跨过去后，在中间部分换上白大褂，套上鞋套并佩戴各种工作护具后，再翻过另一层矮桌，穿上特制的鞋子才能进入实验区域。李冬萍这个时候哪管得了那么多，用力一跃，已经掠过长桌，打开了实验区的门。周乐乐和粟军的弹跳力也极好，照法施为。倒是陈校长体力不佳，又背着好重一个背包，越过障碍费了些力。

“资料室在尽头。”李冬萍开门后打开电灯，面前是一条数十米长的走廊，她指着左边说道。

“快去拿东西！”周乐乐捂着鼻子说道。实验室里的汽油味更大了。

“这走廊要是烧起来，我们还没有跑回来，就会一氧化碳中毒死掉。”陈校长探头望了望，发现走廊没有窗户，只有中央空调的通风口，一时犹豫起来。

“快点！不要拖！对方这个陷阱就是想我们浪费时间！”周乐乐见三人都不敢轻举妄动，当先狂奔起来。

李冬萍本也迟疑不定，这时见周乐乐信心十足，情不自禁跟在他身后。

“别跟过去！危险！你看那东西是什么？”陈校长指着更衣室角落对粟军说道。

“那是定时炸弹吗？”粟军上前捡起那个像变压器一样的物事，只见上面一个小小的屏幕，正在倒计时，还剩不到一分钟了。

“不是炸弹，这是定时点火器！那帮家伙已经猜到我们会来，打算烧死我们，顺便把所有的资料销毁！快，叫他们回来，我们马上走！”陈校长抢过来看了一眼，当即脸色大变，抬头看见更衣室没有窗户，连忙翻过两重矮桌，打开门，把手里的东西从走廊对面的窗口扔了出去。

可惜一切早已在敌人算计之中，就听“嘭”的一声闷响，实验室门外已经成了一片火海。定时点火器显然不止一个，而且时间计算得相当精确，先行断掉退路，然后再活活烧死这几个人。

粟军反应极快，一把将陈校长拽回更衣室内，关上了门。这里的定时点火器已经扔了下去，更衣室的优质防火门能够阻隔火海一时，但也不会给他们多少时间，毕竟防火门耐烧但不隔热，升到一定的温度后，足以点燃更衣室内弥漫的汽油蒸气。

“进去！快！这里等不了多久！”粟军当机立断，拉着陈校长进了实验室区域，关上了这一边的防火门。

三

长走廊的地面涂了深绿色的耐腐蚀地板漆，虽然被汽油浸得湿漉漉的，也不是很滑。两边都是各种实验室，隔着玻璃，可以看见里边的电脑主机全被搬走，各种大中小型的实验机械全都切断了电源并被破坏。每个单间实验室的防火门都锁得死死的，而且门和锁的质量都非常好，一时半刻休想弄得开。粟军试着用灭火器狠狠砸了一下走廊这边没法打开的玻璃窗，那玻璃仅仅多了一道印痕，看来就算不是防弹玻璃，也是极为结实的品种。就算能够进入实验室，从窗户逃生，这楼房每层高度 5 米以上，三楼离地面超过 10 米，跳楼也是凶多吉少。

“看来咱们低估了这帮洋特工。他们算定我们会来找资料，绳圈弄好了，就等我们把脑袋塞进去。”陈校长内心的不祥预感越来越强烈。

“别长他人志气，灭自己威风！天无绝人之路，他们这么做，估计资料还真留在这里，不然哪里来的鱼饵钓我们这几条大鱼？”粟军扔了手里的灭火器，一边疾走一边笑着说道。这个时候还笑得出来，也算了不起。

“未必，这是心理战术，吃准了我们一定会回来。现在我先打电话报火警，希望洗手间没有倒汽油，我们能在里边支撑到获救。”陈校长拿出手机，却发觉根本没有信号，这才想起自己已经猜到过这里一定屏蔽或者干扰了手机信号，怎么反倒忘记了。

“洗手间更不安全。”粟军刚好看见了洗手间，但仅看了一眼，立即退了出来。只见洗手间里横七竖八一堆20升的汽油罐，天知道哪个罐子里边还有汽油。

走廊的尽头就是资料室，从门口地上一个已经被破坏了的定时点火器看来，周乐乐并不是没有准备。

“怎么样，找到资料没有？话说，有那么夸张吗？”粟军推门进去，刚大声问了一句，便张口结舌。

“资料有，不过太多了一些。”周乐乐指着满地堆得足有一米高的上百万张满是字的打印纸，苦笑道。

“难怪李小姐肯定资料会留在这里，他们哪里知道核心资料在什么地方。这里不会弄几个文件柜，分门别类保存实验记录吗？”陈校长四下看看这15平方米的资料室，也只有苦笑。

“所有的资料都录入电脑，核对后备份，这些记录对他们来说用处不大，差不多所有的工作人员都是乱放的。我凭直觉，可能一些比较重要的记录用得上，就放在角落里，每次顺手整理，但逃走之后他们又在上边压了不少东西，所以耽误了一点时间。这里严禁把任何存储设备和有关实验的书面记录带走，东西也只有放这里才安全。行了，找到了，我们走吧！”李冬萍解释着，扬了扬手里的一大沓数据记录。

“哪里还走得掉！你不知道外面已经烧起来了吗？”

粟军话音刚落，轰的一声，资料室外的走廊也被点燃了。

四

几乎在资料室外的满地汽油被点燃的同一刻，周乐乐从容关上了门。

“完蛋！就这道门是木门，不是防火门！”陈校长的鼻尖已经渗出了汗珠子。

“资料室里没有倒汽油，不怕。”周乐乐随手抓起几张记录纸揉成一团，塞住了资料室门下方的空隙。

“你那天和我一起探讨了一下消防安全知识，我懂得没有你多，口服心服。不过现在的我已经好好看了几本消防安全方面的书，这个房间虽然没有汽油，但木门大约 6 分钟就会被烧穿，纸的燃点只有 130 摄氏度，一个热浪过来，马上就会烧起来。房间有气窗，有足够的氧气支持这些纸燃烧，我们却逃不出去，只能变成烤人干！我们的对手不是一般人，这个陷阱经过精心计算，把我们的心理因素全部估计到了：汽油加了气味抑制剂，我们在一楼闻不到味道，容易放松警惕。等上来了，发现有汽油，却算定李冬萍一定会来资料室，而资料室里没有汽油，让你们放下心来慢慢在他们压得层层叠叠的资料里寻找。这时候才从下到上依次点燃汽油，断我们的退路，让我们在绝望中活活被烧死。连那两个定时点火器，恐怕也是故意放在显眼的地方让我们看见的。”陈校长喘着粗气，声音发颤，聪明如他，已经洞悉了敌手的阴谋。

“他们真的做得这么绝？”李冬萍吓得面如土色，万没想到这个组织竟然如此心狠手辣。

“陈校长还真因为我去研究消防常识？”周乐乐还是一脸的笑容，看不出一丝惊慌失措。

“这时候周老弟还笑得出来？我们可是出师未捷身先死啊！”粟军这个时候也慌了神，内心开始后悔先前的冲动，但看见周乐乐镇定自若的神色，觉得自己身为今晚行动的倡导者，断不能认输，于是也说起了俏皮话。

“对方的计划错在太周密，一环扣一环，所以只要破坏掉其中一个环节，整个计划就会乱成一团。”周乐乐不慌不忙说道。

什么意思？粟军和陈校长你望我，我望你，都发现对方的疑惑。

“我闻到汽油味，就猜到他们要用火攻。他们切断电源，本来就是计划的一环，除了让我们看不清楚路、更加慌乱之外，还能够让消防喷淋系统失灵。我刚才看见天花板上有喷淋头，就猜到他们肯定会断电，所以就算耽误一点时间，也要把电源接通。我们运气也不错，这里的消防安全设施按照发达国家的标准设计，消防泵房就在配电房隔壁，我接通电源后顺便进去看了一眼，管道压力和电源配置都正常。只要通电，起火后最多半分钟，自动喷淋系统就会启动灭火。不信你们摸一下木门，一点都不烫。”周乐乐一边说，一边把手按到了资料室的门上。

另外三人面面相觑，作声不得。

“那还愣着干吗？还不快走！”粟军定了定神，就要拉开木门。他现在一分钟也不愿待在这个可怕的地方。

"先别忙。你做好准备没有？"周乐乐拦住粟军，说道。

"什么准备？"

"校长不是说过吗，如果外面的走廊烧起来，我们可能还没走到出口，已经中毒而死。尤其是被喷淋装置强行灭火，汽油燃烧不完全，一氧化碳的含量很高。"周乐乐还是笑着说话，但谁都可以听出他绝不是说笑话。

"那怎么办？外面的走廊没有通风口，一氧化碳和空气差不多重，也不溶于水，用衣服捂着鼻子也没用。"陈校长刚放下的心又提了起来。

"也没什么好办法，我们都深呼吸几口，然后憋着气不呼吸，一直走到更衣室就行。我数一二三，大家一定要憋好气，走廊烧过火，温度高，毒气膨胀，只要一开门，大量毒气会立即涌进来，这里马上变成死地。好，一，二，三！"周乐乐指挥若定，数到三的同时拉开木门，不理扑面而来的热浪，屏住呼吸疾行。

粟军和陈校长都是见过世面、桀骜不驯的人物，这时候却乖乖按照周乐乐说的话做，捂住口鼻，随后疾行。李冬萍握紧了手里的资料，屏息凝神，加快脚步，紧紧跟上周乐乐，觉得这个时候离这个男人越近越安全。

四五十米的走廊，说远不远，说近不近，等进入更衣室，几个从鬼门关转了一圈回来的人趴在矮桌上大口喘气，觉得那满是汽油味的空气变得比名贵香水还香。

"快走！先离开这是非之地！"粟军是从小练武的人，体力恢复得最快，调匀呼吸之后立即催促大家离开。

"走再快也没有用，我们平安无事，对方一定已经知道了。这些家伙肯定在远处用高倍望远镜偷偷看着我们呢，现在应该在部署下一步。以那辆清洗车的速度，今晚我们能不能避过接下来的追杀呢？"陈校长的体力在四人中算是最差的，依旧喘着气，但脑筋运转的速度却是比谁都快。

"就凭他们那几个人手？"粟军冷笑道。

"就算人手不足，只要盯着我们，主动权就在他们手里。再说了，附近几公里偏僻，杀人灭口可以制造车祸什么的，需要的人并不多。九房叔，我们不能太小看对手，得好好想想下一步怎么办。今天要不是周老弟，你我兄弟已经永远留在这里了。"陈校长郑重其事地说道。

"如果监视我们，一定会在高处。附近没有什么高楼，只有一处公园里有个几十米高的小山头，离这儿大约一公里，监视我们的人会不会在那里？”李冬萍忽然开口说道。

“这还不容易，我去公园收拾了那家伙不就行了？你们开车吸引他的视线，我偷偷溜过去制服他，说不定严刑拷打一番，还能问出更多的东西。”粟军险些踏进陷阱丢了老命，这时一肚皮气没地方发泄，闻言咬牙切齿，把拳头的骨关节捏得咔吧咔吧响。

“对方说不定有枪！再说了，你会隐身法吗？人家也不是傻瓜，几个人在车上估计数得清清楚楚，这点小把戏未必骗得了他们。”陈校长一边说一边摇头，觉得今晚老朋友粟军完全变了个人，冲动得厉害。

“而且他们最少有八条杜宾犬。”周乐乐补充了一句。

第八章

一

“无论如何，今天晚上的行踪不能再暴露，宁愿等在这里。他们确实人手不足，下一步只能跟踪我们然后找机会报复。只要能够等到天亮，我们就可以通过自己的途径展开反击！”陈校长的情绪也从刚才的死里逃生中恢复过来，两眼再次炯然生光。

“等？你开玩笑吧？明明知道有人偷窥，我们还要被当猴子来看？明天？现在半夜一点多，早早收拾了他们，我们也来得及休息一下，好好洗个热水澡睡觉多好！干吗非得在这里瞪着眼睛等几个钟头？”粟军其实知道陈校长一向深谋远虑，他的建议绝对有道理，不过抬杠多年，这个时候也忍不住要反驳一下。

“监视我们的，只会是一个小卒子。你和我都不是光棍一条，不能一下子把对方一网打尽，我们的老婆孩子亲戚朋友可就危险了。”陈校长平静地说道。

“你以为等就安全了？那是敌人不知道你也掺和进来了,但他们已经知道‘东方辉’是我的，迟早找得到我家。明天我们可以开始反击，他们也会有行动。这个时候最要紧的是争取时间，谁先走一步，谁掌握主动权。”粟军的内心其实已经认同陈校长的话，却依旧不肯退一步。

“你忽悠这两个年轻人就算了，对我说这些有意思吗？说到保护家人，谁做得比你好？连我想找弟妹和侄女吃个饭都难，这帮间谍特工没个十天八天休想得逞。别担心，明天咱们一起找丁学志去，只要他肯答应帮这个忙，管他什么极端组织还是恐怖组织，在东关这一亩三分地别想碰我们一根毫毛！”陈校长悠然在前台的椅子上坐下，说道。

“粟总，我记得听你说过，这帮人和我朋友袁笑生有过冲突？”周乐乐忽然插嘴问道，一向笑容不改的他，这时脸上是少有的严肃。

“还不是因为你！他准备出去找你的时候被一个浑蛋拦着问话不让走，一拳打翻了一个。那家伙拳击练得不错，火候和你的暗器有的一拼。”粟军回答道。

“我们还是不能等在这里，要主动出击，不然下一步可能连累袁胖子。”周乐乐皱着眉头说道。

“怎么出击？对方占据有利地形，我们采取行动前，他们隔着老远就能够看见。现在带夜视功能的望远镜又不是弄不到，何况这些人是间谍组织的特训人员。”陈校长摇头不认可周乐乐的话。

“他们有他们的优势，我们有我们的优势。那个公园我知道，小山包车子是开不上去的，只能爬楼梯到那个凉亭里。他们的汽车应该在停车场，只要我们装作路过时忽然改变路线，对方根本来不及逃跑。就算我这破车够糟糕，全速开过去，1 公里多的路也只要 1 分钟时间，那时候他们只能靠两条腿。”周乐乐一边说，一边掏出了车钥匙，看那意思是不管陈校长怎么说，他已决定出发。

“枪呢？狗呢？”陈校长又问道。

“对方没有那么多人，也没有那么多枪！不然李小姐早就中弹了。至于狗，一根棍子、几块石头的事，门口那一大盆花里有不少鹅卵石，大小正好。”周乐乐已经拿出一个小小的帆布口袋，在玻璃门内侧的大盆景里捡起了石头。

“那个公园也有几万平方米，我们几个人去搜一两个人还不是大海捞针？还得有人守着他们的车吧？我一个人也没办法对付，最多只能兵分两路，能找得到不？”李冬萍也提出了异议，觉得主动出击虽不算冒险，却没有多大意义。

“陈校长不是有生命探测器吗？半夜三更，下过雨，还闹过大水蚁，公园里哪还有别的人！能够锁定目标，我们根本不用分散行动。”周乐乐把一小帆布袋石头固定在腰带上，笑道。

“哈哈哈！老陈，周老弟比你厉害多了！”粟军愣了愣，哈哈大笑。

二

东关早在多年前就拆除了大部分公园的围墙，任由市民和外来务工人员免费消闲玩耍，茶园公园就是其中之一。夜深人静，公园里路灯昏暗，花木斑驳，到处是雨后浓烈的泥土气息，看不见半条人影。

周乐乐果然用了不到一分钟时间，就把清洗车开到了公园里唯一的小山包附近。这小山包其实只有几十米高，根本算不上山，只是托了茶园公园的福，没有像它无数同类一样被挖土机夷平，最后得以鹤立鸡群，成为附近海拔最高的地方。小山头东西两边各有一道台阶辗转通向山顶凉亭，上下山不用走重复的路。每天清晨，不少老人都喜欢拾级而上，坐在凉亭里讨论一番家长里短、菜价肉质、保健养生诸般话题，享受送孙子上学前这一小段自由时光。在凉亭里，附近几个工业区、居民区尽收眼底，如果想监视青榕公司里的一切，这里确实是最合适的地方。

“山上只有一个人，看来已经知道我们来找他麻烦了，正从西边下去呢。”陈校长已经打开了生命探测仪，找到了目标。

“停车场就在西边，看来他们有车。”周乐乐说着猛踩油门，几秒钟已到了上山台阶边。这里果然停着一辆外地车牌的小轿车。

“油门轰那么大，还开着车灯，你是生怕他不知道我们在哪里吗？”李冬萍问道。

“当然了，又不能开车上山，没确定有没有狗，也不方便下车，我们只能打草惊蛇。”周乐乐笑着说道。

“这是个好主意，那家伙停下脚步了，又迅速上到山顶，看来准备从另一边逃走。”陈校长说道。

“上山容易下山难，两三百级台阶，快得过我们开车？”周乐乐一扭方向盘，清洗车一个掉头，不到半分钟便开到了东边台阶尽头。

“他又上去了，准备走另一边。”粟军探头看了看陈校长手里探测仪的屏幕，笑道。

“那我们再回去截他。”周乐乐再次掉头，几下子又回到西边台阶边。

“他又上去了。这次他学乖了，待在凉亭里不肯动，等我们下车呢。”陈校长对这猫捉老鼠的游戏也觉得意兴盎然，指着探测仪说道。

“我下车去捉他，你们守好这个路口，别让他跑了。”粟军面露狞笑，摩拳擦掌，急不可待。

“不用急，现在关车灯，他看不见我们，会先沉不住气的。”周乐乐一点也不紧张。

“也别小看这家伙，他已经离开凉亭，没有走正路，估计想从别的地方溜走。”陈校长眼睛一直盯着生命探测仪，又有新的发现。

“大概是什么方位？”周乐乐问道。

“东南方向，那里好像离公路比较近，难道有人接应？”陈校长回答。

“那他就自找苦吃了。”周乐乐冷笑一声，伸手扔了块石头出去，正中小轿车的车顶，汽车防盗器的警报声在夜里分外刺耳。紧接着，周乐乐开车往陈校长说的方向猛追过去。

三

小山包能成为方圆几公里独一无二的存在，就是因为它挺拔陡峭，虽只有几十米高，但看起来颇为雄伟。除了两道台阶之外，四下里种植了各种乔木灌木，在几乎没有冬天的东关生长多年，郁郁葱葱，只要拼着吃点苦头，从这些斜度在60度以上的坡道平安下来没多大难度。

夜色中一条黑影正摸黑拽着身边的树枝草叶缓缓下移，冷不防一阵刺耳的警报声响起，那人全身一哆嗦，不由自主加快了脚步。可是刚到小山包半山腰，一阵发动机轰鸣，接着车灯刺眼，已经有人在山下截住了去路！黑影怎么也想不到对方竟然对自己的行径了若指掌，大惊之下，手足并用欲原路攀回，不料树枝地面净是苔藓地衣，雨后既湿且滑，右手一个不小心没抓住，重心顿时，整个人滚下了陡坡。幸好被灌木丛缓冲了下跌趋势，没有受重伤，却也鼻青脸肿，脸上被荆棘划得横七竖八全是血口子。

“你这么急干什么？慢慢下来我们也会等你嘛。”

那人听见戏谑的声音，哪敢说话，爬起来撒腿就跑，可是还没有奔出两步，脚下被人一钩，摔了个狗啃屎。那人身手倒也了得，就地连滚几滚，一个鲤鱼打挺跃起又跑，可惜还没站稳，脚踝处又挨了一记扫堂腿，仰面摔了个七荤八素。

“粟军这家伙五岁就开始学武，练了几十年，这个家伙估计爬起来几次摔倒几次。”坐在车上没动的陈校长看着粟军尽情耍弄敌人，连连摇头。

“当年我要是有这本事，也不用天天钻臭水沟了。”周乐乐回想起被方刚欺骗敲诈的往事，脸上虽仍带笑容，神色却颇为凄苦。

“难怪我看你怎么都不像个环卫师傅，有人逼着你做这一行？”李冬萍不忍看粟军痛下狠手揍人，一直偷偷留意着周乐乐的神情，琢磨着这个男人是怎么料到监视的敌人会摔下山坡的。蓦然看见周乐乐凄苦的笑容，心里没来由地一疼，如同被针刺了一下，忍不住问道。

“没人逼，我自愿的。”周乐乐笑容隐去，答道。

“以你的本事，不可能拿不到高薪，不是自愿吧？”李冬萍忽然有进一步了解这个男人的冲动，追问道。

“没办法，可能犯贱吧？这叫‘宁做猪头，不做龙尾’。”周乐乐刚收起的笑容又浮现在脸上，却没有了刚才的凄苦。

李冬萍忍不住哈哈一笑，没想到周乐乐竟然把“宁做鸡头，不做凤尾”改成俏皮话。

“职业没有高低贵贱之分，不过下水道又脏又臭，满是细菌病毒，如果不是被逼到山穷水尽，也没几个人肯做这一行吧？周老弟，等这件事过去了，到底谁欺负你，我叫九房叔为你出气。”陈校长缓缓说道。

“我现在已经能够找他出气，但他已经破产倒闭，还发了疯，进了精神病院。我没必要再和一个疯子计较了。”周乐乐摇头笑笑，说道。

“看来恶有恶报，那家伙是谁？”

“可迪科技，方刚。”周乐乐当然记得这个仇人的名字。

四

“方刚？我听说过这个人，曾经在我这里读过MBA，不过没有毕业，成绩实在太差，没有哪科超过40分的。后来听说办了个假学历证书，是行业里的笑话。他怎么惹了你的？”陈校长居然也听说过方刚，谈兴更浓。

“都是过去的事了——小心！”周乐乐不愿再谈起往事，正要扯开话题，猛见那位摔了十来跤的监视者忽然手一扬，一把泥沙撒到了粟军的脸上，紧接着翻身坐起，另一只手上寒光闪烁，不知何时握住了一柄匕首，狠狠往粟军的小腹捅过去，连忙高声示警。

粟军正得意扬扬，冷不防一把潮湿腥臭的泥沙扑面而来，听到周乐乐示警，连忙后退，只觉小腹一寒，刀尖已顶上了肌肤。他万万没有想到看似已经全身骨头摔散了架的敌人竟如此耐打，全然没有防备，倒退为时已晚，对方这一刀既快且狠，非要在他身上刺个窟窿不可。

眼看就要见红，周乐乐手一扬，一颗小鹅卵石飞出，正中敌人的臂弯。那人条件反射地肌肉收缩，匕首在千钧一发之际顿了半秒，粟军连忙倒退一步，吓得一身冷汗。那人一击不中，也不追击，爬起来猛跑。但他毕竟摔了十来次，腿脚不便，仅几秒钟后，抹去脸上泥沙的粟军已疾步追上，一把抓住敌人握刀的左手腕，猛扭几下，咔吧一声，将他的肘关节扭脱了臼。那人剧痛之下，再也站立不稳，瘫倒在地，大声喘气。

“没事吧？”赶上来帮忙的周乐乐见粟军眨眼间制服敌人，松了一口气，一阵后怕。

“没有你那一石头，我就出大事了。这个王八蛋，想杀了我！”粟军又急又气又恨，把那人的另一条手臂也扭脱臼了，这才喘着气回答。

“大意了吧？你以为现实是武侠小说吗？谁和你堂堂正正过招啊！我说，你确定没受伤？”陈校长也被刚才的变故吓得心惊肉跳，却还是不忘讽刺粟军两句。

“时间不早了，该怎么处置他？”周乐乐不敢再耽误时间，沉声打断了两人的斗嘴。

“先抬上车，拉回去慢慢审问。今晚你们都辛苦了，打算去哪里休息？”粟军解下地上那人的皮带，把他双脚牢牢绑到一起，说道。

“把你们送回去就没我的事了吧？我回我的出租屋。对了，你呢？要我送你去哪里？”周乐乐耸耸肩回答，忽然想起李冬萍似乎没地方去，扭过头问道。

“我……没地方去。”李冬萍摇了摇头，神色却极为平静。

“你回你的出租屋？别逗了！你现在面对的敌人是一个卑鄙无耻的国外极端组织！你想想看，那栋实验楼里的陷阱多可怕？你就不怕在出租屋里睡到半夜醒来，脑袋搬家？”粟军一边将敌人塞到后排的座位下，一边冷笑道。

“九房叔说得对，周老弟，既然你帮了他这么大的忙，他绝对不会扔下你不管。放心，九房叔有的是房子，今晚你们先休息好，以后还有要你帮忙的地方呢。”陈校长也劝说道。

“我其实不是怕事，这帮家伙既然知道我的手机号码，顺藤摸瓜，当然能够查到我的底子，知道结果，只会令他们失望，因为我确实就是个吸大粪和通臭水沟的，他们要了我的脑袋也没有任何意义。而你们的价值则完全不同，计划的下一步，是尽快想办法研究出变异白蚁的弱点，把这场灾祸尽快平息。这些大事，我帮不上什么忙，还要连累你们来保护我的安全，有意义吗？今晚能帮各位这么一个忙，我深感荣幸，以后也不再觉得白来这个世界一趟，不过今晚还是回到我自己应该待的地方去吧。”周乐乐一边爬上清洗车，一边说道。

粟军和陈校长面面相觑，一时无言以对。愣神间，周乐乐已经发动了汽车，催促他们赶紧上去。

“你……真打算送我们回去后就不再管这件事了？”李冬萍依旧坐在副驾驶位上，几次欲言又止，终于鼓起勇气，问周乐乐。

“我能做到的事已经全做到了，也该功成身退了吧？”周乐乐又露出了懒洋洋的笑容。

“你不能就这么一走了之！”李冬萍原本不善辞令，这时候忽然来了灵感，一句话冲口而出。

“为什么？难道我对你们还有什么用？”周乐乐笑容不变，却忍不住瞥了一眼李冬萍，奇怪她怎么说出这句话。

“事情没有你想象的那么简单！国外极端组织有的是资金，人手不足也是暂时的情况，而我除了你、陈校长和九房叔之外，找不到别的什么人可以信任。今天晚上咱们只不过是赢了无关紧要的第一场，对方肯定会一边研究，一边找我的麻烦。我没有资金，没有实验设备，研究没法进行下去，还要防范他们的下一步行动，除了能提供一些记忆里的资料，什么也做不成。我想明天开始，九房叔一定会动用自己所有的社会关系进行调查，陈校长会联络各种科研机构，寻求设施和实验场地，他们都会忙得不可开交，除了你，还有谁能保护我？”李冬萍连珠炮般说了一席话，闭上嘴巴后，才吃惊自己哪里来的口才。

“我们不能寻求更多的帮助？”周乐乐问道。

“对方是神通广大的国外极端组织，势力渗透到什么地步，谁能估算得到？这种事，当然知道的人越少越好！”陈校长缓缓说道。

“就我们几个人，怎么能和一个有钱、有势力而且没有底线的组织来斗？”周乐乐苦笑着问道。

“对国外极端组织来说，这类小动作属于可有可无的策略，成功了固然好，失败了他们的损失也有限。但这种事一旦摆上桌面，会发展成什么样子，谁也无法预料到。毕竟大水蚁这种害虫可能会进化到失控的地步，搞不好飞过大海在他们自己的国家大量繁殖，危及自身利益，最后自食其果。哪怕是这个神秘组织的高层或者幕后操纵的大财团，也不是个个都同意使用这些龌龊的手段。所以请放心，对方绝不敢过于明目张胆。我们只要找到应对的方法，无声无息把这场大祸平息了，做个无名英雄，也不算白活一辈子了。”陈校长缓缓解说道。

五

“您的意思是，我们就算把这场大祸平息了，也不可能出人头地？”周乐乐开着车问道。

“那当然了，这种事如果捅出去，对谁都没有好处，哪怕国家领导人知道你立下大功，也会选择长期隐瞒这件事。运气好的话，下个世纪你的功勋会在历史书上出现。对了，你按我手机导航指点的方向开车就行，今晚保证你的安全，别的事明天再说。”粟军摆弄了一通手机，接口答道。

“如果真的不会出名，就最好。”周乐乐轻轻舒了一口气。

“为什么？我们做出这么大的贡献，还要默默无闻？”李冬萍问道。

“自己知道自己不平凡就够了，何必让大家都知道呢？”周乐乐平静地回答。

“出名不是一件好事吗？”李冬萍更加不明白了。

“那算什么好事？我宁愿安安静静开我的餐厅。”粟军习惯性地摸摸自己的口袋，想掏烟，又记起与女儿约定每天只能抽三支烟，只得作罢，看来今晚又得熬烟瘾。

“哪怕只开饭店，您出名了，大家都愿意来您的餐厅吃饭，不是好事？别误会，我只是打个比方，九房叔早就功成名就，所以淡泊名利。”李冬萍很奇怪周乐乐为何不想出名，但又不好问得直接，正好粟军插嘴，马上有了论据。

“我就算出名了，只会有更多的人请我去通臭水沟，那算是好事吗？”周乐乐笑着反问道。

“早一步挣到足够的钱，不就可以早一步离开这个行业？或者出名了，有人请你去做白领，那不就成功转行了？”李冬萍想起陈校长刚才的话，知道周乐乐未必喜欢这份损害健康的工作，心里更加想不通。

“他要做白领早就做了，如果不是他拒绝他那个朋友就任公司副总的邀请，我也不会被你们害得餐厅也开不成，还差点被那个大肚婆一枪打爆了脑袋！”粟军又一次不阴不阳地插上了话。

“副总？”李冬萍瞪大了眼睛，再次仔细打量着周乐乐，但稍一回想认识这个男人几小时以来他的所作所为，未必就没有这份能力，也就释然了。

“我没本事当这个副总，真要赶鸭子上架，可能以后连朋友都没的做。”周乐乐笑道。

“所以你还是宁愿继续待在臭水沟里，也不愿意出名？”李冬萍忍不住问了这句话，但说出口后立即后悔。

“爬出臭水沟是迟早的事，但要先把吃饭和房子的问题解决。现在这份工作没有办理营业执照、没有交税，也没有为自己购买社会保险和公积金，我要是出名了，不是告诉所有人我现在在干违法的勾当吗？当然我可以合法运作，这样成本一下子就起来了，没有钱赚，被逼涨价，还竞争得过这些同行？别看这一行又脏又臭，因为赚钱不少，很多人想挤进来，我不知打了多少场架，用石头砸破了多少人的脑袋和汽车玻璃，才争来这一点地盘，为了这点虚名全让出去，值得吗？”周乐乐再次收起笑容，沉声回答道。

第九章

一

“通下水道这种又脏又累的活儿，也有人抢着做吗？”李冬萍这时内心很复杂，既为说错了话后悔，又想多看一会儿这个老是满脸笑容的男人生气的样子。她总觉得这个人的笑像是套在脸上的面具，挡住了真正的面目。

粟军又想插嘴让这位涉世不深的女孩子了解一下这个社会的无奈，陈校长狠狠拍了一下他的肩膀，晃了晃手机。粟军定睛看去，手机微信上有一行刚打的字：“别打扰这两个年轻人互相了解！”

再看陈校长，神色古怪，先把食指竖在嘴唇边，又指了指手机，示意不要说话，有事微信商量。粟军歪头看看面目清秀的李冬萍，又瞥了一眼其貌不扬的周乐乐，撇嘴摇头，不信这两个人会发生什么事。不过既然陈校长如此要求，说不定还有什么事不方便明说，于是掏出手机，近在咫尺依旧微信沟通。

后排两个男人的小动作被周乐乐看得清清楚楚，有些哭笑不得，一时也不知该如何回答李冬萍的话。

“其实我看过贾平凹的《高兴》，里边捡破烂这个行业也划分地盘，明争暗斗，如果没有后台势力罩着，进这一行也难。想不到通下水道也是这种状况？”李冬萍见周乐乐不说话，脸上又恢复了招牌笑容，颇觉失望，却不肯沉默。

“那是 2005 年写的小说，社会一直在发展，十多年已经顶得上以前的一个世纪。东关的包容性远远超过小说里的西京，这里外地农民工比本地人多了好几倍，大多数人都为了生活奔波劳碌，哪有空闲去歧视别人。我周乐乐比刘高兴幸运得多，起码不至于基本生计都维持不了。至于地盘问题，现在也不是几年前了，虽然钱好赚一些，毕竟太脏太累，中途退出的人越来越多，目前形势可以说是狼少肉多，我只要服务好一些，一天到晚忙得生意接不完，还能分给别人不少。”周乐乐下意识回答道。

“你也看过那本书？”李冬萍眼睛里放出光来。

“法律规定我不能看名作家的小说？”周乐乐笑着反问道。

“不谈这些了，你考虑好了没有？”李冬萍话锋一转，问道。

“考虑什么？”

“先别急着去通你的下水道，帮助我解决眼前这件事。刚才不是说了吗，陈校长和九房叔都有事情忙，我需要你来保护我，把这场研究继续下去。你最担心的出名问题也不存在了，还有什么顾虑？”李冬萍又回到了刚才的话题。

“如果保护你，我这段时间不能去通我的臭水沟，老客户联系不到我，以后可能不再照顾我的生意，怎么办？”周乐乐嘴上说得一本正经，脸上的笑容却显得口不对心。

“我们这是为国家做贡献，牺牲在所难免，你就这么自私吗？”李冬萍觉得周乐乐这时脸上的坏笑发自内心，不再是僵硬的面具，不知为什么一阵高兴。

“我不是太高尚的人，只是个钻臭水沟的，不能白白牺牲。”周乐乐一边笑一边说。

“大不了我帮你一起通臭水沟，把老客户再争取回来。”李冬萍忍不住展颜一笑，说道。

二

“男人干的活儿，美女就不要掺和了，如果实在想当网红，可以搞一次直播，我帮你弄全套防护用品，不过钱你得自己掏。”周乐乐又一次从心眼里笑了出来。

“那你是答应帮我们的忙了？”李冬萍忽然觉得让这个假笑的男人真的笑起来，其实也不算太难。

“你们没有发现后面有辆车跟着吗？”周乐乐还是不置可否，说出的话却令全车人心头一紧。

“看来你已经叫了同伙来救你？”粟军脚下用力踩了踩横在脚下的监视者。那人闷哼了一声，没有回答，倒不是他脾气硬，两个脱臼的肘关节已经痛得他说不出话来了。

“刚才急着下山，可能就是叫了人来接应。对方不敢来硬的，估计就一个人。周老弟，能不能甩掉他？”陈校长强自镇定，缓缓说道。他也知道凭这辆清洗车甩掉人家的小轿车是做梦，但听周乐乐口气似乎并不当一回事，肯定已经有办法。虽说最担惊受怕、不愿意暴露行藏的是他，但几个人中最了解周乐乐能力的，也是这位陈校长。

“要不要再捉一个人回去慢慢审问？”周乐乐笑着问道。他果然已有主意。

“你开车够保守的,想反追他？”粟军这回也不大相信周乐乐,但也不无期待。

周乐乐笑笑不说话，驾驶着清洗车又是一个左转弯，拐进了一条黑黝黝的岔道。

“想利用地形伏击？”李冬萍见周乐乐又关了车灯，轻声问道。

“对方不会轻易上当的，跟踪的时候很小心保持着距离，如果不是深夜公园附近的路上几乎没有车，很难发现。”周乐乐否认了李冬萍的猜测，又猛打方向盘，汽车进入一家废弃厂房的大门，又从后门出去了。

“那你想干吗？”粟军提起了兴趣。

“回公园去。”周乐乐的回答出乎三人的意料。

“你不是急着找地方睡觉休息吗？”粟军愣了足有一分钟，看见周乐乐确实从另一个门进了公园，这才问道。

“这辆车根本就追不上跟踪的家伙，只能走他想不到的路。”周乐乐这次又笑得很坏。

“你不是想捉住那家伙吗？”粟军云里雾里，感觉自己的脑子完全跟不上这个年轻人的节奏。

“捉住他我得有辆好车啊。”周乐乐笑道。

“对了,这个家伙有辆车停在公园小山包下！”李冬萍一拍手,率先反应过来。

“等你开着车回来，他早溜到国外去了吧？你不是说他很谨慎，哪里会在老地方等你。”粟军目瞪口呆，旋即又提出了新的疑问。

“就是因为他谨慎，一定会在岔道口看清楚，而且会在手机地图上估算我可能到什么地方。我关了灯，他看不见咱们溜到哪里，手机地图又显示这条路是死路而且只有这么一个入口，他没法确定我们晚上是不是住在这里，只能等一段时间后，也关了灯慢慢开进去试探着找我的车。耽误的时间，足够我们开另一辆车回去堵住他了。”周乐乐终于揭开了谜底。

“你就那么确定山脚下那辆小车是这个家伙的吗？你怎么知道不是遗弃的僵尸车？”粟军说着跺了一下脚，踩得脚下的俘虏低低呻吟了一声。

“他发现我们来找他时，先往小车的方向跑。而且你刚才搜他身不是找到车钥匙了吗？那上面的牌子标志和那辆车是一样的。刚下过雨不久，如果是僵尸车，雨冲洗后的痕迹会很明显，但那辆车干净得很。”周乐乐不慌不忙回答道。

“就算我们能弄到那辆车，以你的技术，开个车像开乌龟，也想追到那家伙？东关这个地方道路很宽，对方又精明，你抓得到他？”粟军感觉自己在周乐乐面前似乎处处低了一筹，很不服气，总想扳回一局。

“我没说我开车啊。钥匙在九房叔手里，当然由你来开了。”周乐乐毫不犹豫地答道。

“我？”粟军又一次愣住。

“九房叔做事果断，风风火火，开车肯定够快，我没猜错吧？”周乐乐把车停到了公园小山下停车场的轿车旁，从容答道。

“好小子，连我都支使。这家伙由你搬运。”粟军倒也爽快，虽没答应，却已掏出车钥匙，按开了电子锁，听到轿车解锁的声音，对周乐乐的佩服又加深一层。不过他心里始终有些不得不服的不快，临下车时，不甘心地又在俘虏身上跺了一脚。

周乐乐满脸坏笑，扭头看了李冬萍一眼，发现后者也在似笑非笑盯着他的脸。

三

岔道里原本还有几盏路灯，却因为修下水道不小心挖断了电缆线，又是周日，未能及时修好，刚进去时未能适应，只觉漆黑一片，伸手不见五指。一辆黑色的轿车慢吞吞地在道路中间行驶着，两边的车窗都打开了，明显在找寻着什么东西，可是直到死路的尽头，还是一无所获。

司机迟疑了一阵子，黑色轿车的倒车灯亮了，准备掉头。就在这个时候，一阵惊心动魄的汽车引擎声迅速由远及近，接着刹车声刺耳，另一辆熟悉的轿车出现在黑色轿车的身后，猛然打开远光灯，强光刺得跟踪司机睁不开眼睛。

粟军开车技术说不上好，一点都不平稳，但绝对够快够疯狂，对道路也极为熟悉，短短几分钟，已回到刚才的岔道口。看着后视镜周乐乐和陈校长两张煞白的脸，粟军有一丝反败为胜的快感，关了车灯，再次进入岔道。果然，尽头就是那辆还来不及掉头的跟踪车。这还真是瓮中捉鳖，得来全不费工夫，粟军立即打开远光灯，就要下车捉人。

万万想不到，那司机反应也快得惊人，果断猛踩油门，黑色轿车向身后的轿车倒撞过去。猝不及防的粟军刚解开安全带，车子立即被撞向一旁，他身子不由自主前扑，额头撞上了挡风玻璃。这位九房叔虽然从小练武，打人的本事确实厉害，但多年来生活富裕，养尊处优，挨打的能力远比不上街头混混，碰这一下子当场眼冒金星，七荤八素，等眩晕退去，那司机已经抓紧机会掉头成功，黑色轿车擦肩而过。

说时迟，那时快，周乐乐在黑色轿车掠过眼前时狠狠一甩手，一个椭圆的东西飞出穿过两层打开的车窗，重重砸到黑色轿车司机的太阳穴上。随着一声清晰可闻的碎裂声，黑色轿车失去了控制，一个转弯，撞到了路边厂房的围墙上！刚才司机把油门踩到了底，这一撞力度大得惊人，如果不是安全带止住了趋势，跟踪司机估计会穿透挡风玻璃，飞到车外。

连续的变故峰回路转，陈校长和李冬萍完全反应不过来，呆若木鸡。倒是粟军刚脱离眩晕，目睹了这仅仅两秒钟的形势逆转，当即从沮丧烦躁变得心花怒放，大声叫好。

“你打碎了他的脑袋？”陈校长在公园没有留意到周乐乐扔卵石救粟军，这次算是真正见识了周乐乐的暗器功夫，对这年轻人可怕的爆发力和应变速度心惊肉跳。爱打网球的他体会得到那颗“石头”的速度，也看见司机中招的部位，那真的是要出人命的。

“这不是武侠小说，我扔出去的是个熟鸡蛋，不是石头，他死不了！”周乐乐还是一脸的笑容。

“鸡蛋？你哪里来的鸡蛋？你包里不是花盆里捡的石头吗？”陈校长立即想起那一声碎裂声确实和打碎鸡蛋壳的声音一般无二，把心重新放回了肚子里，却又奇怪这个家伙怎么什么东西都有。

“我车上常备这些东西，刚才肚子饿了，带在身边准备宵夜。”周乐乐这话半真半假，对他来说，熟鸡蛋是最好的暗器，发生争执时放胆往对方脑袋上砸，绝不会死人，作为食物只是次要原因。练成这手绝技后，他曾在一次争地盘的打斗中把一个人打得头破血流，送人家去医院时医生说如果石头打偏两厘米，就可能要了那人的命。从那时起，周乐乐的车上就用盐水煮鸡蛋作为武器了。今天在花盆里捡鹅卵石，是为了对付那群穷凶极恶的杜宾犬，毕竟打狗有去无回的不仅是肉包子，熟鸡蛋也一样。

“现实里的高手，也这么讲究武德？”李冬萍意味深长地轻声问道。

“人命无价，不想内疚一辈子。”周乐乐的笑容懒洋洋的。

四

粟军可没有时间对周乐乐的绝招评头品足，马上下车，一个箭步跨到车头严重变形的黑色轿车边，扯开安全带，揪出追踪司机，不由分说在他胃部狠狠打了一拳，在对方瘫倒在地干呕时，用公园里缴获的匕首割断安全带，拿来做绳子把敌人反绑起来，接着拖着他来到抢来的轿车边，把他也塞进了后备厢。

“今晚大功告成，马上回去休息。我说，你干吗？拆车？”粟军准备再次坐到驾驶位时，却发觉周乐乐不知什么时候拆开了轿车驾驶位的前挡板，正用电筒查找着什么。

“刚才在后挡风玻璃下方发现了 GPS 定位器，我看看车上还有没有这类玩意儿。嘿，果然，挡板里还有一个，这些家伙做事真够小心的。”周乐乐一边回答，一边从车里拆出了一个几厘米长宽的黑色小方盒子，随手扔到路上，然后两下子把挡板装了回去。

“我说周老弟，还有什么东西你不懂的？”粟军看着周乐乐让给自己的驾驶位，心情十分复杂，沉默片刻，问道。

“很多，比如怎么生孩子，我就不懂。”周乐乐不假思索笑着回答。

“那个是男人都不懂，我问的是男人能够掌控的范围。”粟军一边发动汽车一边追问道。

“不懂的东西实在太多，比如相对论，我想破了脑袋也看不懂为什么光速会永远恒定，也没法理解为什么物品达到光速时可以长度无限缩小、质量无限增大。”周乐乐还是满脸笑容。

“你这什么意思？我听着像天书。”粟军越听越糊涂。

“那是爱因斯坦的相对论，这个世界没有几个人懂，但通过实验数据，却能证实是正确的。”李冬萍到底刚从大学毕业不久，还记得这些高端物理知识，解释道。

“好小子，我总算明白为什么你老朋友袁笑生想尽办法要把你拉到公司里了。他是个聪明人，你要真的做了他的手下，业绩和利润至少增加一倍。这可不是我说的，几个钟头前他亲口告诉我的。”粟军一直以为周乐乐只是一个有小聪明的个体环卫工人，不大认可袁笑生的评价，这个时候终于服气。

“别听他胡说八道，我没这个能力。”周乐乐不大愿意提起这个话题。

“你的能力我们都看见了。不过嘛，周老弟，我多嘴再说一句，袁笑生不是一个好的合作对象，你没有答应他，是正确的选择。”粟军可一向不管别人的感受，一边开车一边说道。

“哦？”周乐乐倒来了兴趣，毕竟粟军的见解和他是一致的。

“你的知识面极为宽广，任何事都有计划，也有应对突发事件的能力。这些本事，可以说是所有企业家都梦寐以求的。袁笑生这个家伙这方面和你其实很相似，只不过在对人的心理把控方面是个天才，其余方面未必比得上你。你们合作，肯定会比现在的状况好，但到了一定的地步，发展可能会停滞不前。”粟军这时声音低沉、口气诚恳，一反平时的吊儿郎当。

“那你觉得我该找什么样的人合作？”周乐乐的招牌笑容难得地又一次收起，问道。

“你该找一个有雄才大略但经常忽略细节的人。袁笑生确实有雄心壮志，但每一步都谋定而后动，稳扎稳打是没错的，可是这个社会瞬息万变，想得太多，往往会错过最好的发展机会。我看得出，他也想转变为这种人，只是江山易改，本性难移，性格转变是几年乃至几十年的事，没那么容易。合作，讲求的是优势互补，你和他合作，无非是木头加汽油，火是可以烧得更大，但比起高纯度的氧气里烧东西，这点火是不够瞧的。”粟军见周乐乐虚心求教，兴致大增，接下去说道。

周乐乐默然不语，他拒绝袁笑生，除了因为不满意这厮在他陷入人生低谷时没有资助一分钱外，剩下的就是一种隐隐约约的直觉，一直无法梳理清楚，总之就是觉得此人不适合合作。今天经粟军一语道破，犹如醍醐灌顶，总算明白了自己一直以来没法解释的东西。

“纯氧燃烧固然火大，但三两下就烧得精光，也未必是什么好事。”李冬萍轻声说道。也不知是不是自言自语，反正她说这话时没有看周乐乐一眼。

周乐乐却心里一动。

五

粟军驱车到了一处偏僻深巷内的自建民房边，按动遥控器，车库的自动卷闸门缓缓升起后，将车开了进去。这里是个典型的城中村，垃圾遍地，老鼠蟑螂在巷道上肆无忌惮地爬行，虽已午夜，对面的铺面依旧透出粉红色的昏暗灯光。周乐乐混迹多年，一眼便看出那是个做皮肉生意的地方。

“这是个败家子卖给我的房子，那家伙因为吸毒，全部家产败光，父母也和他断绝了关系，好好一栋房子，十年前开价30万，只要求一次性支付现金，过户什么的都好商量。我找人查过，房子没有什么抵押事项，也不欠水费电费什么的，土地使用证和房产证也有，就还价28万买了下来。这里龙蛇混杂，好不容易找到一个爱护房子的好租客，租了九年，前两个月搬走了，家具空调什么的都还留着。今晚先对付着休息一下吧，占地虽然只有八十来平方米，但有三层，应该够我们几个人用了。对了，那两个家伙也请出来吧，楼梯下边有个杂物房，把他们关进去，明天我再想办法审问。”粟军打着呵欠说道。

“房子是旧了一点，但建筑和装修用的都是真材实料，你这九房叔占了大便宜，现在估计开价80万，不知有多少人抢着要呢。”陈校长打开灯四下看看，敲了敲墙壁，又摸了摸楼梯的扶手，已经心里有数。

“这房子不错，以后真想卖，能不能卖给我？”周乐乐不是太懂装修材料，但从电灯开关质量和布线已经看出了门道，买房扎根东关的梦想又涌上心头。

“没有问题，不过以你周老弟的潜力，未来前途无量，住这里有点屈才。先别想那么远了，二楼三楼都是三房一厅，自己选房间，都有床，喜欢当厅长睡沙发也随便。”粟军早已疲惫不堪，带着三人上了二楼，不愿意多说，交代了几句，转身进了一个房间。

周乐乐早累得半死，胡乱挑了粟军隔壁的房间，进去把电工腰包和石头包解下来放在桌上，转身刚想关上房门休息，忽然看见身后站着一条倩影，吓了一跳。原来李冬萍竟然也跟在他身后进来了，正目光炯炯盯着他，怀里紧紧抱着冒死从实验室里拿出来的记录资料。

“你想住这个房间吗？想的话我马上出去。”周乐乐迅速从愕然中恢复，勉强笑道。

“有武器吗？”李冬萍轻声问道。

“武器？电工刀要不？怎么，还怕我们趁你睡着的时候干坏事？”周乐乐弯腰从腰包里拿出电工刀递过去，随口开了个玩笑。

“以你们几个大老爷儿们的头脑，要算计我的话，我根本就没法反抗。我只是有点怕楼下杂物房那两个家伙，电工刀不行，随便脱个鞋下来就对付了，除了割断自己的喉咙自杀没别的用，有别的武器介绍吗？”李冬萍又被周乐乐的贫嘴逗笑了，也大方地开了个并不好笑的玩笑。

“我这里没有，不过这房子里有现成的。”周乐乐还是满脸笑容，转身出了房门，回来时手里拿了个 1 公斤装的小干粉灭火器，塞到李冬萍的手里。

这确实是以弱胜强的好东西，作为防身武器很不错。李冬萍略微一想便明白了周乐乐的意思，眉开眼笑，点头致谢，忽然脸一红，转身逃跑似的奔出了周乐乐的房间。

第十章

一

“起床了，别睡懒觉，今天还有的忙呢！”粟军一大早就进了周乐乐休息的房间，一把掀起周乐乐裹在身上的毛巾被，对着他的耳朵吼道。

“忙什么？我的任务已经完成了吧？”周乐乐睡眼惺忪，看了看床头还插着充电器的手机，刚好 7 点。这在星期天来说，确实算是很早了。

“你不是答应了要保护那位李小姐吗？我可不好意思用这种方法叫醒她，这个任务交给你。”粟军坏笑着说道。

“如果只是这件事，我还能保护自己，让他继续睡吧。”李冬萍的声音从房间门口传来，她不知道什么时候已经穿戴整齐，虽然没有化妆，容貌依旧美艳不减，只是眼圈稍微有点发黑。那沓资料她还是紧紧抱在怀里，几小时前周乐乐交给她防身的小灭火器却没拿在手上。

“那最好。我说，你还想赖床到什么时候？陈校长是做成人教育培训的，假日才是他忙活的时间，我们得送他回学校，然后去拜访一个很重要的家伙。”粟军原本是开个玩笑，没想到李冬萍听见了，幸好他素来脸皮厚，也不觉太尴尬，继续催促周乐乐起床。

“我们都出去，那谁看管杂物房那两个家伙？”周乐乐本就是和衣而卧，这时一骨碌坐起，一边穿鞋一边问道。

“嘿嘿，你还记得那两人？现在大白天的，不可能带出去，我已经叫了人过来审问。我们正好回避一下，审问的人虽说爱国，但手段有点狠，别说你们，我看了估计也会反感。等晚上你们回来的时候，应该看不见他们了。”粟军一边下楼一边回答。

“要去拜访什么人？”周乐乐暗自打了一个寒战，估计那两个特工今天凶多吉少，但想想这些国外极端组织训练出来的特工手段高超、凶残无比，对他们太仁慈就是对自己残忍，也就不再多问。

“昨天陈校长不是提过了吗，丁学志，是不是？”李冬萍不等粟军回答，已抢先开了口。

“你也认识这个人？”粟军霍然转身，盯紧了李冬萍的脸。

“不认识。”李冬萍没想到粟军的反应那么大，却依旧镇静。

“我说呢，认识他你还用满街逃跑？那家伙在女孩子面前心软，我没把握说服他，但你如果表现得好，他保证你的安全应该没有问题。”粟军愣了愣，点点头，继续下楼。

“他到底是什么人？”周乐乐凭直觉发现，粟军这种要钱有钱、要人脉有人脉的隐形富豪对丁学志竟然相当忌惮，忍不住问道。

“我也说不清楚。他是陈校长的老乡，也就三十来岁，但认识的人相当多，黑白两道都卖他的面子。我们不好出面，或者就算能解决也要花费大量钱财精力的麻烦事，他却能轻松化解。周老弟，以你的聪明，见过面就能看出个大概来了，这种人如果是你的敌人，你在整个东关就没有立足之地。”粟军郑重其事地说道。

“这种人可靠吗？”周乐乐这些年混迹社会底层，附近的流氓头子也认识几个，却从未听说过丁学志其人。

“你问我有什么用？我和那家伙也就是吃个饭的交情，说不上太熟。他和陈校长是兄弟，如果不是陈校长的面子，他见了面也装作不认识我。”粟军对这个姓丁的神秘人物似乎并没有好感，也不愿意多谈。

“你和陈校长也是兄弟级别的交情吧？”周乐乐有些糊涂了，兄弟的兄弟，难道就不是兄弟？

“你和袁笑生也算是兄弟吧？他只有你一个好朋友吗？”粟军反问道。

“他？应该还有别的好朋友。”周乐乐不假思索答道。

“他的好朋友和你关系怎么样？”粟军接着问道。

“不认识，连面都没有见过。”周乐乐下意识回答，已经明白了粟军的意思。

“那你还问我？袁笑生的好朋友你别说不熟，根本就是个陌生人。你另外的好朋友，袁笑生还不是不认识？难道法律规定你的兄弟一定是袁笑生的兄弟？”粟军说这话时心头舒坦，难得可以在探讨人生见识方面超越这个家伙。

“我除了袁笑生，没有什么好朋友。”周乐乐还是笑嘻嘻地说道。

“不可能吧？你这张笑脸难道连兄弟都没有几个？”粟军倒大出意料，满脸不可置信。

“朋友很多，但兄弟就袁笑生一个。”周乐乐难得地叹了口气。就算叹息，他脸上还是挂着笑。

“你为了一个不认识的人可以把命搭进去，为什么没有同甘共苦的兄弟？”李冬萍插嘴问道。她已经越来越能分辨得出周乐乐笑容的真假，每次看见这个男人的假笑，心里就会有一丝淡淡的疼痛。

“陈校长等着我们呢，九房叔不是说今天的事情很多吗？我们还是马上出发，别耽误时间了。”周乐乐笑道。

这个家伙的内心关得好紧。李冬萍也暗暗叹了一口气，忽然很想认识一下那位传说中的袁笑生先生，不知道他是用什么方法，让周乐乐这个犟驴对他如此情深义重。

李冬萍并不知道，袁笑生的面，她昨天晚上已经见过了。

二

粟军开着抢来的车，先把陈校长送回学校，然后驱车直奔市区，进入一个大酒店的地下停车场，把车留在地下室第三层，这才带领周乐乐和李冬萍搭乘电梯直上酒店二楼中餐厅。

今天周日，正值早茶时分，上千平方米的大厅人头涌动，热闹非凡，坐满了食客。广东的早茶当然不只是喝茶那么简单，数十位服务员推着各种精美茶点在百余张大小餐桌间来回穿梭，把一笼笼一碟碟虾饺、烧卖、凤爪、猪肚、排骨、春卷、餐包、肠粉、蛋挞不断地送到各个桌面上，五光十色，香气扑鼻，令人食指大动。如今，南方的假日早茶不仅是一种日常消遣，更是家人团聚享受天伦之乐、亲朋聊天沟通以及生意人讨价还价的好场所，整个大厅虽说闹哄哄的震耳欲聋，却是一派祥和。

一个不大起眼的角落，有一张仅能坐下四五个人的小餐桌，一个戴着眼镜的年轻人静静喝着茶。他剪着整齐的平头，胡子刮得干干净净，原本看起来英俊斯文，但眉目间棱角分明，眼神凌厉如刀，带有一股不怒自威的霸气。身上一件价格不菲的咖啡色衬衣，领口敞开，隐约可见脖子上一条拴着饰物的细红绳，雍容中有股草莽豪放。袖口外的双手粗壮，手背指关节高高凸起，与白净的面皮似乎不大相配。左手腕戴着一块看似平常的高档手表，右腕则是一串小叶紫檀手链，附带着一个小巧玲珑的吊坠，则为这杀气腾腾的双手带来一丝文雅。

“丁大少这是越来越年轻了嘛！”粟军冷不防从一根大柱子后闪身出来，站到了年轻人的身后。

“哈哈，粟哥，您永远都是那么准时，请坐！请坐！不是还有两位朋友吗？他们呢？”丁大少猛然起身，回头一看是粟军，立即满脸堆笑，热情握手招呼，北方口音里带着磁性，听起来有一种难以形容的吸引力。

“他们已经坐下了。”粟军皮笑肉不笑地指了指刚按他指示坐在桌边的周乐乐和李冬萍。

“哈哈哈，粟哥做什么都是与众不同，喝茶喝茶，这位美女……这位帅哥怎么称呼？”丁大少看见李冬萍，不由得眼睛放光，但随即震慑心神，开始寒暄。

“我介绍一下，这位是丁学志丁大少，陈校长的好兄弟，商业奇才，人生赢家。这位美女李小姐，是这位周先生的助理。废话我就不想多说了，周先生是个生物学家，他的一项研究成果被外国佬盯上了，打算拿来做坏事，损害国家利益。目前已经大约有十名特工潜入了东关，后续还会派多少人来不大清楚。我一个开小餐厅的，没这本事保护他们两位，只好来求丁大少帮忙。”粟军并不急着坐下，拍着丁大少的肩膀，一副老朋友的模样，说话却半真半假。

周乐乐刚喝下去的一口茶差点喷出来，这个粟军胡说八道些什么？但想起刚才九房叔叮嘱不管他如何信口开河，都不可露馅儿，唯有勉强忍住，不动声色。好在他多年来习惯满脸笑容，假笑变为真笑，一般人是看不出来的。一旁的李冬萍小心把资料放在身边另一张椅子上，倒还真像一个助理。她脸上的笑没能忍住，不过因为扭过了头，丁大少看不见。

“周哥原来是科学家！失敬！失敬！讨厌的外国佬，敢来抢您的研究成果，活得不耐烦了！别说陈校和粟总都是我哥，为了国家利益，咱也不能坐视不理！周哥，弟弟我是个老粗，啥都不懂，您那研究的是什么宝贝？”丁大少已经坐下，闻言愣了愣，又一次站起来，身子前倾，对着周乐乐伸出了手。

“丁总客气了，这不值一提，不值一提。我是专门研究白蚁的，昨晚东关闹白蚁您也知道吧？我们早就发现国外极端组织阴谋让这些白蚁变异，要让全东关、全广东乃至全国闹一场白蚁大灾难！我已经开始着手研究对策，谁知道哪个卖国贼把消息泄露给了外国人，他们想宰了我，不让我阻止这个大阴谋。丁总，这事因为需要您大力帮忙，我不敢瞒着您，但千万别对其他人说这个秘密，老百姓要是知道了，估计得闹恐慌。”周乐乐没想到这么快就轮到自己表演，连忙站起身来，握住丁大少的手，把昨天晚上分析出来的消息稍微添油加醋后，压低声音说了出来。

“……周哥，我就不大明白了，您这是为国家做事，怎么国家不负责保护您的安全？”丁大少半信半疑，沉吟片刻，问道。

“去年这个时候，在研究所工作的我已经发现了白蚁的变化，立即把这个报告给主任，主任根本就没有当一回事。我们这种小人物，有什么资格去见主席和总理？别说主任，一帮同事也是过一天算一天，没有一个人警惕，除了她肯协助我偷偷研究，根本就没有别人支持！就是因为以前我太多嘴，已经被国外极端组织得到消息，派人偷偷监视我，在有了成果后销毁我的电脑资料，弄坏了实验仪器，还嫁祸给我，结果我连工作都丢掉了。昨晚的白蚁爆发，已经证实了我的猜测，再不制止他们，后果不堪设想！”周乐乐信口胡说，居然面不改色心不跳。

“坐坐坐，肚子饿了吧？先弄点东西吃。服务员，推车里是什么？粟哥、周哥，看上啥尽管要，别跟我客气。”丁大少一下子没能理出头绪来，瞥见酒店的餐车正经过桌子边，不便多说，连忙招呼周乐乐先坐下。

粟军是练武的，周乐乐平时干的是体力活，折腾了大半晚上早饿了，这时也不客气，点了几种茶点猛往嘴里塞。李冬萍用筷子夹了个广东特有的叉烧包，小口小口嚼着，对周乐乐刚才滴水不漏的演技既觉得吃惊，又觉得佩服。

丁大少看着面前两个大男人饿鬼投胎般的吃相，眉头先是微微皱起，而后又恢复如常，不露一丝痕迹。

“丁大少您别见怪，周工的专业水平很高，但在非正式场合时都是这样，以前带我挖白蚁窝时一身一脸的泥，吃饭时手都不洗，在土洞里拿着个汉堡包直接就啃。他听九房叔和陈校长谈起过您，没把您当外人。”李冬萍见状主动对丁大少说道。心思缜密如她，丁大少一闪而过的表情与周乐乐的招牌假笑一样，都瞒不过她的眼睛。

“哦……哈哈哈，不怪，不怪！周哥和粟哥一样是性情中人，直来直去，不装模作样，我最喜欢！吃东西就该这样，我看着都有胃口。粟哥，听说您做得一手好菜，比大酒店的厨师还厉害，是不是？上次陈哥说起来，我还不信，说他滚犊子，粟哥这写一手好字的书法家，怎么可能去下厨房，还为这事和陈哥赌了一瓶老村长白酒呢。”丁大少看看周乐乐理得整整齐齐的头发、剪得干干净净的指甲，以及现代年轻人没几个掌握的标准拿筷子姿势，再看看如假包换的富豪粟军那副吊儿郎当模样，顿时释然。

“我开小餐厅的，要是不会做两个菜，万一厨师请假，生意可就做不成了。写两个字只是平时没事消遣，离书法家还远着呢。我说丁大少啊，你和老陈这赌约是输定了，不过你也不地道啊，老村长酒批发部卖 11 块 5 毛一瓶，你输了简直没啥损失，万一赢了，老陈估计要给你一瓶 20 年的老酒，那可是有钱也买不到的好东西。”粟军吞下嘴巴里的食物，喝了一口茶，应道。

“瞧您说的，我赢了输了都打算摆上那么一桌，叫上您和陈哥把酒给当场喝了，菜钱算我的。您开餐厅？那正好，这酒就在您的地盘喝，尝尝您的手艺，钱照算。您还真是多才多艺闲不住，送我的那幅字我请书法家看过，说起码二十年功底，不简单，我花了一千多请师傅装裱了，挂客厅里争面子呢。对了，周哥，您这是打算做大事不留名，兄弟我佩服，请问要怎么帮您的忙？”丁大少与粟军拉了几句家常，又扭头与周乐乐谈起了正事。

“那就先谢谢丁大少了，您知道，这些外国组织一向喜欢收买黑白两道卖国贼，通过各种手段来搞鬼。我知道您路子多，消息灵通，希望帮忙留意一下，有什么风声尽快告诉我们，以便早做准备。如果不怕麻烦，还可以帮忙放出一点迷雾，让那帮龟孙子找不着北。”周乐乐笑道。

“哈哈，好说，好说！这是举手之劳，如果能为国家做点贡献，那是义不容辞，就这么说定了！来，先以茶代酒，敬周哥一杯，等成功了，兄弟再设宴为您洗尘！”丁大少十分爽快，一口答应下来。

粟军瞪着周乐乐，一脸不可置信，想不通怎么本该由自己说的话被这个家伙抢先说了出来，大致意思还一点不差。

三

一位衣冠楚楚的年轻人无声无息走到粟军身边，将一把车钥匙轻轻放在还在埋头大吃的九房叔面前，也不说话，微微欠了欠身，便转身离开。

“这谁啊？你朋友？”丁大少交游广阔，熟人众多，却不认识这个年轻人，见状问粟军道。

“怎么，也有丁大少不认识的人？”粟军把嘴里的排骨嚼得粉碎，连骨头吞了下去，笑道。

“还真不认识，看起来挺不错的，啥来路？”丁大少年纪不大，眼光却不简单，看出那个年轻人绝非跑腿的。

“是个卖二手车的朋友，很低调，只做熟人生意，有空介绍你认识。我今天还有很多重要的事办，分秒必争，先走一步，以后兄弟们一起聚聚，不嫌我做的菜糟糕就行。”粟军用餐巾擦干净嘴巴，对着周乐乐和李冬萍做了个手势，站起身来。

“哈哈，说话算话，能品尝粟哥亲手做的美味，倍儿有面子。”丁大少也再次站起，与三人相继握手。目送三人离去，他才缓缓坐下，拿起手机，拨打一个又一个电话。

“换车子？”跟在粟军身后的周乐乐低声问道。

“当然了，敌人人手不足，但不代表没有眼线啊，那辆车昨夜代步还可以，今天开始就好好在地下车库睡一段时间吧。新车也在车库，今天用完，说不定可以留给你。”粟军一边走一边看手机，显然那位年轻人虽没有说话，详细信息已通过手机传达。

“下一步去哪里？”周乐乐昨晚见粟军直率冲动，内心未免有些小觑，觉得这位富翁无非靠关系和运气获取巨额土地赔款，能力有限。这时见他计划周详、有板有眼，心下开始佩服。

“接下来得兵分两路，我先送你去一个朋友的厂里，你要留在那边。然后带李小姐去买必要的工具，既然要把研究继续下去，实验的仪器一时买不来，试管试剂什么的总得准备好，还得有纸笔和电脑来记录不是？”粟军果然早已定下行程。

“那是什么人？我要留在那里？”周乐乐追问道。

“是个电脑程序高手。你的手机对方已经知道，很有可能被追踪，但我们不可能每时每刻一起，得保持联系。我原本想给你在路边摊买个不用实名制的手机号码，后来一转念，人家能通过你的电话追踪你，你也能进行反追踪嘛，换个高档智能手机就行了。这方面我也不懂，幸好认识一个懂这行的家伙。”粟军按照手机上指点的方位，找到了汽车，是一辆半新的银色轿车，并不起眼，正合心意。

“刚才你还真像个生物学家。”上了车的李冬萍忽然开口说道。

“那是丁学志不懂，如果他问点专业的东西，估计你马上就露马脚。倒是你要他帮忙，正是我的意思，我不记得对你说过，你是怎么知道的？”粟军对周乐乐抢了他的风头有些耿耿于怀，不忘揶揄一番。

“明知道我会出洋相，你怎么忽然让我冒充生物学家？他如果问专业的，我就和他谈第三代基因测序仪在生物学方面的应用啰，有啥办法？”周乐乐笑道。

“你也知道第三代基因测序仪？”李冬萍瞪大了眼睛。

“前几天看科普文章无意中知道的。”周乐乐淡淡回答。

“你平时也看科普文章吗？”李冬萍觉得自己必须不停重新估计这个做环卫工人的周乐乐，怎么随时都可能出人意料？他究竟什么来头？

“你真以为他是个天生通下水道的？他是英雄落难而已。不过这小子心比天高，有人请他当年薪十几万的小企业副总，他还看不上呢。我不是说过了吗？你不相信？”粟军阴阳怪气地说道。

“能不能别提这事？”周乐乐苦笑着说道。

“我这是在夸你，鼠目寸光是洞浅，鹰击长空是天大，你的选择没错，既然做了鹰，就别跟着耗子钻耗子洞。袁笑生那家伙，不配和你合作。”粟军可不是周乐乐说不提就不提的人。

“也不能说他是耗子吧？”周乐乐只能苦笑，知道和粟军这家伙讲道理是徒劳的，斗嘴未必赢，打架一定输，他若有防备，自己的石头别想打中他。

粟军嘿嘿嘿冷笑了几声。

第十一章

一

“这位是贾远东贾总，虽然姓贾，人基本上还算是真的。”

粟军开车出了市区，在环城快线上飞驰了大约半小时，驶入东关辖区的直沥镇区，来到一处偏远的楼房，下车带领两人上了二楼，穿过有两条生产线的大厅，进入一间窄小的办公室，径直对着一个脸色苍白、身形枯瘦的中年男人说道。

“得了吧，你和我的高姓都是西字头，你下边的米哪里有我下边的宝贝值钱。废话少说，一大早心急火燎打电话约见面，有啥坏事找我麻烦？”贾远东和粟军挺熟的，狠狠在他肩膀上打了一拳，直接进入主题。

“也不想耽搁你赚钱，这家伙的手机可能被人监控住了，你玩程序是行家，有没有什么办法？”粟军也不耽搁时间，反手指了指身后的周乐乐，介绍都免了。

贾远东也不多说，钩了钩手指，示意周乐乐把手机拿来，接过手机后立即用桌上的数据线接上电脑，鼠标连点。周乐乐察言观色，发觉这位贾总满不在乎的脸色逐渐转为凝重，眉头也越皱越紧，猜到这事没那么简单。

“这事如果那么好解决，我也不用来求你帮忙了。我还赶时间，周乐乐就留在你这里，我还得带李小姐去办别的事。”粟军的大大咧咧都是装出来的，贾远东的神情哪里瞒得过他，当然目前的状况早在预料之中。

“这个病毒的破坏性并不强，无非盗取并发送你的资料，还能自动打开 GPS 定位并定向发送，让人随时掌握你的位置。只是写病毒的家伙很有水平，添加了重重保护，很难清除。如果强行删除，会搞乱你的文件系统。当然，换个不同牌子的手机就啥事都没有了，不过九房叔那家伙的意思，是要利用这个病毒来传播假消息，难度很大，我真的帮不了你。”贾远东对着电脑鼓捣了良久，才长长叹了一口气，对周乐乐说道。

“帮不了就算了。对了，这个病毒是不能感染SIM卡的吧？那我换个手机就行了，反正电话号码都是存在卡里的。”周乐乐并不认可粟军的计划，听对方这么说，反而松了一口气。

“我解决不了，不代表没有办法，你跟我来，能解决这问题的人离这里不远。”贾远东拔掉数据线，关了周乐乐的手机，起身便走，没有撂挑子把手机还给周乐乐的意思。

“那位高人在什么地方呢？”周乐乐暗暗叫苦，感觉自己已经深深陷入了一个精心设计的局里，脱身不得。

“你跟着来就行。不来也没有关系，用这个时间去买部新的手机，因为你的卡我们肯定会复制一个，其中之一用来反监控对方，另一个你就可以正常使用。”贾远东脚步不停，出了自己的工厂门口。

周乐乐只有跟着，因为这附近一片荒凉，看不见卖手机的地方。贾远东的话看似选择题，其实无异于问“你是想吃饭，还是想吃泥巴”这类根本没法选择的问题。

本以为贾远东会驱车去一家卖手机或电脑耗材的店，不料这位贾总根本没有开车的意思，步行进了工厂旁边的巷子，没多远就停下了脚步，和一个摆水果摊的大婶打起了招呼。周乐乐又以为这个家伙只是口渴，买个水果润润喉咙，没想到贾远东直接把手机递给卖水果的大婶，简单说了几句话。

“你想反监控对方？”大婶很快明白了贾远东的意思，冲着周乐乐龇牙笑了笑，问道。她的牙齿居然雪白亮丽，一颗不缺，丝毫没有受到年龄的影响。

“您能够……”周乐乐小心翼翼探问道。

“想我帮你，可以，一千块！还有，帮我看着水果摊，这些水果都有标价，不准偷吃，也不准赚差价！”水果大婶不等周乐乐说完，也没有给他还价的机会，发号施令完就拿着周乐乐的手机，转身钻进了巷边民房不足半米宽的门，还砰的一声关上了，把贾远东和周乐乐都扔在外边不理。

好不容易反应过来的周乐乐看看贾远东，后者耸肩摇头，摊开双手，表示这位大婶他也没有办法。

“她真这么厉害？”周乐乐看了看水果摊上几款时令鲜果，倒也新鲜，只是看起来个头大小不一、颜色晦暗，似乎没啥卖相。

“别小看她的本事，也别小看她的水果，地方虽偏僻，她真不缺客户。”贾远东看出了周乐乐的疑虑，抱着手笑道。

周乐乐还没来得及答话，就见一个矮小的女孩子走过，径直来到摊档前，连抓几把樱桃番茄放在电子秤上，用手指点了点周乐乐，示意报价。周乐乐愣了愣，随即扭头看了看头顶上方的报价栏，再看看电子秤上的数字，瞥见手边的计算器，立即拿过来连按几下，报出了价钱。那位明显还在学校读书的女孩子毫无异议，拿出手机对着摊档上的二维码扫码付账，然后向周乐乐出示了转账记录。周乐乐则在这空当找到了卷成一卷的塑料袋，手忙脚乱抽出一个，把水果装进去，打好结，满面笑容递给了女学生。

“你是老板娘的儿子吗？以前怎么没看见过你？”女孩子终于发话了，却让周乐乐啼笑皆非。

“呃……我是她朋友的朋友，帮她看一阵子水果摊档。”周乐乐虽然尴尬，却惯于应付这类场面，笑着把话揭了过去。

贾远东本有帮忙的意思，但看见周乐乐竟然这么快进入角色，反而不急，站在一边静观。这水果摊虽说地处偏僻，但来买水果的人还真不少，而且大部分根本不讲价，只管称重付款。周乐乐初时还有些手忙脚乱，应付了几个客人后，已经得心应手，招呼得体，游刃有余。

“你这水果怎么这么贵？我在市场看见有一摊的比你便宜多了！”

看了差不多一个小时的摊位，总算有一个上了年纪的女性客人提出了异议。

“实在不好意思，老板娘规定是这个价钱，我是打工的，只能按照她的意思做。”周乐乐早已经历过不知多少类似的场面，笑嘻嘻地应付自如。

“我认识你们老板娘，她不会卖我这么贵！你叫她出来！”对方也不是好说话的主，闻言声音更高。

“老板娘有事忙着，如果您有她的手机，可以直接联系她。”周乐乐当然不会轻易让步，因为有言在先，他无权随便降价。

“你这什么态度？你家老板娘也不敢对我说这种话！你马上叫她过来！”来

人也不是那么好说话的。

“抱歉，她真的走不开。如果您需要优惠，可以等她回来，我没有资格随便降价。”周乐乐混迹江湖多年，一眼看出对方未必是熟客，只是想找借口买便宜水果或者打发无聊的时光，当然半步不退。

“你们的水果这么差，还要价这么贵！我要找有关部门投诉！”这位顾客大妈也开始急了。

投诉？关我什么事？周乐乐正要答话，斜眼看见贾远东一脸幸灾乐祸隔山观虎斗的神情，忽然醒悟，知道这个时候形势比人强，不得不低头。问题是，水果大婶已经有言在先，不准降价，该怎么处理？

“你帮我看着，我去一下厕所！”周乐乐当然不笨，扭头对贾远东吩咐了一句，立即溜走。不管怎么说，找水果大婶帮忙并非无偿，既然付出了金钱，对方也就不能随便支使客户办太难的事儿。

这下轮到贾远东头疼了，只说了几句，已经被那位女性老顾客骂得狗血淋头。

“这位阿姨，我们也是受人之托，没有办法。您怎么骂都可以，请考虑我们的难处。”周乐乐去了一趟厕所回来，发觉贾远东对付泼妇的能力更加糟糕，无奈只有声援。

“什么难处！你们就是哄抬物价，欺骗顾客！”老人大声喝骂道。

“我没有办法，请体谅我们的难处。”周乐乐不管老人怎么说，都是笑着用这句话应答，以不变应万变。

老人吵了一个多小时，终究无法如愿，放下狠话，转身离开。周边看热闹的群众满足之余，也有几个人顺手买了摊位上的水果。

“不错，帮我做了这么多生意！这是你手机复制的卡，拿着！”水果大婶终于开门现身，把手机还给周乐乐，顺便送他一张 SIM 卡。

“我是不是要换个手机？”周乐乐问道。

“那还用说！你的新手机可以正常使用，旧手机就用来反追踪对方，你所有的位置信息都能够提供假的，但电话本就没办法造假了。”水果大婶答道。

得，昨天赔了一辆汽车，今天还得搭上一部手机！周乐乐上了贼船的感觉愈来愈强烈。

二

新手机刚装上卡开机，悠扬动听的铃声就响了起来，居然是袁笑生来电。这时的周乐乐不愿意接任何人的电话，袁笑生却是个例外。

“乐乐，你在哪里？安全吗？这里出大事了，王云已经被人杀死！有不明来历的电话不停骚扰，追问我你在什么地方！你是不是惹了昨天那帮黑社会的？昨晚吃饭的餐厅开着门没人，那个老板不知道哪里去了，可能也凶多吉少，你一定要小心，知道吗？一定要小心……”电话那头的声音嘶哑而急促，完全不是袁笑生泰山崩塌也面不改色的一贯作风，而下面的话，更被一阵类似打斗的声音切断。

“老袁？你在哪里？怎么回事？”周乐乐的心一下子提了起来，他听粟军说过，袁笑生为了寻找不辞而别的他，曾与犯罪组织冲突过，难道是这些家伙通过手机追踪查到了什么，去为难袁笑生？

“你不要管！先躲起来，千万不要露面，懂不懂！”袁笑生气喘吁吁吼叫完，挂了电话。

“喂！老袁！喂！喂！”周乐乐方寸大乱，对着手机连声呼叫，回答他的只有忙音。

“周总，发生什么事了？别急，先沉住气。”陪着周乐乐买手机的贾远东也蒙了，这家伙的心理素质不是极其稳定吗？刚才面对大妈百般刁难辱骂也丝毫不动容，怎么接了个电话就一百八十度大转变？

周乐乐没有回答，追拨了袁笑生的电话，对方不接。等响铃完提示“您拨打的电话暂时无人接听”后，周乐乐挂掉，再拨打，依旧不接，拨第三次，还是如此。想起王云昨晚留了电话，连忙拨号询问，也是几番无人理会后，才记起袁笑生说过王云已经被人杀死，怎么还可能接电话？周乐乐的手已经开始微微发抖，想联系粟军，但没有他的手机号。昨天压根儿没想过要和粟军、陈校长、李冬萍有什么交往，也就没有要过其中任何一个人的手机号码。

“有粟军的电话吗？”周乐乐忙乱了半天，才想起身边还有个贾远东。

“这里，我正准备打电话给他呢。到底是什么情况，你慌张成这样？”贾远东晃了晃手里的手机。

“谢谢，您帮了大忙——喂，九房叔，你在哪里？我朋友袁笑生出事了，就是昨天在你餐厅里请我吃饭那个……对，全猪宴那个，你能不能想办法帮他一把？忙不过来？那陈校长那边呢？我知道不能让他牵扯进去，那丁大少能不能呢？我知道你布好了局，但那是我最好的朋友，手下的人都死了，他的事我不能不管。好好好，你一时抽不开身，我自己去吧！”周乐乐打着电话，每说一句话，脸色就阴沉一分，等挂了电话后，他的脸已经像紫茄子一般。

“有什么要帮忙的？”周乐乐这时面目狰狞，看得一旁的贾远东不寒而栗，勉强问道。

“多谢贾总，您帮我太多了，今天这些事请别告诉任何人，我还有急事处理，先走了。对了，这是我的名片，以后有什么要帮忙的尽管找我。”周乐乐定定神，脸上又挤出了笑容，和贾远东握了握手，转身匆匆离去。他一边走一边掏出手机，按掉粟军追拨回来的电话后，在手机上下载着流行的网约车软件。

三

“这个家伙敢直接挂我电话！”粟军对着手机咬牙切齿道。

“周乐乐怎么了？他不是这种人啊？”李冬萍抚摸着新买的手提电脑问道。那一沓片刻不敢离身的记录纸已经装进了一个精致的文件袋里，挂在手腕上。

“他有个叫袁笑生的老朋友，你第一次进我店子里有没有留意那个短头发的胖子？就是他。那家伙为了追周乐乐，打翻了一个捉你的人，可能被惦记上了。我昨天已经告诉过他，叫他一定要小心，这些不是普通的黑社会，那家伙也是个精明透顶的人物，不会不听的。照理说，那帮外国极端组织成员训练出来的特工人手不足，现在又担心那两个俘虏说出什么消息来，就算不撤离东关，也会龟缩着躲避风头，根本不可能明目张胆闹事的。周乐乐这个浑蛋，穷担心些什么！”粟军嘴上骂骂咧咧的，终究还是不放心，想了想，把车停到路边，拨通了贾远东的电话，“喂，老贾，那家伙呢，在不在你身边？”

“现在已经走了，是发生什么事了？他脾气挺好的啊，怎么一下这么暴躁？”贾远东也是不大明白。

“没事了，应该是他最好的朋友遭了灾死了人吧，不叫人省心的家伙！你那边的事弄得怎么样？一切顺利？那就好！花了多少钱？回头我给你。他自己掏的钱？好，那小子如果还这么牛皮烘烘，我一分钱都不给他。这次多谢兄弟帮忙，回头我请你喝酒。行了行了，个个都想我亲自下厨，答应你还不行？我还得给那浑蛋擦屁股，以后再聊，拜拜！”粟军交代完场面话，狠狠发动了汽车。

“不是还要去看低温冰箱和实验器材吗？”李冬萍问道。

“陈校长那边已经老早申请了医学研究课题，周乐乐那家伙说的第三代什么什么仪可能都有，对方已经预料到你会购置实验器材，我们去找的话可能落到陷阱里。更重要的，是周乐乐这个冲动的浑蛋别把事情搞糟了，我们马上到老贾那边去找他解释清楚！”粟军被周乐乐突如其来的行动打乱了阵脚，一时也不知道该怎么收拾，急得像热锅上的蚂蚁。

“医学研究和生物学是两码事！他这么不容易冲动的人都冲动了，您再冲动就什么都一塌糊涂了。别急，低温冰箱必不可少，一定要尽快买到，普通冰箱达不到零下 80 摄氏度的低温。现在去找贾先生没有用，周乐乐肯定会叫网约车离开的。”李冬萍这个时候异样冷静，劝住了准备开车掉头的粟军。

“那由他乱来吗？”粟军还是没有转过弯来。

“周乐乐要回您的餐馆附近吧？那是他的地盘，就算是陷阱，也不至于完全被动。您也说过，组织里人手不足，这个时候不会轻举妄动的。那边如果出了人命，应该会惊动警察，您还是问一下那一带的熟人吧。”李冬萍一板一眼地分析道。

“……看不出来啊，李小姐也是这么厉害的人物，行，就按你说的办。”粟军竖了竖拇指，又停下车，拿出手机划拉起来。

“你们已经帮了我这么多，我不能再完全依赖大家了，总要做点什么。”李冬萍缓缓说道。

“你就一点都不担心那个家伙？”粟军忍不住在反光镜里多看了李冬萍一眼，他发现，今天的李冬萍似乎和昨天有那么一点不同，不再惶恐和急躁，冷静异常。

“谁都有冲动的时候，周乐乐也不例外，但他再冲动，恢复得也比我们快，冷静下来的他，完全用不着我们担心。我倒是想弄清楚，他一个把自己封闭得那么紧的人，怎么会为了别人心乱？我们昨晚也算是一起同生共死，他为了一个袁笑生，把我们和国家利益都甩到一边去了？”李冬萍困惑不堪，也不清楚自己是不是嫉妒袁笑生。如果是，为什么会有这种心态呢？

“咱们先按计划去买冰箱吧。已经安排了朋友去打听，很快就会有消息。刚才也是被那家伙气糊涂了，现在想想，我觉得可以理解他。”粟军开动汽车，再次加速飞驰。

“我不理解他，但相信他忙完自己的事后一定会回来。对了，九房叔您说陈校长那里有第三代基因测序仪？是真的吗？虽然那仪器已经开始国产，可能也要好几百万一台，没那么简单吧？”李冬萍并不觉得大大咧咧的粟军会了解明显历尽坎坷的周乐乐，更不觉得他有什么高见，索性岔开了话题。

“陈大爷的老婆有老年痴呆症，对了，你们有文化的人叫阿尔茨海默病或者失智。这种病和基因突变有关，医学上要进行进一步研究。陈校长的学校有医疗机构赞助，也接了这方面课题，在公在私，都要协助研究。你说你不理解周乐乐那小子？刚才又那么肯定他一定还会来找你？”粟军当然不是随便能够被引开话题的人。

“有时候女人的直觉很灵，没法解释。”李冬萍发觉粟军并不是想象中的热血莽汉，说话也开始斟酌起来。

“他对自己的以往经历讳莫如深，其实我也猜到了。年轻的时候野心勃勃，想创业白手起家，可惜失败了，不得不做通下水道这种又脏又累但还算来钱的营生。失败的过程中，恐怕他求助过很多朋友，可惜不是被信任的朋友出卖，就是连累了信任他的朋友，现在的他虽说已经上岸，却对所有接近他的人都怀有戒心，既怕被出卖，也怕不小心对不起他们。”粟军叹了口气，说道。

“那袁笑生呢？为什么能够例外？”李冬萍当然不是书呆子，网上的创业故事好歹看过几篇，立时联想到借钱赔本扛债务的现实创业者惨状，觉得粟军说得极有道理。

“那个家伙精明圆滑像泥鳅，估计周乐乐找他借钱时一毛不拔，亏得裤子都穿不起时送了块遮羞布给他。斗米养恩担米养仇的道理，他玩得熟练，没花几个钱，却能够让周乐乐把他当生死兄弟，厉害得很。”粟军一会儿语言文雅，一会儿满口糙话，面目变化无常。

“难道他并没有把周乐乐当兄弟？”李冬萍咂摸了半天，似乎看出了一些东西，却满心不是滋味。

“恐怕周乐乐也知道，所以不肯答应帮他一起管理工厂。”粟军对这个问题不置可否。

“那怎么……”李冬萍更糊涂了。

“他只剩下这一个朋友了，而他骨子里是一个非常珍惜友情的人。”粟军意味深长地说道。

第十二章

一

周乐乐隔着玻璃看见袁笑生安然无恙时，先放下了心，然后满心莫名地苦涩和失落。

这位周乐乐心急火燎找了半天的大胖子，现在正悠闲地躺坐在离家不远的健身中心的椅子上，闭目养神，油光闪烁的脑袋不规律地摇来晃去，嘴里还哼着小曲。周乐乐当然知道，袁笑生此举是用头不断在空中画“粪”字，那是颈椎病医生对全国人民建议的养生方法。而袁笑生常哼的歌，周乐乐也听得耳朵起老茧，来来去去无非那几句：“你无德，她不贞，仇深似海，狭路相逢，分外眼红……”

为了找到这个家伙，周乐乐真没少费周折，心急火燎地搭乘网约车赶到袁笑生的工厂，却发觉今天周日，全厂休息，懵懵懂懂的保安完全提供不了任何信息。再赶到以前居住过的袁家，好不容易敲开门，睡眼惺忪的新租客气鼓鼓地告诉周乐乐：原先的租户早搬了家，不知道去了哪里。周乐乐虽然接近抓狂状态，但还是害怕贸然拨打袁笑生电话，会惊动攻击老朋友的敌人，忍了又忍，忽然想起旧手机似乎有追踪对方的功能，不知能不能从电话号码查知对方的方位，掏出旧手机一番折腾，果然那位水果大婶改造后的手机极为好用，竟然准确定位到了袁笑生的行踪。只是气喘吁吁赶到之后，他却看见袁笑生虽汗流浃背，但神情舒畅，分明是在健身房锻炼后休息，哪有电话里听到的半分惶急。再仔细回忆，从袁笑生来电里听到的声音哪里是打斗，就是健身房各种铁器具的相互撞击！

这家伙打那个电话什么意思？周乐乐咬牙切齿，真想把那家伙揪出来好好质问一番，却不知为何，双脚像定在地上一般，动弹不得。

就在这个时候，电话铃声又响。周乐乐掏出手机，是一个陌生的号码，立即挂掉不接。然而对方并不罢休，又一次拨打，周乐乐有些犹豫，不知该不该再次挂断，对方却似有足够的耐心，一直等待着。

“喂？”思来想去，周乐乐还是接了电话。

“乐乐吗？我是李冬萍。”电话那头的声音清脆悦耳，似乎没有介意他不该有的情绪。

“什么事？”周乐乐木然问道。声音虽然冷漠，但不可否认，听见这个人说话后，他几乎忘记跳动的心脏又开始扑扑乱动起来。

“刚才九房叔请人查过了，你老朋友公司的一个员工发生了车祸，被当场撞死，那个人叫王云，你认识吗？”李冬萍轻声问道。

“王云……真的死了？”周乐乐有些意外，本以为袁笑生是哄骗他来见面的，没想到王云真的不在世上了。

“交警调取了事故现场监控录像，意外的可能性很大。死者可能因为通宵喝酒，清早没有留意红绿灯就直接过马路，结果被一辆刹车不及的货车当场撞死。九房叔说过，有可能是他杀，你觉得呢？”李冬萍语气平和，没有丝毫感情。

“意外和他杀，现在都不要紧了，你们现在在哪里？我这边的事已经忙完，刚才测试了一下手机反追踪的新功能，非常实用，现在去哪里和你们会合？”周乐乐转身离开了健身中心的玻璃橱窗，脸上又浮现了笑容。

如果这个时候李冬萍在他面前，一定能够看出他假笑背后的痛苦。

二

“找到你朋友了吗？”电话那头的李冬萍并没有急着告知下一步去什么地方，而是问了一个周乐乐这时最不愿意回答的问题。

果然，周乐乐陷入了沉默。如果这句话是粟军或者任何一个男性问出来，他很可能马上就把手里的电话砸了，但对方是一个女性，而且既漂亮又聪明，问话时口气温婉而柔和，令一向以绅士自居的周乐乐哪里粗暴得起来。

“他安全吗？”李冬萍继续问道。

“能不能晚一点再说这个？现在已经是晚饭时间了，我中午饭还没吃呢。”周乐乐强笑着说道，又一次把眼泪往肚子里咽。

“肚子饿了吗？”李冬萍很轻柔地问了一句废话，没有等周乐乐回答，紧接着说道，“我就在你身后的兰州拉面店里。”

“你在哪里？”周乐乐吃了一惊，以为自己听错了，转身定睛一看，果然身后有一家兰州拉面店。李冬萍正坐在离门口最近的一张桌子边，轻轻放下手机，默默盯着他。

时近初夏，天黑得晚，面店里还没有开灯，显得有些阴暗，李冬萍的目光却明亮犀利，仿佛看穿了一切。周乐乐没来由地一阵心虚，赔着笑在李冬萍对面坐下，正讪讪不知该说些什么，一位高鼻深目、体形肥胖的店员把一盘炒刀削面放在李冬萍面前，又问周乐乐道：“请问您想吃些什么？”

“呃……羊肉拉面吧。”周乐乐瞥了一眼桌面上过了塑的菜单，胡乱点了一样。他忽然想喝酒，但看见菜单边“伊斯兰习俗，外菜莫入，请勿饮酒”几个字，只得作罢。

“如果饿了，你可以先吃。”李冬萍把自己的炒面往周乐乐面前推了推。

如果在平时，周乐乐肯定会推拒。今天他却不愿意太多客套，一来肚子确实很饿，二来也觉得内心空荡荡的，想要什么东西去填一填。他伸手接过李冬萍递来的筷子，狠狠吸了一大口炒刀削面，猛嚼一通，两边的腮帮子胀得鼓鼓的，几乎要裂开。

“尝尝这个。”李冬萍又递来一颗白乎乎的东西，十指灵活地在上边搓揉几下，剥下一层薄薄的皮。原来是一颗独头蒜。

周乐乐茫然地用筷子从李冬萍的手指间夹过独头蒜，送进嘴里。他现在只是觉得空虚，想吃东西，不管什么食物，在现在的他看来都不要紧，哪怕以前从来没有吃过的玩意儿。

然而，独头蒜这种宝贝可容不得一丝轻视，初时嚼得几下，还不觉得怎么样，几秒钟后，撕心裂肺般的辛辣忽然在嘴里迅速蔓延开来，两边耳朵觉得针刺一样剧痛。随着奇辣无比的蒜汁流进咽喉、食道和肠胃，所到之处无不拧成一团，痛不可忍，连心肺，似乎也被辣得生痛。周乐乐吃辣椒也算高手，可能因为经常钻下水道、接触寒凉地气的缘故，在广东这种特殊的气候里能够怎么吃辣椒也不会上火，很令不少湘赣籍朋友羡慕。但独头蒜的辣，却与辣椒完全不同，不仅渗透了黏膜，辣进了细胞里，而且辣得阴毒，教人痛苦不堪却不会流出一滴汗。

“独头蒜比普通的大蒜要辣上一倍，没习惯的话很难受得了。”端上一大碗羊肉拉面的老人看着狼狈万状的周乐乐，笑容可掬地说道。

“你心里的感觉，是不是和吃这独头蒜一样？”李冬萍拿起筷子，把羊肉拉面拌匀了，却又放下筷子，又剥了一颗独头蒜。

周乐乐一个激灵，抬头看了看李冬萍，又看看她手里的独头蒜，不敢说话，又埋头大口吃面。再次抬起头时，李冬萍已经把手里的独头蒜咬掉了一半，就着拉面细嚼慢咽，丝毫不动声色。

“我只比你早几分钟找到你的朋友，刚开始，和你一样难受。”李冬萍咽下一口面条，慢吞吞说了几句，尽管声音慢而且轻，浓烈的大蒜味还是扑面而来，足见刚才那一口独头蒜货真价实。

“九房叔呢？”周乐乐虽然很奇怪李冬萍怎么能先一步找到袁笑生，但是实在不愿意谈下去，又一次故技重演，转移话题。

“有时候，就算亲眼看见的东西，未必就是事实。”李冬萍却不上当，说完这句话后，把剩下的独头蒜塞进嘴里，又吃了一口拉面。

“你可能误会了，我心情确实很像吃了这个东西一样，但不是因为他骗我。他其实没有骗我，电话里根本没有说他很危险，还叫我千万不要去找他，全是我会错了意。而他说他的副手王云被杀，也不一定是假话。我只是觉得，一个人如果有良心，他的得力助手死了，他不可能现在还有心情在健身房消磨时间。”周乐乐意识到有些事终究要面对，否则，他有点对不起李冬萍的关心。

“你觉得你的眼光太糟糕，竟然把这么个无情无义的人当兄弟？”李冬萍这次没有再顾及周乐乐的感受，说话直截了当，和满口的蒜味一样，教对面的周乐乐全身不自在。

“不能这么说，至少我掉进臭水沟里的时候，他没有落井下石。而且没有他的引导，我现在不过是一个普通的电工，不会有机会认识你，也不可能做现在的大事。这个人情，我还是欠他的。”周乐乐苦笑道。

“那你恐怕要多欠他一个人情了。”李冬萍稀里呼噜把羊肉拉面吃完，才说了句周乐乐意想不到的话。

“什么意思？”周乐乐愕然，更觉得奇怪的是，他忽然发现李冬萍吃拉面快而优雅，比自己还先吃完，是怎么做到的？

“你不觉得奇怪吗？健身的黄金时间一般是早上和晚上，有几个人星期天下午来的？而且我问过工作人员，他从早上待到现在都没有离开。”李冬萍用纸巾擦干净嘴巴，拿起桌上的茶壶，为自己和周乐乐各倒了一杯茶。

“他在里边吃中午饭？这类健身中心不提供餐饮的吧？”周乐乐听李冬萍这么一说，也觉得不正常。不过袁笑生这个家伙一向不按常理出牌，“全猪宴”都弄过，不吃午饭玩命健身也不是做不出来。

“有人盯着他，他在装模作样麻痹那个家伙。喝点茶吧，连茶叶嚼一下，嘴里就不臭了。”李冬萍淡淡说道。

“我晚上不喝茶，会睡不着觉。中午我没吃饭，一份面条不够，再帮我叫一碗吧？”周乐乐听李冬萍这么一说，心情立时大好，刚才嚼蜡一般的炒刀削面味道一变，成了美食，稀里呼噜吃个精光之后，意犹未尽。

“如果茶叶对你提神效果这么好，你最好还是喝上一两杯，至于面条，一碗就够了。”李冬萍把斟满茶的一次性塑料杯放在周乐乐面前，然后把身边一个双肩小包背到身后，看起来准备离开。

“为什么？对了，你刚才还没回答我，九房叔呢？”周乐乐一时摸不着头脑，随即认为是自己因为袁笑生有危险而不管不顾来救人，令美女很不高兴，便赔着笑脸，打算好好甜言蜜语一番，把今天的事揭过去。

“九房叔不是早说了今天忙得要命吗？他马不停蹄到处找我需要的实验器材，哪里有空来看你的朋友在健身房跷二郎腿。我看得出你朋友肯定叫你千万不要来找他，你倒好，没听劝来了就算了，还大模大样，连戴个帽子换件衣服都舍不得！现在特工组织已经发现了你，天也黑了，追杀马上开始，你满意了吧？顺便把我也暴露了！还愣着干吗？快喝点茶当兴奋剂，准备逃命吧！”李冬萍没好气地说道。

“他们……不是人手不足吗？”周乐乐大吃一惊，霍然站起，这才发现李冬萍换了一身宽松的衣服，桌面上还有一顶帽子、一副平光眼镜，显然经过乔装，有备而来。

“那是昨天的事！一天时间，已经可以从几千公里外调动大量人手过来了！”李冬萍恨恨说道。

“那……你明知道危险，还来这里干吗？他们一开始不是没有发现你吗？你怎么还叫我进来吃面条，把你自己给卷进来了？”周乐乐微微回头，用眼角余光扫了一下面馆的玻璃门外，果然见十来个大汉聚集在附近，牢牢盯住了面馆。

“我不是不放心你吗？你看看你刚才，午饭也没吃，又累又饿，走路都有气无力，连被盯上了都一点没觉察。我不让你休息一下，吃点东西，你等会儿跑得动吗？你现在知道我为什么不让你吃太饱了吧？”李冬萍这时镇静异常，似乎早已认命。

“你也不用冒险暴露自己吧？”周乐乐苦笑，发觉自己今天的任性带来的麻烦不是一般大。

“我是真正的主角，如果和你分头逃命，大部分人会来追我，你更容易走掉。如果咱们一起，他们还想要我手里的蚁后，估计会手下留点情，不至于赶尽杀绝。你打算并肩逃命，还是分头走，晚上在住处会合？”李冬萍不回答周乐乐的话，掏出一双无指手套戴上，问道。

“还是一起吧，他们不至于马上要了我的命。”周乐乐看李冬萍面色凝重，知道她绝对不是开玩笑，反倒放松下来。他好歹也经历过不少大风大浪，昨天也见识过李冬萍的体力和头脑，知道她有足够的本事，不至于造成拖累。周乐乐好歹也是一个大老爷儿们，既然答应了保护这位美女，总不能食言。分头行动，也放心不下，万一李冬萍有啥三长两短，周乐乐一辈子都会内疚。

三

“打算什么时候出发？”周乐乐已经手心出汗，却见李冬萍慢条斯理把长发束成马尾巴，似乎一点都不急，忍不住问道。

“急不来。你少说话，抓紧时间休息，恢复体力。”李冬萍掏出新买的手机看了看时间，笑着说道。

“你在等什么？”周乐乐有些不大适应目前的状况，想起昨天初遇李冬萍时，她何等惊惶失措、六神无主，而自己则镇定自若，从容帮助她摆脱一个又一个险境。怎么过了不到二十四小时，两人的地位情绪就颠倒过来了？

“等药性发作。”李冬萍脸上似笑非笑，这话也说得半真半假？

“药？”周乐乐脑海里灵光一闪，明白了她的意思，登时额头渗出了冷汗。他们的敌人是神秘财团花大价钱训练出来的特工组织，神通广大，既然发现了目标，怎么会不行动？而既不惊动这居民区的路人，又最省力有效的法子，当然是在食物里做手脚了！李冬萍无疑早就考虑到这一点，先行点了一份炒刀削面，又提出让周乐乐先吃，她自己吃后来的羊肉拉面，那不是把下了药的面条全吃了？

正惊疑不定，眼前一亮，小气的老板终于舍得开灯，却让周乐乐和李冬萍完全暴露在敌人的目光下。与此同时，一个戴着眼镜、衣冠楚楚的年轻人不慌不忙走进了拉面馆，径直来到周乐乐身边坐下，伸出了手。

“丁大少！”周乐乐眼睛一亮，算是明白了李冬萍哪里来的胆量。

“周哥为了朋友，提着脑袋来救人，弟弟我敬佩！您的助理一个女孩子，为了您，也是完全豁出去了，你们全是情义并重的英雄！难怪能做大事！放心吧，周哥，我丁学志不是瞎子，老天爷更不瞎，你们运气好得不得了，这面馆是我老熟人开的，安眠药已经下到他们自己点的那份面条里了，您看！”丁大少紧紧握着周乐乐的手，脸上的笑容高深莫测，说着话往右方一指，果然一个角落的食客已经趴在餐桌上睡着了。

“丁总才是真英雄，一诺千金，不过这么点小事，用不着您亲自出马吧？”李冬萍笑道。

“不来一趟不放心，两位肩膀上的使命重大，今晚要出了纰漏，我还有脸见粟哥和陈哥吗？我也没想到危险这么大，对方动用的人手真不少，现在能够确定的就有五六十个，看来对周先生是志在必得啊。李小姐您是真了不起，我要是打电话给老板晚上那么几秒，您就真把安眠药吃下去了，可见爱国之人，天也不负。”丁大少这时看着李冬萍的眼神多了几分欣赏，不像早上那般只为美色所动。

“点的是汤面，如果下药，应该都溶在汤里，我只吃面，一口汤都不喝，也不至于被迷倒。当时选中这里，是因为不准喝酒，下药就没那么容易。”李冬萍不亢不卑应对道。

“你直接说明白不就行了吗？何必冒这么大的危险？”周乐乐难得地笑不出来，正色对李冬萍说道。

“被人盯着呢，怎么方便说。周哥，我看你是当局者迷啊，有这么个忠心耿耿的女助理，兄弟羡慕得要命，以后可真别待薄了人家！好了，废话不说，还有一分钟，你们准备好，该走的时候自然会知道。老板，给我来一碗招牌拉面！”丁大少对着周乐乐揶揄一番，匆匆交代了几句，自去冰箱里拿了一罐饮料，仰起头一口气喝光。

四

该走的时候自然会知道？周乐乐听得云里雾里，扭头看李冬萍，欲用眼神探问。正好李冬萍的眼睛也看了过来，四目相对，她立即扭头避开，脸上的红晕几秒钟后才消退。周乐乐一怔，这才想起刚才丁大少明显话里有话，误会了他与李冬萍的关系。

正尴尬万分，不知该如何打破僵局的时候，面馆外忽然人声嘈杂，两三百人骑着各种颜色的共享单车，浩浩荡荡从门口经过，所有人的身上都套了一件米黄色的马甲，似乎是一个有组织的聚会活动。也就在这时，所有人眼前一黑，路灯和店里的照明灯同时熄灭了！

“走！”李冬萍低声说了一个字后，立即站起身来，疾步奔进人群之中。

周乐乐也马上醒悟过来，紧随其后。刚到队伍边，有个人一把便拉住了周乐乐，将他的手按在单车扶手上，抬腿下车，同时脱下身上的马甲，往周乐乐的肩膀上一扔，然后头也不回地进了拉面馆。所有的灯，在这个时候亮起，拉面馆里周乐乐刚才坐的位置上，已坐了另一个人，身上穿的衣服与周乐乐的颜色样式差不多。他的对面，也有一个扎着马尾巴、背着背包的年轻女人，正从容地把李冬萍留在桌上的帽子戴上。

原来是这样！周乐乐瞬间会意，套上马甲，跨上共享单车。斜眼望去，身边的李冬萍也是同样的装束，融进了人群里。

不知谁忽然吹起了哨子，整个单车队伍一起高声呐喊，同时加速，争先恐后往前猛蹬。到了下一个路口，只听一声大喝：“解散！”大家如同炸群的白蚁，有的往前直冲，有的掉头向后，有的左右转弯，短短十来秒钟，走得一个不剩。

这是哪个协会搞的活动吗？目瞪口呆的路人半天没有反应过来。而最后发觉不妥的，是特工组织里跟踪周乐乐的一帮大汉。他们眼巴巴等着目标昏睡过去好进行下一步行动，却迟迟不见动静，监视中的一男一女一直生龙活虎，相谈甚欢。半小时后，又有十来个人不知从哪里过来，簇拥着他们离开。对方人多，当然不能闹出太大的动静，大汉们唯有偷偷尾随这些人逛了一晚上的街，方才发觉上了当。

“想不到丁大少这么厉害。”轻易摆脱了跟踪的周乐乐感慨道。他不是没有见识，但多年来独来独往，始终没参与过这些大场面，今天才算真正认识了“人多力量大”这句老话的意义。

“请他帮忙要付出很大的代价，九房叔说过了，以后尽量别冲动，不然别说他这点身家，就算多几倍，也不够咱们这么败的。”李冬萍淡淡说道。

“今天……实在对不起……”周乐乐当然知道自己差点惹了祸，讪讪笑道。他不傻，知道今天李冬萍担了多大的风险，一旦资料有失或人出了事，未来可能白蚁肆虐，不堪设想。

“知道就好，明天开始帮我把手头的资料扫描备份，好好整理，等实验器材送来，你得帮我打下手，一起搞白蚁研究。”李冬萍神色平静，没有生气的意思。

“那些……我不会。”周乐乐讷讷说道。

“我教你，保证比通下水道容易。”李冬萍嘴角不由自主上翘。

她发现，周乐乐的假笑更少了。

第十三章

一

“这些是……什么东西？”

两人在粟军提供的房子附近骑车绕了一段时间，确定没有人跟踪后，这才在离住处两百多米的地方留下共享单车，并肩回去。进了房门，周乐乐先到一楼车库关押两个俘虏的房间瞄了一眼，确认没有人后，才登上二楼，却被眼前一大堆大小不一的纸箱吓了一跳。

“实验用的东西。九房叔今天忙了一天，就买得差不多了，还真厉害。”先一步上楼的李冬萍拿着实验器材清单逐一核对，清点了差不多十分钟，才满意地点了点头。

“这是什么？”周乐乐顺手拿起桌上一个一尺见方的透明盒子，问道。

“这就是蚂蚁工坊，小孩子用来养蚂蚁的玩具。九房叔还真厉害，找到这么个超大号的。一般蚂蚁工坊不能养白蚁，不过这一款蚂蚁工坊构造和金鱼缸一样简单，没有蚂蚁挖洞用的海藻凝胶，放几块糟木头进去就可以了。看，连木头都准备好了，不错，水泡过的杉木，质地疏松，是大水蚁最喜欢吃的。”李冬萍看见周乐乐手里的东西，眉开眼笑，反复把玩，爱不释手，看见桌面上的几块木料和一包沙土，更是惊喜。

“现在小孩子也真会玩，蚂蚁也当宠物来养？你们以前就是拿这个东西来培养白蚁的？”周乐乐仔细观看着这个所谓的蚂蚁工坊，似乎是亚克力材质，盖子用螺丝固定，上面全是针尖大小的孔，用来透气，蚂蚁白蚁钻不出来。他打开新手机，上网查询“蚂蚁工坊”，发觉这类玩具居然不少，粟军弄来的这个已经是构造最简单的了。

“实验用的比这个大得多，也复杂得多。不过现在这个蚂蚁工坊暂时够用，新一代的蚁后还活着，已经配对成功，这两天就要大量产卵，正好研究。”李冬萍先拧开蚂蚁工坊盖子四边的螺丝，把沙土和几块木头放进去，然后小心翼翼从贴身腰包里拿出那个小玻璃瓶，用一把镊子将瓶里那只肥大的蚁后轻轻夹起，放到蚂蚁工坊内的沙土上。其余几只大水蚁虽闷了一天一夜，因变异生命力极强，仍然未死，翅膀却脱落了，在透明箱子里四处乱爬，只有一只大水蚁守在蚁后身边不离不弃，应该就是蚁王。

“它们会在这里产卵，然后啃这几块木头？”周乐乐看李冬萍从容盖上盖子，拧上螺丝，这才透了一口大气，问道。

“对。”李冬萍捧着蚂蚁工坊，轻声回答。

“等白蚁繁殖出来后，用各种各样的杀虫药去尝试，看看哪种有用吗？”周乐乐始终搞不清楚为什么要把白蚁研究继续下去。

“我只研究它们怎么变回原来的样子就行了。”李冬萍终于放下蚂蚁工坊，抬头望着周乐乐说道。

“不是准备把它们赶尽杀绝？为什么？这些虫子不是人类的大敌吗？虽然不属于四害，但破坏力更强大、更可怕。”周乐乐觉得自己真的理解不了这些科研工作者的思维方式。

“你也知道四害？那可是老一辈人的常识，现在的年轻人恐怕没有几个懂。”李冬萍转身打开冰箱，拿出两个苹果，一边说一边扔了一个给周乐乐。

“四害不就是苍蝇、蚊子、老鼠和蟑螂？刚开始蟑螂没排上去，把麻雀列为四害，后来发现麻雀对人类贡献更大，就把麻雀改成臭虫，再后来，改成了蟑螂里的德国小蠊，我没记错吧？”周乐乐可不愿让读书人小看自己，哪怕对方是个未来的生物学家。

“不错，还知道德国小蠊。你知道什么时候我国有四害这个说法的吗？”李冬萍早就见识过周乐乐宽广的知识面，不无佩服，不过若论动物学知识，她学生物的又怎么可能输给这个男人。

“1958年，国务院下达过文件，指示要在十年内清除四害。”周乐乐的记性和涉猎确实不凡。

“今年是2018年，已经六十年过去了，四害被消灭了吗？”李冬萍不慌不忙接着问道。

“没有，四害的生命力极强，繁殖能力也非常可怕。拿蟑螂来说，不论多厉害的剧毒农药，它们都能在短短几年内产生耐药性，彻底杀灭它们是很难的。不过自然界是很神奇的，蟑螂不管怎么进化，始终无法对乙酰甲胺磷这种化学品产生耐药性，这个弱点已经被人类充分利用，市面上几乎所有的杀蟑螂药都是这个成分。如果能坚持投药，彻底消灭蟑螂也不是不可能的。”周乐乐看见李冬萍没有鄙夷或嘲笑的意思，脑子更加活泛起来，开始滔滔不绝。

“你不读书，真的浪费人才。乙酰甲胺磷在1971年已经发明，到现在也有足足四十七年时间，如果真能彻底清除蟑螂，早就清除了。”李冬萍轻轻叹了一口气，说道。

“那可能是因为我国对这种杀蟑螂特效药的应用比较晚。”周乐乐争辩道。

“乙酰甲胺磷就是超级大国雪佛龙公司开发的，在本国应用也最广泛，但直到今天，这些发达国家依旧存在蟑螂。超级大国甚至成立了‘害虫防治协会’，足有18000家消杀公司，却还是无法根除蟑螂。”李冬萍还是不慌不忙，慢声细语。

“你的意思是，人类是没办法彻底消灭蟑螂的？”周乐乐终于承认自己那点三脚猫学识根本比不上李冬萍，只好虚心请教。

“蟑螂在地球上生存了四亿年，恐龙灭绝时它们也存活下来了。哪怕环境恶劣如石炭纪到二叠纪这段长达八千万年的大冰期，最低气温达到零下110摄氏度，有96%的物种灭绝，蟑螂还是存活下来了。你觉得人类的生存能力能和蟑螂，或者说能和四害乃至白蚁相比吗？”李冬萍面露微笑，提出了更深层次的问题。

“所以你的意思是我们根本就没有可能彻底解决这次的白蚁危机，只能够让它们回到以前的平衡状态？”周乐乐苦笑，知道再继续深入讨论下去，自己听不懂的术语只会越来越多，与其那时狼狈认输，不如现在早点把话题扯回来。

“我本来的意思是这样，但是，我忽然改变主意了。”李冬萍意味深长地一笑，说出的话又一次令周乐乐意外。

“不好意思，大小姐，我今天很累，想早点休息，您能不能顾虑一下我的智商，说一些我听得懂的话？”周乐乐隐约感觉到李冬萍的用心，却不愿意多花脑力去琢磨，因为他实在很累。

“九房叔不是说过吗？咱们这一次殚精竭虑，为国家消除一场惊天动地的大麻烦，最后却只能默默无闻，你能接受吗？”李冬萍轻声问道。

“……不能接受又怎么样？我是被你们拉进来的，根本不能由我做主。”周乐乐感觉到了李冬萍话里的分量，并没有马上回答，思考了几分钟，觉得还是进一步试探为妙。

“我被特工组织骗了，为他们工作了差不多一年，但也接触到了很多以前想都不敢想的东西。大水蚁这种生物，可以造成巨大的危害，也能够带来巨大的经济利益，这是不争的事实。”李冬萍盯着周乐乐的脸，再次感觉到他的假笑，也察觉到了他的疑惑，深感这个男人确实不好收服。

“我希望你能彻底把话说清楚。”周乐乐的笑容隐去，字斟句酌地应道。

“那我就直说了。这场麻烦结束后，我想职业养殖大水蚁，彻底开发大水蚁的经济价值。”李冬萍看着周乐乐仿佛洞穿一切的目光，犹豫了片刻，还是决定把心里话说清楚。

“如果不损害国家利益，我想和我没有什么关系。”周乐乐暗自松了一口气，说道。他内心里确实害怕这个难以捉摸的美女选择背叛国家和全人类，如果真是如此，他短时间内很难抉择，但绝对不会选择同流合污。

“你觉得我一个人，能做得成这件大事吗？”李冬萍的语气变得柔软，不再像刚才那般野心勃勃、锋芒毕露。

“你现在不是有九房叔和陈校长帮你吗？我觉得他们也不会让你的研究成果白费吧？话说，你对我说这些话，是什么意思？和我有关系吗？”周乐乐反问道。

“有关系，我想你帮我一起实现这个梦想。”李冬萍终于鼓起勇气，把最想说的话说了出来。

“我？我能帮你什么忙？”周乐乐内心一阵悸动，狠命摇了摇头，不敢相信他能够在这个大计划里有什么作用。

“我相信你好朋友袁笑生的眼光，你是一个全方位的人才，一定能帮我的大忙。”李冬萍走近了两步，说得斩钉截铁。

“我理解你的雄心壮志，不过我只是一个通下水道的，你似乎找错了合作伙伴。还有，这次九房叔和陈校长不遗余力帮助你和我，是为了国家的利益，如果只是为了你我，他们未必肯这么大方，你最好认清楚这个问题。我们参与这件大事，不是因为能力超群，是因为运气实在好，或者说运气实在够坏而已。一旦完事后，他们会恢复到商人的本来面目，凭什么要陪你冒险？”周乐乐冷冰冰地说道。

“那就先休息吧。”李冬萍热切的神色忽然冷却，偃旗息鼓，淡淡说道。

周乐乐倒一时适应不了，茫然呆立，不知该说什么。

二

周乐乐被手机闹钟吵醒的时候，是早晨7点。眼睛还没有睁开，他就开始在床上仰卧举腿，只觉得床垫软软的毫不受力，远没有自己出租屋那张铺着棕垫的硬板床带劲。做完一百个仰卧举腿，翻身准备做俯卧撑时，又一次发觉席梦思床垫根本就不能用来健身，大手刚撑起身子时，弹簧吱吱作响，还听见隐隐约约的撕裂声。如果再不停下来，这床垫估计会被双掌按出两个洞。

看来这个环境得重新适应。周乐乐摇头苦笑，准备开门找卫生间洗漱时，才想起现在不是一个人住，这样只穿一条短裤成何体统，连忙转身找到昨晚扔在床头柜上的衣服穿好，这才出了房门。

刷完牙洗完脸，周乐乐这才闻到香气，循味至饭厅，餐桌上居然放着一大锅汤面，不用问是李冬萍的作品。餐桌上的一个碗里还有半碗面汤，看来美女已经吃完了早餐，去忙她自己的事了。周乐乐懂医学常识，知道早餐是一天最为重要的一餐，多年来倒是不敢忽视。但自从离开父母以来，从来没有人这般为他下厨准备早餐，哪怕以前在袁笑生家寄宿时，也只能外出买两个包子填肚子。与李冬萍算是萍水相逢，对方竟然如此体贴，倒教周乐乐受宠若惊、感激流涕，呆立半天差点忘记坐下享用。

不过吃进第一口面条时，周乐乐对李冬萍“进得厅堂下得厨房”的好印象完全颠覆了。这一锅汤面本来是最普通不过的“康师傅”方便面，只要开水下面，随便煮个两三分钟，倒进料包里现成的调料就行，可以说完全没有难度，味道也能八九不离十。但李冬萍不知道用了什么手段，面条既软且烂，进嘴即成糨糊，起码煮了有十分钟。还可能觉得汤不够味儿，自作聪明加了大量的盐进去，导致一锅汤比卤水还咸了几分，简直没法入口。周乐乐艰苦创业多年，从来不挑食，可今天早上也倒尽胃口，根本吃不下这锅别出心裁的方便面。

周乐乐哭笑不得，进了饭厅一侧的厨房，见煤气炉、电磁炉、电饭锅应有尽有，食品柜里大米和方便面都是现成的，冰箱里虽无新鲜蔬菜，鸡蛋、火腿、干香菇、干木耳都还有不少，冷冻室里甚至还有一包鱼皮饺、一包牛肉丸和一包墨鱼丸。有这么多食材，李冬萍竟然能倒腾出这锅饿鬼都咽不下的汤面，还真是了不起。

等周乐乐煎好荷包蛋，重新做出一锅香气四溢的汤面时，刚才不知所终的李冬萍又不知道从哪里钻了出来，面不改色舀了一大碗，稀里呼噜大吃起来。

“厨房里那一罐是海盐，不是糖，你刚才是不是放错了？”周乐乐笑着问道。他当然不信李冬萍能吃得下那锅宝贝，也多煮了一个人的份儿。只是没想到李冬萍这时脸皮那么厚，跟没事人似的坐下猛吃。

“厨房里那么多瓶瓶罐罐，谁知道是什么东西。有空把它们整理好，贴好标签，就不会弄错了。”李冬萍三口两口吞掉了一个荷包蛋，把盘子里剩下的一个荷包蛋也夹到自己碗里，似乎不知道自己准备吃掉周乐乐的那一份。

“那是厨房，不是实验室。”周乐乐愣了愣，哑然失笑。

“没有时间讨论这些了，今天的任务很重，你要帮我把所有的资料扫描备份，然后再把厅里这些实验设施摆放好。嗯，这面条煮得还不错。”李冬萍说完，风卷残云吃完自己那份面条后，转身就走，没有多看周乐乐一眼。

“这家伙把我当保姆了？”周乐乐用自己才听得见的声音喃喃说道。

三

“按这个厚度计算，我手头的记录资料有两千多张纸，你要按顺序逐张放到扫描仪上，方向要一致，知道吗，我在电脑前处理，你手脚一定要快，一分钟起码要四张纸，不然晚上也做不完。”

“你这个是高速扫描仪，每分钟可以扫描 30 张纸，有自动进纸功能，我不用这么忙——对了，这台大家伙该放哪里？”

“这十多张记录的数据要进行处理，你帮我念一下，我用电脑记录下来，转换窗口太费时间。看清楚一点，别念错了。”

“下载一个 ORC 转换软件，直接把这些图片文件的数字都变成 WORD 文档数字，你再复制粘贴不就行了——这几样仪器都需要用电，我给你放到一起吧？”

“你会不会画精确图表？能最大限度反映出这组数据随时间的变化和温度的变化？”

“EXCEL 本来就自带图表生成功能，你看这里，各种形状的图表都有，选你喜欢的样式和颜色就行了——你这个冰箱是低温冰箱？压缩机用电厉害，照明电线负荷不了，我给你单独从总开关拉一条线来，九房叔也算到了这些，电缆线和空气开关都买好了。”

“两千多张图片排到一起，想查个数据和大海捞针一样，烦死人了！”

“你每页记录上不都标明时间了吗？而且都是按顺序批量扫描的，建立一个 PPT 文件，用里边的‘相册’功能把所有的图片按顺序编辑到一起，到时按日期检索不就行了吗？如果怕不小心改动了数据，就转换成 PDF 文档，在‘另存为’功能里——这些纸箱我捆到一起扔了吧？”

“话说你真的是个通下水道的？电脑软件很熟悉啊。你这种人才不来搞研究太浪费了。肚子好饿，几点了？”

“快晚上 7 点啦，大小姐你够厉害，一工作起来饭也不吃，肚子饿死了。”

“糟糕，时间过得这么快？今天还没收拾工作室呢，光顾着整理文件，坐了一整天。”

“还想怎么收拾？所有东西不是按你的指示放好了吗？”

“都放好了？真的放好了！你是什么时候弄的？我怎么不知道？”

“你不会吧？我来来回回忙一整天，出多少身臭汗，你没看见？”

“那你辛苦了，这样吧，本姑娘亲自下厨做饭，好好犒劳一下你，你先休息一会儿。”

“别别别，还是我来做饭吧！厨房里的食材有限，糟蹋不起。”

“你什么意思？”

“意思是不敢劳动你大驾，进厨房这种粗活还是交给我吧。”

“那是你自己要求的，我没逼你啊。”

四

周乐乐在厨房烹饪良久，端出一碗牛肉丸木耳羹、一碗猪油焖香菇、一碗淋上酱汁的香煎鱼皮饺，还有一锅热气腾腾的米饭，看得餐桌边的李冬萍两眼放光。饿了一天的两个人形如饕餮，在三尺饭桌上你争我抢，直如秋风扫落叶，连汤汁都拌饭吃得干净，不留点滴。

“看不出你还会做饭，味道真不错。话说，每天在臭水沟里钻来钻去的，难道还有胃口吃东西？”李冬萍吃得有点撑，揉着肚子，对着正在洗碗的周乐乐背影问道。

“九房叔是开饭店的，准备的食材都是好东西，只要懂一点做菜，味道都不会差。就是因为没有胃口，我才千方百计把饭菜弄好吃一点嘛，不然哪里吃得下去。”这次周乐乐侧过脸的笑容半真半假，李冬萍也看不出来他到底开心不开心。

“真是看不透你，如果不是你开那辆冲洗车这么熟练，打死我都不信你是个通下水道的。”李冬萍呆呆看着手脚麻利、转眼把厨房收拾得干净利落的周乐乐，半晌才叹了一口气，说道。

“行了，今晚还有什么工作要我帮忙？”周乐乐搓干净抹布挂好，又洗净了手，笑着问道。

“够了，今天一天已经完成了计划三天才能解决的前期工作，晚上该休息一下了。”李冬萍看见周乐乐来到面前，距离自己不到一尺，没来由地一阵心跳，避开他的目光答道。

“那你就早点休息，不要挡在厨房门口，我要出去一趟。”周乐乐说道。

“出去？去哪里？”李冬萍这才意识到对方是想出厨房，连忙让路。

“去散步，一整天没有运动一下，快要提不起精神来了。再说冰箱里没有什么东西吃了，总得找找附近有没有市场或者超市，买肉买菜吧？”周乐乐反手指了指冰箱，笑道。

“我也去！”李冬萍这三个字脱口而出，说完才发觉自己是怎么了？平时不喜欢与任何人过多交流，今晚居然如此主动？

“你不怕被人认出来？”周乐乐问道。

“戴上平光眼镜，踮起脚尖，换个发型不就行了，就算是高科技犯罪组织，难道就能认得出我？”李冬萍来了兴致，转身进了自己房间，出来时上身是一件不合身的格子衬衣，配上松垮垮的男式裤子，看起来彻头彻尾一个土包子打扮，头发乱蓬蓬的，戴着一副黑框眼镜，几乎变了一个人。

“看不出你有当演员的潜质。”周乐乐看了看手机，发觉李冬萍换这身行头仅用了四分多钟，不禁有些困惑：女人梳妆打扮不是最耗时间的吗？她怎么这么快？

“你也穿上这件衣服吧！昨天的衣服还没换，又穿了一天，等会儿记得买。九房叔说了，一切费用他报销。”李冬萍把一件与她身上同款式的衬衣塞到周乐乐手里。

“穿一样的衣服出去，那不成情侣装了？”周乐乐说完这句俏皮话后立即后悔，脸上堆满假笑力求掩饰尴尬，却欲盖弥彰。

“马上穿上，回来记得洗干净。”李冬萍似乎没有听到这句玩笑话。

第十四章

一

周乐乐下楼出门后一言不发，迈开大步，越走越快。多年来，他已经习惯了晚上快走这种锻炼方式，以每分钟一百二十步的速度，能够轻易连续走上十公里。今天不由自主施展出来，想借此甩掉李冬萍自己安静一下。为什么要这么做？周乐乐自己也说不清。

“你这样走法，不是更吸引别人的注意吗？”李冬萍紧紧跟上周乐乐，不仅不显吃力，还有余裕说话。

周乐乐苦笑，知道自己的想法再次被看穿，也意识到对方的体力不比自己差，唯有放慢脚步。

“昨晚的事，你就真的不考虑一下？一个拼命学知识、天天坚持锻炼身体、把日常生活过得有滋有味的人，根本就不甘心这辈子天天去钻臭水沟吧？”李冬萍又提起了昨天的话题。

周乐乐闷头走路，没有马上回答。李冬萍认识周乐乐还不到两天，却已多次领教过这个家伙的骡子脾气，知道勉强不来，轻轻叹了口气，默默跟在他身后。

“没有谁愿意钻一辈子臭水沟。”周乐乐沉默几分钟后，却有了一丝找人倾诉的欲望。至于为什么愿意对一个才认识两天的女孩子吐露一些心声，原因很可笑：李冬萍在饭桌上狼吞虎咽的吃相令他觉得安心。这些年来，他总觉得，一个在吃东西的时候眼睛和心里只有食物，同时胃口非常好的人，是不喜欢算计别人和相对可信的。爱动歪脑筋的人，心胸狭窄，胃口不会太好，李冬萍吃饭时和袁笑生一样，可以把任何事抛到脑后，所以值得做朋友。

“那你为什么还不爬出来？你有爬出来的能力，也有爬出来的机会。”李冬萍听到周乐乐终于正面回答，没来由地一阵心花怒放。

“我曾经是一只想吃天鹅肉的癞蛤蟆，吃不到天鹅肉，也不愿意再吃苍蝇蚊子了。”周乐乐脚步缓了缓，等李冬萍来到身边，扭头笑道。这一次不是假笑，因为笑容里的苦涩丝毫没有加以掩饰。

这次轮到李冬萍无言以对，周乐乐饱经风霜的真面目，每次都能震撼她的内心。

“癞蛤蟆当然有癞蛤蟆的价值，它分泌的蟾酥是很贵的中药，这是我有机会的原因。但你们老是只盯着蟾酥的高价位，却忽略了它的毒性。”周乐乐继续说道。

“你是不是把自己看得太高了一点？”李冬萍回想起昨天粟军对周乐乐的评论，竟然一点都没有错。想不到看起来大大咧咧一根筋的九房叔粟军，看人竟然这么通透！李冬萍内心对粟军佩服得五体投地之余，更燃起了征服周乐乐的斗志。

“哦？在你眼里，我连个癞蛤蟆都不如？”周乐乐当然不大高兴，天天嘻嘻哈哈满脸假笑的他，骨子里其实心高气傲，觉得刚才把自己比作癞蛤蟆已经极其谦虚，却没想到李冬萍还如此不屑一顾。

“如果你真是癞蛤蟆，那点蟾酥你觉得有多少？ 1000 只大癞蛤蟆每年只能采集 3 公斤蟾酥，平均到一只身上，无非 3 克而已，而且还得每隔几天就去找癞蛤蟆的麻烦，吓得它们魂不附体，拼命分泌蟾酥自保。哪怕最好的蟾酥，价格无非一万多一公斤，你就这么不值钱吗？”生物学科班出身的，李冬萍对癞蛤蟆的了解当然比周乐乐多。

“美女，那只是一个比喻，你知不知道我已经连累了多少人？我现在就爬上来当然可以，但在臭水沟里时间太长，健康受损，太虚弱，站不稳，很容易不小心又掉回去，说不定还把哪个真心帮助我的人一起带下去。你也看见了，这一次被卷进你们的大事，又连累了我朋友。”周乐乐看李冬萍一本正经引用科学数据，眼睛里却透出狡黠的笑意，也忍不住笑了起来，心里泛起一丝温暖。

“你看，这些野草长得多好。”李冬萍没想到深深隐藏着内心想法的周乐乐忽然变得如此坦诚，倒有些心慌，一时之间不知该怎么措辞解开他的心结。低头间，看见路边冒出水泥地缝隙的一丛丛野草，忽然福至心灵，有了办法。

“这种草，我们家叫牛筋草，到哪里都能存活，生命力很强，不连根挖掉的话，根本就不会死。农民最恨田里有牛筋草了，会大量抢走庄稼的化肥，搞得大幅度减产。”周乐乐认得这种野草，随口接上了话题。

“牛筋草是一种中药，可以防治脑炎、风湿病和跌打损伤，你知道吗？”李冬萍对牛筋草了解得更多。

“还是中药？我知道兔子很爱吃牛筋草，难怪兔子不得风湿病。虽然我经常钻臭水沟，但我还没有风湿病，你就不要让我吃这东西了，我不是兔子。”周乐乐笑道。

“牛筋草的根系很发达，能紧紧锁住泥土，很难拔出来。在水土容易流失的地方，它们是重要的防护植被。癞蛤蟆也好，牛筋草也罢，都和你一样，有大用，也有危害，就看有没有人能用好而已。”李冬萍又被周乐乐逗笑了，好不容易板起面孔，说起了正事。

“你都知道这个道理了，还劝我爬出臭水沟？我不是不想出来，而是时机没到。”周乐乐苦笑道。

“像九房叔、陈校长这类人物，肯定不会被你连累，你又怕自己在他们面前低了一等，无法好好合作，是不是？”李冬萍轻声问道。

“所以我一直在犹豫。”周乐乐叹了一口气，没有否认，也没有装出笑脸。

“我不大清楚你以前到底经历过什么多可怕的事，但就这样吓破了胆，可不太像你的性格。凭你昨天在我那家公司的冷静和自信，连手段高超的特工也伤害不了你，还有什么人、什么事能再把你打回臭水沟里去？”李冬萍冷笑道。

“所以你还是希望我来帮你养这些大水蚁？”周乐乐早已看出李冬萍的意思，也没打算转弯抹角，径直问道。

“我可没这么说，你昨天不是不肯吗？”李冬萍没想到周乐乐说反攻就反攻，不禁有些心虚。她确实很想控制这个男人的心，让他死心塌地与自己合作，但走得越近，越觉得不容易。

“我反正习惯了臭水沟，爬上来后再掉下去，大不了从头开始。但你呢，如果你不小心被我拖进臭水沟，你受得了吗？”周乐乐脸色阴沉，缓缓问道。素来笑容满面的他变成了这副神色，看起来竟然狰狞无比，叫人毛骨悚然。

二

“昨晚如果丁大少不来救咱们，咱们的下场，比起钻臭水沟怎么样？”李冬萍心里一阵发毛,却没有退缩,她相信周乐乐那张脸再可怕,也不会对她拳脚相向。

“昨天你就真的不怕死？就算你早知道丁大少手眼通天，也不是没有危险。”周乐乐回想昨天那次戏剧性的脱身，后怕不已。

“如果不冒险，你怎么会欠下我这个人情？让你欠我人情，值得。”李冬萍满脸平静。

“别忘了是你先欠我的人情，就算你冒死来救我，大不了两不相欠。”周乐乐隐约觉得自己陷入了一个远比臭水沟更深的陷阱，却不知道该如何脱身。

“你不喜欢欠人情，我也不喜欢。你从狗嘴里、孕妇杀手和那帮捉我的男人手里救我一次，还从公司研究室的火场里救我一次，总共三次，除了昨天还你的一次，还有两次。如果你以后还有什么危险，我一定会不惜一切代价来救你。命都可以给你，我还在乎臭水沟！”李冬萍满脸云淡风轻，把生死一笔带过，视为鸿毛。

“值得吗？你担负着重大的使命，却不管不顾来救我这个钻臭水沟的？你难道不知道如果你有什么三长两短，大水蚁泛滥成灾，会给国家造成多可怕的损失？”周乐乐被这几句看似轻松实则沉重至极的话压得差点喘不过气来，沉默良久，才苦笑着问道。

“前天晚上如果你不救我，我的尸体已经和公司实验大楼一起烧成灰了，大水蚁难道就不泛滥？这场战斗，你的戏份比我的戏份还要重。”李冬萍用手指点了点周乐乐的胸口，说道。

“我是无意中被卷进来的，为了以后能接着做我的工作，迫不得已。”周乐乐摇头苦笑，有些言不由衷。

“我还不是无意中被卷进来的！一个三流知识分子家庭出来的女穷酸，好不容易考上二流大学熬到毕业，冒名顶替高才生去那个该死的高科技犯罪组织，只不过想找一份工资高一点的工作，赚钱早一点偿还父母为供我读书欠下的债。既然无意中当了国外极端组织的帮凶，就有责任把这件事解决，不然一辈子欠国家的，不会安乐。至于你，最好也早点再做两件傻事，让我把人情都还完，你和我就真的两清了。”李冬萍把沉重的事越说越轻描淡写，连她自己，似乎也是今天才发觉她居然这么有语言天赋。

“得，看来我还得保重身体，不能再乱来，不然成了国家的罪人。”周乐乐的心情，却似被李冬萍的语气操控住了，竟然也随着她的话轻松起来，笑着说道。

“那我欠你的人情呢？”李冬萍笑问。

“就继续欠着吧，总比我欠国家的好。”周乐乐耸了耸肩，笑道。

“人情一定会还给你，我只要像牛筋草抓土地一样紧紧抓住你，很容易找到机会。”李冬萍这话一出口，忽然惊觉似乎带有别的意思，连忙闭嘴，脸色一时红得厉害，幸好夜晚看不真切。

“其实牛筋草除了你说的各种用途外，还有一个最重要的价值。”周乐乐似乎真的没有想入非非，拗断了一根牛筋草，把玩着草秆顶部几个小巧的草穗，笑道。

“还有什么用？”李冬萍把记忆中有关牛筋草的知识梳理了一遍，觉得这种野草已经不可能有更多的价值了。

“我们小的时候，常拿来当玩具，玩‘斗牛筋草’的游戏。”周乐乐说着，把手里的几个草穗拢在一起，用草秆束在一处，打了一个结，牛筋草看起来像古代女子的环形发髻。

“怎么斗？”李冬萍来了兴趣，她虽然出身贫寒，却是在城市长大的人，从来没有想过农村的孩子能从野草里得到什么乐趣。

“就这样。”周乐乐又拗断了另一根牛筋草，如法炮制，然后将一根草秆穿进了另一根草秆打的结中，让两个草穗头顶在一起，将其中一根草秆递给李冬萍，说道：“用力拉，看谁的草脑袋掉下来。”

李冬萍下意识拽住草秆轻轻一拉，发觉牛筋草颇为坚韧，加力再扯，啪的一声，手里的牛筋草只剩下了一截光秆，穗头掉到了地上。

“对了，我们就是这么斗牛筋草的。你这根草没有我的好。”周乐乐笑道。

“哼，你等着。”李冬萍扫了一眼地面，上前几步，扯断了一根粗壮的牛筋草，学着周乐乐束起草穗，扬了扬，发起了挑战。周乐乐松开活结，让她把草秆穿进来，收紧，两人再次用力一拉，李冬萍又输了。

“并不是粗壮就能斗赢。”周乐乐得意扬扬。

李冬萍气鼓鼓哼了一声，又折了一根牛筋草来斗过，还是输了。她屡败屡战，到第五场时，周乐乐那根草终于承受不住多次拉扯，齐头而断。

“你总算输了吧？”李冬萍笑着用手里的草点了点周乐乐的额头。

“我认输。还得去买菜呢。”周乐乐笑道。

“就这么认输？别那么没用，马上再找一员大将来，继续！”李冬萍这时像一个没玩够的孩子，拽着周乐乐的衣服不让他走。

“陪你再来一场也行，你要输了怎么办？”周乐乐眼珠转了转，问道。

“输了就输了，还有下一场。”李冬萍满不在乎地四下一指，只要水泥地有缝隙的地方，都有牛筋草盘踞，足够玩上一整夜。

“斗牛筋草你没有经验，我要拿出真本事来，你永远也赢不了我。”周乐乐坏笑道。

“不就是找最柔韧的草秆吗？我就不信我学这一行的还会输给你！”李冬萍不服气地说道。

“总得有个彩头吧？比如你输了，明天你洗碗。”周乐乐笑得更坏。

“你这是凭经验欺负我吗？”李冬萍不信自己会每次都输，但想起刚才一胜四负的战绩，也觉得不能中了圈套。

“那我让你一步，斗十次你能胜三次，就算你赢，怎么样？”周乐乐的笑容似乎有必胜把握。

“行！我就不信你运气这么好！”李冬萍想也没想就答应了，她也觉得今晚的自己非常孩子气，但这个感觉真的不错，疯上一晚又何妨。

“好，这根草是附近所有牛筋草的草王，我倒看看你能找到比它更结实的牛筋草不。”周乐乐急走上前，在一个角落里掐下一根粗壮异常的牛筋草，足有七个草穗，比寻常的同类大了一倍有多。

“你自己不是说过，斗草不是粗壮就可以赢的？”李冬萍并不气馁，四下搜寻一番，也有了收获，弄到了好几根不错的牛筋草，可惜遇上周乐乐手里的草王，全部败阵，无一幸免。

“牛筋草确实不是光靠粗壮，有的看起来粗，却很脆弱，就像一个没有体力的胖子。但这根草王却是类似巨石强森那种健美大力士，所以强度不是普通的牛筋草可以比的。你是学生物出身的读书人，但没有试过在田里干活时费尽体力拔这些野草，光看外表哪里分得清。就算你懂挑选牛筋草，这里光线这么差，你的眼神又怎么比得上我这种经常钻下水道的。明天的碗你是洗定了的。”周乐乐笑嘻嘻地摇晃着手里的草秆，像挥舞着一面旗帜。

“我才输了四场，不是还有六场吗？你这么急着下结论干吗？”李冬萍很不服气地用脚踩着地面那些不争气的断草秆。

“不到黄河心不死，随便，看你怎么赢我。”周乐乐笑道。

“走，这附近没有好品种，你不是还要买明天的菜吗？边走边找，我就不信找不到更好的牛筋草！反正你没说一定要用这里的草来斗。”李冬萍第一次觉得周乐乐的笑容可恶，有一丝伸手撕扯那张丑脸的冲动。

“随便，反正我比你更会找，就算这草王不行了，我还有两次机会。”周乐乐信心满满。

也不知道是周乐乐运气好，真的找到了方圆几百米最粗壮而且柔韧的牛筋草，还是李冬萍苦学多年的理论知识靠不住，接下来的四场比试，女方还是无一胜绩。

“算你厉害，明天的碗我洗！”李冬萍很不甘心，但也知道按照约定，就算剩下的两场自己侥幸能赢，也凑不够三次胜利，气鼓鼓认输。

“很爽快嘛，我还以为你准备耍赖呢。明天的碗可得给我洗干净一些。”周乐乐眉开眼笑，难得地有真笑容。

原来让这个家伙真的笑起来，确实不难。鼓着腮帮子耍性子的李冬萍看见周乐乐真正开心的笑容，呆了呆，刚才半真不假的不快烟消云散。她以前从来没有察言观色的习惯，不知为什么对周乐乐笑容的真假如此敏感。看见这个男人整天挂在脸上的强笑、假笑和苦笑，李冬萍总是有一种全身不自在的感觉，可看见他凄然的真笑，又觉得心酸。这一次，竟然因为一轮极幼稚的比赛，这个家伙就能如此开心吗？

“还不服气？要不要再给你一次机会？如果你在剩下的两场能赢一次，也算你赢，怎么样？”周乐乐看见李冬萍低头不语走路，哪里猜得到她这时的心思。还以为她仍不服气，看了看手里的草秆还结实，觉得还能够让胜利更加彻底一些，于是又挑起了战事。

“你不是已经赢了吗？”李冬萍对这个家伙忽然如此孩子气有些好笑，问道。

“如果你能反败为胜，不仅明天的碗我来洗，未来三天的碗也由我来洗，怎么样？就算你不能翻盘，也只用洗一天的碗，怕啥？不过有个条件，只能在附近找援兵。”周乐乐用苦练出来的夜眼扫了一下四周，确定方圆十来平米内的牛筋草都没有取胜的可能，于是无耻地把话说满，还加上了最后的条件。

“你就那么自信吗？”李冬萍气得直咬牙，她从周乐乐有恃无恐的坏笑上，可以看出根本没有希望。但就这么让他尾巴翘起老高，那种感觉就像面对一个因被老人庇护而飞扬跋扈的熊孩子，不管教一下实在手痒。可是怎么杀这个家伙的威风呢？

“你作为一个女性，连饭都要我来做，难得争取到一次让你洗碗的机会，还不让我高兴一下？”周乐乐笑道。

“那好，就陪你玩最后两次，不过真输了，可别后悔。”李冬萍蹲下身子仔细看了看身边的几株牛筋草，忽然有了办法。

“我不会输。”周乐乐自恃对这种田间杂草熟悉非常，怎么看，李冬萍面前的资源都没法和自己手里的草王匹敌，说话口气更加硬了。

“那不如干脆赌大一点，你要是输了，以后的碗都让你洗？”李冬萍抬起头，笑道。

“赌那么大干吗？”周乐乐没想到李冬萍这么说，倒还不敢痛快答应。

“你不是赢定了吗？”李冬萍问道。

“只要你拿牛筋草来斗，我肯定赢了，但你拿别的东西，那可不算。”周乐乐心想，这个古灵精怪的丫头不简单，天知道有什么主意，不能把话说死了。

“我就用牛筋草。”李冬萍一边说，一边掐下了两根相对最粗壮的牛筋草秆。

“那好，我倒看看你怎么赢我。”周乐乐答应了李冬萍的条件后，立即便后悔了。只见李冬萍将两根牛筋草并在一处，束起了草穗。

“反正还有两次，不如一起来斗一场，怎么样？”李冬萍笑得比周乐乐还坏。

“你这样犯规吧？”周乐乐总算明白了李冬萍信心何来，有点佩服她的心智。两根牛筋草在一起，肯定比他手里这根八战连捷却已是强弩之末的草秆结实，他没有胜算。

“你好像没有说不能两根草一起斗，只提出必须用牛筋草，而且只能用附近的，我没有违反你的条件吧？”李冬萍开始全面反击。

“算了，你说怎么样就怎么样吧。”周乐乐又开始苦笑，一时间脑海里涌起来的全是诸如画蛇添足、多此一举、无事生非之类的成语。

“第一个教训，就算你占尽优势，有时候也不要太张扬了，学会见好就收，谁知道下一刻会发生什么事？第二个教训，双拳难敌四手，别老一个人孤军奋战。第三个教训嘛，既然有彩头，你就要公平一些，如果你赢了，我也要洗以后所有的碗那才说得过去，是不是？”李冬萍一边慢吞吞说着，一边把两根草秆一起穿进周乐乐手里牛筋草的活结，却没有一起拽，而是捏住其中一根草用力一拉，落单的牛筋草自然无法匹敌周乐乐的草王，应手而断。接着李冬萍又拽断了另一根牛筋草，十战全败。

“你……什么意思？”周乐乐被搞糊涂了，怎么她分明胜券在握，却又故意失败？

“什么意思？放你一马呗，反正就算我输了，也不过洗一天的碗。”李冬萍笑道。

第十五章

一

等李冬萍真正开始进行白蚁研究工作的时候，周乐乐便彻底沦为打下手的角色，只能端茶送水、照顾饮食、处理各种生活问题，对那些光怪陆离的实验仪器，除了显示的阿拉伯数字外，他什么也看不懂。第一天整理李冬萍手头数据的时候，周乐乐对这位美女还有些轻视，觉得一个大学生这也不会那也不会，对现代先进科技简直一无所知，连办公室小文员也比不上，看来读书人也不过如此，自己当初放弃高等教育去学电工手艺未必是错误。如今看见李冬萍驾轻就熟操作着一台台仪器，对采集自大水蚁身上针尖那么大的一点体液稀释不知多少倍，分装多个试管，添加各种试剂，以千奇百怪的方法来回分析，有条不紊，方知象牙塔里的学子绝没有自己想象中那般简单。别说那些古里古怪的仪器了，就算李冬萍用的一个小计算器，也远比办公室里常见的计算器复杂得多，几十个莫名其妙的按键和一堆不知所云的符号，看得周乐乐头晕眼花。就算反复阅读那计算器的说明书，并上网逐个查询术语的含义，结果是带出了更多的数学术语，依旧一头雾水。

可是这些周乐乐完全不知所云的东西，却令李冬萍整日两眼放光，经常兴奋得脸色通红，如痴如醉。她研究的时候似乎根本就没有时间观念，可以盯着显微镜几个小时不动，也可以把同一个实验步骤重复几十上百次而毫不厌倦。如果没有周乐乐的提醒，她真的可以不吃不喝不眠不休，一天二十四小时泡在实验室里。

粟军来拜访的时候，已经过了五天。

“李专家还在做研究？有什么成果没有？”粟军一边把一辆电动车推进一楼

车库，一边问满脸胡茬儿的周乐乐。

“不知道，不过看她如痴如醉的神情，这些天应该都很顺利。”周乐乐苦笑道。

“那还是不要去打扰她了。有些事对你说清楚就行，她知不知道都不要紧。这个高科技犯罪集团的组织很严密，对抓到的这几个人反复审问，有用的消息始终不多。我请丁大少帮忙查了所有医院的孕妇资料，都没找到那个奇怪的女人。她确实是个快要生孩子的孕妇，而且在这个组织地位不低，因为她那把手枪竟然是格洛克的高级货，造价贵得要命，还是能够避过安检的高强度塑料。我那天晚上一个耳光打飞了那个女人的口罩，餐厅里有监控，我的手机接通监控后录下了她样子的视频和照片，昨天找了一个玩整容的老朋友，通过电脑模拟出她整容后可能的几种样子，现在发给你，你看清楚了，遇上的话千万小心。”粟军当然不是上门来闲聊的，迅速说到了正题。

“早知道那天晚上你下手狠一些，我也不至于躲在这里不敢出去，这些天一个电话都不敢接，不知错过了多少生意，好不容易争过来的市场要被别人抢光了。这种躲躲藏藏的日子什么时候是尽头？”周乐乐看着手机里的几幅照片，嘴巴却在诉苦。

“我也和你一样想法，不过，换作是你，你能对一个孕妇下狠手吗？”粟军难得地一脸郑重，从裤袋里拿出一包烟，刚送到嘴边准备叼出一根，又犹豫了一下，把烟盒递到周乐乐面前。

“我戒烟几年了。”周乐乐摇了摇头，心里却在不断问自己粟军刚才提的问题。

“我也打算逐步戒烟，规定自己一天最多三根。”粟军把烟塞回裤兜，脸上是又一次战胜烟瘾的轻松，“当然，那个大肚婆是高科技犯罪组织的头目，任务是通过培养白蚁破坏我国的基础经济，而且有杀人未遂的行为。但是，我们没有审判权，不能擅自为她定罪，也没有行刑权，没资格弄死她。”

“她开枪射杀你，你这么做，属于正当防卫，是受法律保护的。”周乐乐已经大致摸清了粟军话里的意思，却还是忍不住想抬个杠，因为这几天过得实在太沉闷。

“我当然能用这个名义当场杀死她，店里有监控，我们还有她的枪作为证据。可事实呢？她怀孕导致动作迟缓，就算有枪，根本奈何不了我。我甚至有 80% 的把握不让她伤害在场任何人。她是不惜杀人灭口，却还没有真正得手，我又怎么下得了手呢？我向袁笑生问过你的底子，光棍一条，可能没法理解一个有孩子男人的心态，她肚子里的胎儿是没有罪的，不该受到牵连。我出手之前，你不是也有机会吗？干吗也留了情，不进行正当防卫？别以为我没看见你那时收回了拳头。”粟军微微笑道。

“我是个大傻瓜，所以现在只能掏大粪和钻臭水沟，想不到九房叔竟然也妇人之仁？”周乐乐对粟军这番话极为认同，嘴上却还是开着玩笑。

“你没有这份妇人之仁，我也不会强行拉你下水。敌人不简单，陈校长和我这么多年交情，那晚上也打了几次退堂鼓，有你跟着来，我安心一些。事实证明，我看人还是有点眼光。你本来可以置身事外，却直到现在还肯死心塌地帮忙，证明也认可我放过那个孕妇的做法，我没猜错吧？我年轻时也是个大傻瓜，却傻出了现在的身家！傻一点，有什么不好？”粟军早看出周乐乐不愿意对身边的人推心置腹，但自信以诚相待，对方绝不至于始终死死封闭着自己。

“我可没有你这么好的运气。”周乐乐苦笑道。

“运气不能永远当饭吃。十年前，我老家征地时，获得补偿金的不止我一个，钱也不是我拿得最多。一晃十年过去，那帮拿到钱的家伙要么挥霍一空，要么经营不善倒欠一屁股债，就我不但没亏本，而且身家增长了十倍，你觉得这完全是运气？再说了，你运气不会太差，只是还没有到来而已。更好的消息是，你和我一样，已经做好了准备，一旦时来运转，你就可以脱胎换骨了。”粟军回想这些年经营财富面对的各种狂风暴雨，感慨万千。

周乐乐冷笑了两声，不答话，但“不相信”这三个字就差写在脸上了。这也不能怪他有偏见，毕竟当年那个害惨了他的方刚，平日里也像如今的粟军一般坦荡诚恳，却在周乐乐倾尽全力合作时忽然翻脸下狠手。

“行了，我还忙着，不说那么多废话了。电动车是送给你的，拿着这个包，里边是一套快递工作服，李小姐明天开始会有一些样品让你带到陈校长的实验室里进行基因测序，化装成快递员不容易引起犯罪集团的注意。就算被人留意到了也不要紧，这辆电动车经过特别改造，马力可以和摩托车比，时速六十公里一点问题都没有，附近小巷人少，脱身容易。看你这副模样，就知道和科学家住一起迟早闷出病来，现在可以出去兜风散心了。”粟军知道一时三刻没法扭转周乐乐的骡子脾气，也不勉强，拍了拍刚推进门的电动车，把一个塑料包递给周乐乐，转身出了门。

“你不是说把那辆二手小汽车给我吗？”周乐乐用只有自己听得见的声音嘟囔道。

二

“陈校长确实有我国最新推出的第三代基因测序仪，据说不仅测定速度赶得上外国同类产品，而且准确性也提升了不少。我们的运气实在不错，就算国外极端组织，也还不至于把这么先进的仪器应用到生物学上去，这样可以争取足够的时间，抢先一步研究出克制变异大水蚁的方法来。蚁后已经开始产卵，明天一早我就可以把样品给你，你送到陈校长学校的实验室去，他已经联系好可靠的测试人员，第二天就能把结果拿给我，你送新样品去的时候就能顺便把报告带回来给我。”李冬萍听了周乐乐的叙述，眼睛放光，说道。

“每天都要去？那我可没有时间做中午饭了。”周乐乐粗略计算了一下，骑电动车去陈校长的学校单程大约一小时，加上各种等待和耽误时间的因素，来回一趟得花三个多小时，还得时刻留意是否被高科技犯罪集团跟踪，神经绷得紧紧的，还真是件苦差事。

“白蚁孵化期大约要 40 天，幼虫成长为工蚁需要 4 个月，兵蚁 5 个月，如果是有翅膀的繁殖蚁，也就是大水蚁，估计要半年甚至 7 个月，这段时间都需要检测基因的变化。反正你是临时快递员，打包快餐送回来呗，也省得洗碗。”李冬萍笑道。

“还要半年？你以前不是有相关记录了吗？这半年时间，那天晚上分飞的大水蚁得繁殖多少窝白蚁出来？整个东关还不变成白蚁地狱了？”周乐乐暗暗叫苦，问道。

“这次分飞的变异大水蚁还只是实验中间体，虽然看起来可怕，还是能被大多数杀虫剂杀灭。我这只最新一代蚁后才是高科技犯罪集团最终的产品，根据手头的资料分析，最新的白蚁可能会对目前常用的所有白蚁药免疫，同时具有不逊色于蟑螂的生命力，那才是最大的麻烦。我现在的目的是找到一种全新的对付白蚁的方法，否则一旦这类没有弱点的白蚁爆发，我们就真的完蛋了。”李冬萍轻描淡写地说道。

“你难道能够从基因的变化里看出它们对什么新药物敏感？两者之间难道有什么联系？”周乐乐没法领会李冬萍的意思。

“研究新的药物要考虑毒性和残留物对环境的污染，要想通过新药物杀灭白蚁而不破坏原本的生态环境很难。我只想通过外界干预基因，让这种白蚁无法顺利繁殖，最终绝种，这就够了。我刚才说过，白蚁孵化出来之后，会变成工蚁、兵蚁和大水蚁三种，大水蚁其实就是这种黄翅大白蚁的繁殖蚁，这三种蚂蚁体形、基因完全不同，如果能够通过一些简单的方法，让它们根本无法产出繁殖蚁的卵，白蚁家族不就无法扩大了吗？”李冬萍慢慢解释道。

“这主意倒是不错。不过我还是不明白，难道白蚁能控制自己产的卵孵化以后长成什么样子？或者能够按比例产出不同的卵来，这个卵只能孵出干苦力的工蚁，那个卵能孵出只会打架的兵蚁？这也太神奇了吧？”周乐乐这几天忙完后勤工作后，也会在网上搜索一些关于白蚁的资料和科普文章，倒也听得明白工蚁、兵蚁、繁殖蚁的区别，不至于眼前一抹黑，但学了些皮毛后，不明白的东西反而更多了。

“卵应该是一样的吧？只是白蚁幼虫时，蚁后会分泌一种叫作信息素的化学物质，让接触甚至闻到信息素的白蚁幼虫发生变异。而促使幼虫变为有翅膀的大水蚁，可能是每年一个特定的时期分泌的信息素不同导致的。”李冬萍赞许地一笑，回答了周乐乐的问题。

“照理说，蚁后是没可能有意识的，不可能突然想起来应该让家族发扬光大，让身体倒腾出一点不同的东西。它常年待在地底，温度变化不会太大，据说白蚁巢穴隔音效果也不错，应该也不是受到声音的刺激，那为什么能够在每年特定的时间分泌这种特殊的信息素呢？”周乐乐问的问题更加深奥了。

“你这问题有意思，我曾经问过我的导师，他也答不出来。如果不是后来看了一本书，我也不知道。”李冬萍终于发现为什么周乐乐似乎什么都懂了，他的好奇心竟然强烈至此，接触白蚁才几天，竟然想得到这么远。

“什么书？”

“《陆小凤传奇》。”李冬萍忍住笑答道。

“那是武侠小说，不是生物学著作吧？”周乐乐忍不住笑了笑。

“你看过？那本书开头有几个人物介绍，你记得不？最后一个介绍的人，是花满楼，他不是对上官飞燕说过，他能够听得见春天里鲜花绽放的声音吗，估计蚁后也有这个能力。”李冬萍解释道。

“这有可能吗？”

“因为科学界有太多的解释，没有定论，我只好自己设想：各种植物都能够辐射电磁波或者发射次声波，这些电磁波或者音波能够穿透泥土层到达地底，让蚁后感受到。不同的季节，这些电磁波会有所不同，这很可能刺激白蚁蚁后分泌信息素，让那一批不知算幸运还是不幸的幼蚁产生变异，变成有繁殖能力的大水蚁。我说，你不能再问更深一层了，我刚才说的还没有定论呢，再问下去，估计你得拜访白蚁专家了。”李冬萍已经觉得有些头大，打算今天的探讨到此为止。

“我大概明白你研究的目的了，是通过基因测试，用最短的时间知道什么物质会令白蚁蚁后不再分泌特别的信息素，无法令普通白蚁幼虫变成有翅膀的大水蚁，失去几何级数的繁殖能力，变得与普通白蚁没有什么区别，是吧？”周乐乐总结了一番刚才的谈话，得出了结论。

“差不多吧。”李冬萍暗暗松了一口气，答道。

“那就更复杂了，这世界上不知道有几千万种化学物质，你怎么能够知道哪一种能抑制蚁后分泌这种特别的信息素呢？就算你能够抑制这种生物本能，又怎么知道国外极端组织的专家不会研发出新的东西增强这种生物本能？”周乐乐话锋一转，又提出了新的见解。

“你别问这个问题，我没法回答。现在只能够走一步是一步，希望能比敌人抢先找到新的办法。”李冬萍暗暗叫苦，对周乐乐的想象力既佩服又痛恨。

“那没办法，我只好改行做快递员了。明天就开始送货是吧？看来得早点休息了。”周乐乐终于不再追问，伸了个懒腰，进了自己的房间。

三

周乐乐其实一点睡意都没有，不断翻阅着手机里各种各样的白蚁资料，他总觉得，李冬萍这几天废寝忘食的研究中有一些不可告人的目的。

虽然没有受过系统的教育，周乐乐好歹也是读过高中的人，更在化工厂待过几年，对有机化学分子式有一定的了解，知道那玩意儿实在有万般组合，复杂到了极点，以目前人类的能力，要想破译基因这种复杂有机化学物质的密码，简直痴人说梦。李冬萍纵然大学毕业，在前沿机构里锻炼过一年，也根本不可能成为专家。周乐乐也在网上搜索过李冬萍购买的各种生物化学试剂，知道这些只不过是常见的实验用品，根本就不是能够导致基因突变的农药或复杂化学物质。

也就是说，李冬萍说的那番高深设想，根本就是空穴来风。她这几天做的，无非是对手头变异白蚁的常规研究而已。这番话虽然不是没有科学依据，唬住纯粹的门外汉当然一点问题都没有，在见多识广而且知识面极宽阔的周乐乐面前，却是破绽百出。白蚁蚁后能够因为外界植物发出电磁波和次声波分泌信息素？这或许有可能，但这个实验室并不是自然环境，是重重密闭的隔离空间，与外界环境天差地远，哪里来的自然刺激？根据这个来研究信息素，开玩笑！

既然没法研究出解决变异大水蚁的方法，李冬萍这几天拼命研究又为了什么？她是国外极端组织特工？不可能！与其精心策划这场戏，不如老老实实待在那家青榕公司研究，环境不知道要好多少倍！那冒着生命危险从犯罪组织里偷来蚁王蚁后，又为了什么？为出名肯定不可能，因为粟军早已说过，这种事只能偷偷进行，放到桌面上，绝对是自找苦吃！

那李冬萍到底目的何在？难道只是为了她曾经对周乐乐说过的话，靠这对最新研发出来的变异白蚁王者发家致富？那实在太疯狂了吧？

周乐乐狠狠摇了摇头，他没法接受李冬萍竟然是这种为了个人利益而罔顾整个国家安危的人，这样的人，和那帮意图破坏中国基础经济的特工有什么区别？更可笑的是，他周乐乐竟然还豁出命去当了这种人的帮凶！幸好当时留了个心眼，没有答应李冬萍帮她经营白蚁生意！

该怎么办？这个女人的计划要不要告诉粟军？

等等，谁知道粟军是不是早就知道这个计划？他一个靠收租就可以一辈子花天酒地的隐形富豪，为什么要自掏腰包来支持李冬萍研究白蚁？这种赔本生意，精明过人的粟军怎么可能去做？他又是打的什么算盘？对了，这段时间网络上不是说国家很快就要开征房产税了吗？像粟军这种手头有多套房产的富翁，肯定要为房产支付天文数字的税金，而且以后还要长期缴纳。相比之下，白蚁似乎有巨大的经济价值，确实值得他冒这个险去投资。前几天在拜访了丁大少之后，粟军和李冬萍不是与周乐乐分头行动了吗，那两个人很有可能故意支开周乐乐，商量合作开发白蚁的雄图大计！

如果真是如此，那李冬萍和粟军如此刻意拉拢周乐乐也就说得通了：除了看中他的能力外，多一个人参与到这个计划里，总是多了一份力量，比少一个人强吧？

粟军是明显靠不住的了，陈校长呢？他如果知道真相，会帮谁？

当然是帮朋友，还用问！周乐乐只用了一秒钟就得出了结论。陈校长难道会帮一个钻臭水沟的小角色算计自己的朋友？再说了，李冬萍这个计划虽说私心很重，却也不是故意要危害国家利益，只不过认为自己一定能够成功趋利避害而已，套用法律术语，这叫“没有犯罪的故意”，哪怕造成犯罪事实，也可以从轻发落。法律也没有规定不许养殖白蚁，李冬萍所做的事，无非是窃取了一帮坏人的研究成果为自己牟利而已。

周乐乐把前前后后想清楚之后，不由得一阵揪心难过。原本对李冬萍这个坚强果断的美女极有好感，也觉得对方对自己的关心是真心实意，虽自惭形秽觉得根本配不上她，但能做个共患难的好朋友，周乐乐也觉得心满意足了，却万万想不到，百般辛苦，只是做了人家的棋子而已！

既然如此，还留在这里干什么？趁早回公园找回自己的高压清洗车，钻自己的臭水沟去！该付出的都付出了，用不着后悔。粟军和丁大少神通广大，李冬萍肯定是安全的，用不着他周乐乐自作多情！至于讨生活时会不会落到敌人手里，那就听天由命吧！一个被利用了的环卫工作者而已，到时无非一问三不知，满口得人钱财与人消灾，连被杀人灭口的价值恐怕都没有。

算了，别生气，不值得。周乐乐内心对自己念叨了一遍又一遍，好容易迷迷糊糊睡去，又多次被各种噩梦惊醒。这么醒醒睡睡，总算熬到了凌晨五点半。周乐乐悄然起床，穿好衣服，束紧腰包，蹑手蹑脚出了房门，下了楼梯，默然离去。

第十六章

一

南方的天亮得早，虽说春分过去还不到一个月，城中村不到六点已现曙光。一个身材矮小的小贩，挑着比自己身体还沉重的担子与周乐乐擦肩而过，正赶往附近市场摆地摊，上百斤绿油油的青菜带来一阵清香。包子铺那个骨瘦如柴的老板费尽气力，把一大摞蒸笼叠在一起，下边的大锅已经雾气氤氲，熏得他一头一脸如雨的大汗。巷子口的米店门外停了一辆大货车，满满的一车大米，少说有两百来包，开车和卸货的却是两个看起来弱不禁风的女人，那个有一对斗鸡眼的短发女人一挺腰就扛起两包五十斤的大米，进入店里，踩着同样的大米包堆成的阶梯，一直登到三米多高，才从容地把肩上的米轻轻卸下，两横一竖交错摆好，也不休息，立即转身重复同一步骤。

看到这些，周乐乐满心的烦躁一扫而空。这些和他一样的小人物，大多数人还在酣睡的时候，已经在为生活奔忙。他们的共同点，是不愿意在枯燥的工厂流水线上耗费青春，宁愿选择一条更加苦、更加劳累也更加不稳定的道路，咬牙拼命，只为活出不一样的人生。或许，做一个卑微的小人物是他命中注定的归宿？既然如此，又何必让自己太烦恼呢？不要再哭丧着脸了，像以前一样露出笑容吧，假笑也好，强笑也好，一张笑脸，好歹可以让别人看了心情好些。

刚泛起微笑，就听身后一声惊呼，回头望去，那个力大无穷的斗鸡眼女搬运工已经倒在地上一动不动，一百斤大米压在她身上，令周乐乐想起《水浒传》里监狱中的致命酷刑“土布袋”。车上卸米的女人惊叫着跳下车，拖开斗鸡眼身上的大米，拽起同伴的上半身死命摇晃，大声呼唤，对方的脑袋却依旧软软垂向一边，不省人事。那女人才十八九岁，毕竟年轻，不知该怎么办，坐倒在地号啕大哭起来。

“扶她坐起来！”周乐乐转身三步并作两步赶到斗鸡眼身边，一边对年轻女人说着话，一边扶着斗鸡眼坐起，拇指用力掐在她鼻子下方的人中穴上，数秒钟后，斗鸡眼苍白的脸色忽然转红，睁开了眼睛。

年轻女人一下子不哭了，呆呆看着斗鸡眼，一时没法反应过来。

“休息一下，深呼吸，多喝点水，就没事了。”周乐乐苦笑着叮嘱了几句，匆匆离去。作为同样做过苦力的人，他对这种症状习以为常：缺氧、缺水、低血糖，都容易导致休克，严重的话甚至可能死亡，这是劳累过度的人常有的症状。多少人为了改变现状，拼命干活，却损害了自己的健康，这到底值不值得呢？周乐乐刚觉得努力打拼的小人物可敬可贵，这时却困惑起来。

昨晚的烦心事又杀了个回马枪，周乐乐比刚起床时更加沮丧。原本准备尽快赶到公园开回自己的高压冲洗车，继续做回本行，被小人物的悲剧现实打了一下脸，又提不起劲来了。

二

幸好饥饿感及时到来，打断了周乐乐的胡思乱想，令他意识到现在最正确的选择，是找个地方吃早餐。

东关这个拥有数百万外来人口的工业城市，绝不会缺少吃早餐的地方，周乐乐很快找到了一家肠粉店。肠粉这东西是岭南传统食物，早已随着南下广东打工的人群传遍全国。大部分肠粉店的标准配置是一个抽屉式的不锈钢蒸柜，将大米、糯米、生粉和澄粉磨成的浆汁淋一勺在抽屉底部薄薄铺上一层，撒上葱花和碎肉，推进蒸柜里大火蒸熟，凝结为一层混合着馅料的白色胶状粉皮，刮作一卷，盛进盘子里，淋上酱油、熟油和特殊调配的酱汁，吃起来米香扑鼻，软润爽滑，回味无穷。手艺高超的肠粉师傅甚至能做出牛肉、猪肉、虾肉、鸡蛋、油条、香菇、韭黄各种风味馅料的肠粉，千变万化，百吃不厌。周乐乐创业期间的无数个早晨，都是品尝着形形色色的肠粉度过的，对它已经有了深厚的感情。

坐在油腻腻、脏兮兮的小桌边等着蒸肠粉的时候，周乐乐习惯性地看了看早已关注的东关新闻网微信公众号，却被一则社论气得半死。一整组清晰的照片里，都是他那辆赖以谋生的高压冲洗车。只是短短几天，这辆车子玻璃全碎，反光镜全部被人折去，整个车身被人砸得坑坑洼洼，惨不忍睹！

这帮丧尽天良的犯罪分子，连汽车也不放过！周乐乐看得目眦欲裂，心疼万分，以为高科技犯罪组织找不到他的行踪，拿他的车出气，可是看了社论后，全不是那么一回事。这篇文章评论的是“破窗理论”，认为社会中的不良现象如果得不到及时的制止和惩戒，便会被原本没有坏心的人效仿，甚至变本加厉。如同一辆放置在公共场所、没有主人的空车，如果没有人破坏，会安然无恙；一旦有人率先砸了一块车窗而没有受到惩罚，别的人就会相继进行破坏。作者拍摄了周乐乐那辆无辜的清洗车从被顽童打碎玻璃到经受成百上千人顺手打砸，短短几天变得惨不忍睹的全过程，对这种社会现象表示深恶痛绝，谴责个别人罔顾公德心，毁坏社会资源，洋洋洒洒数千字，慷慨激昂，获得无数人留言认可。

周乐乐看着这篇文章，只有吃了苍蝇般的恶心。他觉得摄影和写文章的如果是同一个人，这个浑蛋简直比高科技犯罪组织还要该死：自己冒着生命危险为国为家，这个家伙就袖手旁观看着他用来谋生的车子被人毁掉而不制止，还装模作样，发表这篇看似正气凛然的狗屁文章！

为什么会变成这样？他制止国外极端组织的阴谋，不图名不图利，只求对得起国家，却连这份又脏又臭的生计也不能做了！不是说好心有好报吗？这就是报应？现在他手头没有几个钱，已经买不起新的高压冲洗车，怎么办？难道又得回到几年前负债累累的日子？

老板娘端上桌面的肠粉蒸得非常糟糕，周乐乐机械地把这盘糨糊一样的玩意儿扒进嘴里，舌尖心头，都蛮不是味儿，只想拼命呕吐，然后大哭一场。

三

自己什么时候又变得如此脆弱？周乐乐忽然惊觉。

三年前，被卑鄙无耻的方刚兄妹算计陷害，多年的积蓄打了水漂，还欠下一身债，伤害了所有信任自己的朋友。那时候，几乎输掉一切的周乐乐还能够保持清醒，忍辱负重，与仇人方刚谈判，低价卖掉手头的加工设备，换取了东山再起的资金，然后毅然跳进化粪池和臭水沟，混到了今天。这一次，无非是被人利用，同时被人性中的阴暗面弄坏了一辆车而已，遭受的伤害远远比不上创业失败那场大劫吧？毕竟现在的周乐乐已经不欠别人钱，手头还有一辆旧的吸粪车外包运作；被砸烂的汽车发动机还在，损坏的只是外表，因为上了新闻，已经引起相关部门的注意，应该不会被进一步破坏，修复花的钱也许不到买新车的一半。一切都没有那么糟糕，为什么他沮丧至此，想死的心都有了？

难道这些年的积极奋斗，已经磨光了自己的雄心壮志？自己的毅力，没有自己想象中那么坚强？一个念头进入了周乐乐的脑海。

如果是几天前，周乐乐绝对不会承认自己的脆弱，尽管他活得卑躬屈膝，对所有人都是一副笑脸，骨子里却是桀骜不驯。今天，身心俱疲的他，不得不认真反思一下自己：我还撑得下去吗？

反思的结果，是他确实高估了自己的心理素质。因为三年前，他也曾觉得了无生趣，如果不是袁笑生一个耳光打醒了他，现在的周乐乐早已堕落。

对，他能力有限，没法凭借自己的能力走出这个心理旋涡，需要朋友的帮助，哪怕是一个耳光！

可是现在谁能再次帮他呢？心目中唯一的朋友袁笑生已经被高科技犯罪组织盯上，而且手下高管王云意外身亡或者被杀害，内要自保和保护家人，外要处理善后并照看生意，哪里还有精力听他倾诉。况且这个时候去找他，根本就是害了他！

那谁能帮这个忙？李冬萍？粟军？陈校长？这些都不可信，不能把自己的弱点展示给他们！以前的朋友？交情早淡了，而且以前借了他们那么多钱却创业失败，哪有脸去见他们！这几年做生意认识的主顾？他们除了排水管、化粪池和下水道堵塞才会记起周乐乐这个人，平时不可能会想得起他，更别说指点人生，振聋发聩了。

思来想去，周乐乐发觉自己现在就是孤家寡人一个，满肚皮的委屈忧愁，根本就无人诉说。这个心头的死结，难道就永远解不开了？烦躁中的周乐乐茫然四下张望，不知如何是好之际，小店里的电视机里隐隐约约传来“心理咨询”四个字，他有如醍醐灌顶，茅塞顿开。对，找心理医生咨询啊，自己分明是心理上的问题，何必麻烦别人，专业的事交给专业的人去做不就行了？

可是在手机上搜索了不少心理咨询的相关资料之后，周乐乐的心又冷了。倒不是东关没有心理医生，这个走在改革开放前沿的现代化城市，不仅有专门的精神卫生医院，大型的医院也有心理咨询门诊。可是咨询收费，实在贵得惊人，每小时数百甚至上千，这对囊中羞涩的周乐乐来说，确实是个大问题。虽说手里还有个几万的存款，可那点钱估计刚够修理他的高压冲洗车，实在挤不出几个钱来烧了。

如果真能解决他的烦恼，花点钱也值得，毕竟钱是赚不完的，解开心结，脱离痛苦比什么都强。只是这些所谓的心理咨询师有没有这么高的水平？创业之前，好学的周乐乐也曾参加过几个培训班，技师证也有两三本，深知这些持证上岗的什么什么师水准良莠不齐，不乏满嘴跑火车之辈，花钱添堵的可能性并不小。

得，又是猫咬尿泡空欢喜一场，早知道以前别那么好奇，有事没事学那么多东西，聪明过度，什么都想得比别人多，结果烦恼无穷无尽。多少社会底层的人浑浑噩噩，日求三餐，夜求一宿，哪会像他这般被几件小事整得快疯了！现在到底该怎么办？难道任由自己崩溃，被送进精神病院？

精神病院？周乐乐想到这个词儿，全身一颤，脑海里忽然闪现了一个大胆而荒唐的想法：“方刚那个家伙不就在省城的精神病院吗？我找他去会不会有意外惊喜？”

这主意确实异想天开、莫名其妙。周乐乐回过神来时也不由自主苦笑。然而想深一层，去找这位昔年的仇人未尝不是一个有创意的好办法：方刚疯了好几年，这精神病不就是严重的心理疾病吗？谁敢说没有“久病成医”这种可能？说不定真能解开周乐乐的心结。东关离省城只有几十公里，来回路费不用一百元，哪怕没有一点效果，也就当出东关散散心，损失有限。周乐乐不愿意找人倾诉，原因其实并不复杂，既怕人笑话，又怕被陷害，也不愿意连累别人。而方刚是个疯子，被一个疯子笑话没什么大不了的；至于陷害，一个被关在精神病院里的疯子还能陷害谁？如果能连累这个大仇人，那是求之不得。最重要的是，当年方刚的背信弃义造成了今天周乐乐钻臭水沟的惨况，虽然已经遭了报应，但周乐乐至今仍耿耿于怀，今天如果能狠狠骂他一顿，或者揍几下子出口气，了结这场恩怨也好。

越想越觉得，今天走一趟省城精神病院势在必行，周乐乐不再犹豫，付清了早餐钱，立即出发。

四

周乐乐苦练了一年的石头暗器绝招，准备找方刚报仇时，方刚已经疯了。关于这个无情无义的奸商是怎么得病的传说不少，有人说他召集了一帮极端分子搞邪教活动，结果狂热过度，把自己整中邪了；有人说他看上了一个叫卓梦的女老板，想下手，结果对方虽是女流却神通广大，用厉害的手段把他吓疯了；也有人说因为他亲弟弟赌钱欠下巨额赌债后失踪，要账的人上门找他要钱，把他打成脑震荡，从此神志不清……周乐乐本来就好奇，如果不是忙着干活还债，他还真可能好好刨根问底一番。

据说方刚转到省城精神病院治疗了两年，一度有所好转，却有严重的幻视，无法认出任何人，而且精神状态极不稳定，随时发病，攻击性也强，因此很可能下半辈子都待在里边别想出来了。周乐乐对精神病院的理解来自《沉默的羔羊》《飞越疯人院》以及《功夫》几部电影，觉得那地方极为阴森恐怖，有时觉得仇人方刚在那里服刑，似乎比自己用石头砸破他的脑袋解气。

可是找到地方后，他却大失所望。省城精神病院如今已经改名叫省城脑科医院，已有百年历史，由超级大国传教士出资修建，庭院虽不大，却随处可见百年以上的大榕树，浓荫如盖，郁郁葱葱，绿化率极高。一些翻新过的老建筑还保留了当年的特色，有些像教堂，满眼拱门回廊，却没有哥特式建筑飞扬跋扈的尖顶。庭院里有不少身穿病号服散步的病人，身边均有人陪护，大多神态安静自然，看不出有什么特别。从满是高楼大厦的一线城市进入这家医院，确实有时光倒退的奇异感觉，但绝不是周乐乐想象中疯子遍地、咆哮刺耳、人人举止怪异、个个面露凶光、医生护士每时每刻提着脑袋工作的场景。

周乐乐没费什么周折就找到了方刚。据医生说患者这几天病情相对稳定，攻击性不强，可以探望，反复叮嘱周乐乐留意患者情绪变化，多倾听，不要抢着说话刺激对方，有事马上按铃等注意事项后，把他带到了方刚的单人病房。当然，探视者和病人之间也没有像恐怖电影里那样被防弹玻璃隔开。

几年不见，方刚已经瘦成了一把干柴，头发蓬乱，满嘴胡子，身上病号服倒是干净整齐。他两眼虽然看着周乐乐，却是眼神涣散、表情漠然，似乎根本就没有见过桌子对面这个人。

“我是周乐乐，方总还记得我吗？”周乐乐强忍着随时爆发的情绪，问道。面对这个人，他是无论如何也笑不出来的。

“我现在谁也认不出来。在我眼里，你是一只有翅膀的大白蚁。对了，那好像又叫大水蚁。”方刚先对周乐乐的话置若罔闻，在周乐乐以为他不会有反应的时候，忽然开了口。

白蚁，又是白蚁！周乐乐一时不知道该说些什么。早听说方刚陷入幻觉无法自拔，眼里的东西与现实完全两样，但怎么会把他看成白蚁呢？是巧合吗？

“你到底是谁？找我干什么？”方刚顿了顿，问道。

“我是周乐乐，被你和你妹妹骗得倾家荡产那个电工周乐乐，你害了那么多人，应该记不清了。”周乐乐冷冰冰地回答道。

“我……害了人吗？你怎么知道我是害你，还是帮你？”方刚似乎还没有记起周乐乐来，但依旧能言善辩，颠倒黑白的嘴上功夫似乎不比几年前差，说话虽然慢慢吞吞，而且反应迟钝，词锋却是颇为犀利。

“我这辈子已经毁到你手里了，被你害得不得不去钻臭水沟，你的良心就不痛吗？”周乐乐咬着牙骂道。

“我现在被关在这里受罪，每天要吃各种让我昏昏沉沉的镇静药，发病时像个疯狗一样到处咬人，你看着，有没有觉得良心不安？”方刚还是面无表情，像没听见一样，但过了半分钟，又似刚从梦里醒来，反问道。

“这是你的报应，我为什么要良心不安？”周乐乐没想到这个家伙竟然这么说，略微愕然片刻，才问回去。

“既然你不会良心不安，我又为什么要良心不安呢？我记不清什么时候害过你，但可以肯定受伤的只有你一个人，我几个公司总共两百多人，他们的吃喝拉撒我全部要负责，为了他们牺牲你一个，我觉得我很伟大。”方刚淡淡回应道。

“你的无知导致你破产倒闭，同时害得两百多人没了工作，你伟大在哪里？”周乐乐被方刚的混账逻辑给搞蒙了，好一会儿才反应过来，气极反笑，说道。

“我在生意场上打拼的时候，又有谁分担我的风险？我亏本的时候，除了让一些无关紧要的人滚蛋之外，大部分人的工资我还不是照付？你不做老板，怎么知道老板的痛苦和无奈？你以为我不怕报复？连秦始皇这么厉害的人物，也怕死，懂得伪造这么多副车，何况我这个小老板？我得罪任何一个人，都是经过精心计算，把风险降到最低。你如果是其中一个牺牲者，只能怪你太无能，或者是个十足的软柿子，随便捏。”方刚丝毫没有后悔自己所做的事，神色没有一点变化。

周乐乐万万没有想到，发疯后的方刚竟然比以前更加厚颜无耻，偏偏这家伙说的歪理一时没法反驳，低头生了半天闷气，一跺脚，转身打算离开。

“你就这么走了？心浮气躁，怎么做大事？”方刚在周乐乐背后不紧不慢来了这么一句。

“我们没有什么好说的了！”周乐乐恨不得打碎方刚的脑袋，但斜眼瞅了瞅天花板上的监控摄像头，只有按下心头的冲动。疯子也是人，杀了人就会坐牢甚至枪毙，用自己的命换这个浑蛋的命，不值得。

“我的眼睛和瞎子没有分别，看不见你的模样，但能够看透你的内心。如果你再陪我多说一会儿话，我可以解决你的问题。”方刚这次没有沉吟，马上就说了这么一番话。

“就凭你这个疯子？”周乐乐轻蔑地回了一句，已经走到了房门边。

“你是个有野心的人，就算遭遇挫折，还没有放弃，只是准备走出低谷时遇上背叛和伤害，一切好像又要从头开始，是不是？”方刚的声音明显惶急起来，似乎很怕周乐乐就此一走了之。

周乐乐顿住了脚步，尽管不愿意承认，但方刚的话其实一点没有错。只是他也从方刚的语气中猜出，这个可怜的家伙已经被所有的亲人和朋友抛弃，孤独到了极点，太需要一个人陪着聊天解闷了。但继续下去，这个骗子能不能解开自己的心结呢？

“看过金庸的小说没有？”方刚竟然看得出周乐乐的犹豫，低声问道。

“看过又怎么样，没看过又怎么样？”周乐乐猜不透方刚问这个问题的用意，不过这类回答不知道多少电视剧里已经演示过了，照搬即可。

“知道苗人凤吗？”方刚不理他的反问，接着问道。

“一个不辨是非的老人，把自己和女婿都逼上了死路的糊涂虫，和你一样。”周乐乐回答道。他爱看书，而爱看书的中国人，又有几个不看金庸的武侠小说？这么简单的问题难不倒他。

第十七章

一

“那只是《雪山飞狐》里的苗人凤，毕竟是短篇小说，篇幅所限，人物塑造远没有《飞狐外传》里丰满。但可以理解，一个极其疼爱女儿的老人，看见女儿没穿衣服和一个相貌凶狠的大汉睡在一张床上，谁都会失去理智。其实金庸的小说里，真正能够称为大侠的，只有苗人凤一个人而已。就算在《雪山飞狐》里，苗人凤也放过了阴谋算计他、出卖他的世交范帮主，以及一大帮清朝侍卫；对有夺妻之恨的田归农也没有下杀手，这份胸襟，金庸的书里没有人比得上。”方刚说起武侠小说，来了兴致，居然滔滔不绝起来。

“萧峰呢？郭靖呢？洪七公呢？令狐冲呢？”周乐乐冷笑道。

“萧峰是大英雄，郭靖是圣人，洪七公是游戏人间的高人，令狐冲是天生的隐士。严格来说，他们都不能称为大侠。大侠除了武功高之外，宽容仁厚、百折不回的人格魅力是最重要的条件。萧峰在聚贤庄始终无法冷静面对失去理智的同道，大开杀戒；郭靖对得起国民，却为了对杨过有所交代，要砍掉女儿的一只手臂；洪七公在国难当头不去襄阳帮忙，而是去华山追杀几个小人物；至于令狐冲，本来就半正半邪，坏事好事都没少做，心情不好时杀了多少人，难道都是该死的吗？”方刚一点没迟疑，逐一评论，对金庸的小说情节极为熟悉。

“苗人凤身为李闯王四大侍卫的后人，本来该继承先辈遗愿，他选择隐居江湖，又算什么大侠了？”周乐乐当然不可能认同方刚的论调。

“这你又错了，苗人凤的时代是清朝康乾盛世，中国处于一个稳定而繁荣的历史时期，那个时候还想推翻已经坐稳了的清朝，对国家和民族没有任何意义，反而会导致生灵涂炭。那时候江湖是一个法律没有办法普及的地方，苗人凤这种大侠能够带起一股浩然正气，给那帮暴戾的家伙做个榜样，真正功德无量。”方刚对周乐乐的反问嗤之以鼻，随口反驳道。

“算他功德无量吧,这和我有什么关系吗？我没兴趣和你谈武侠小说,再见。”周乐乐不是没有见识的人，嘴上不说，内心却不得不承认方刚这话不是没有道理。想不到这个家伙在精神病院里住了这几年，嘴皮子功夫又有进步，看来今天根本没办法说得过他，还是三十六计，走为上计。

“如果学到了苗人凤的为人处世之道，你的心结就会解开。”方刚不慌不忙说道。

周乐乐全身一震，一时迈不开脚步，心头不期然怦怦乱跳。他来省城精神病院，不就是为了解开心头的烦恼吗？本来已经不抱任何希望，满心沮丧准备一走了之,方刚却给了他一个希望。但这个希望的后面,能否有他真正需要的东西呢？

“苗人凤前半生只为家族复仇而活着，那一身绝世武功，是吃尽了苦头才练成的。父母显然对他不好，为了一个招式动作不规范，就狠狠打他一顿，导致他心理阴影加条件反射，胡一刀这种绝顶高手无法找出破绽的苗家剑法出现了唯一的漏洞。好不容易他老爹和田归农的老爹为了财宝翻脸自相残杀死了，他才获得解放，却还是无法脱离家族的诅咒，要和胡一刀一决生死。几天大战下来，苗人凤和胡一刀成了知己，化敌为友在即，胡一刀却中毒身亡。后来邂逅南兰，老婆却出轨田归农。等女儿大了，他冒死去京城营救世交范帮主，对方却勾结侍卫要害死他。这一连串的打击，换成你，你会变成什么样子？”方刚看出周乐乐动了心，说话又慢条斯理起来。

周乐乐沉吟不语，回忆着《雪山飞狐》和《飞狐外传》里有关苗人凤的情节，越想越觉得方刚的话在理。这位苗大侠的胸襟，确实没几个人比得上。尤其商家堡那个场景，苗人凤已追上了出轨的妻子和奸夫田归农，以他的武功，杀田归农就像捏死个苍蝇，他却一言不发，让妻子南兰自己选择。得知南兰不会回心转意之后，他黯然离去，完全不在乎自己的面子，只希望所爱的人有个好归宿。就算在现代，能如此拿得起、放得下的人，又有几个？

“我知道你心里肯定在说，苗人凤受过无数打击，却依旧胸怀坦荡，这份心理素质是天生的，没法学得到，是不是？你又错了，苗人凤在受了暗算、眼睛沾了毒粉后，坦然接受程灵素的治疗，连胡斐都起了疑心，他却根本没放在心上，这才是他为人处世的精髓，浓缩成两个字，就是：信任。”方刚那双看起来空空洞洞的眼睛，似乎能看透周乐乐的内心，接着说道。

“信任？我当初就是信任你，才沦落到现在的地步！”周乐乐又冷笑起来，满心失望，觉得根本不该来这个地方。

“你以为他是信任程灵素和胡斐？他是信任自己！你信任你自己吗？”方刚也冷笑着反驳道。

“信任自己？”周乐乐愕然，难道自己会骗自己不成？

“他信任自己的眼光，信任自己不会看错人，也信任自己有实力在胡斐和程灵素真要杀害他的关头及时自保反击！而你呢？上了一次大当，从此不仅不信任别人，而且不信任自己，这才是你混成现在这样的真正原因！”方刚龇牙咧嘴，用恶狠狠的语气说道。

周乐乐目瞪口呆，无言以对。

病房的门忽然被人猛力推开。

二

“阿姨，您不能进去，有人正在探病。一些注意事项我们还没有对您说清楚……”

推开门的，是一位看起来五六十岁的老女人，衣冠楚楚，脸上妆容精致，横眉立目，神情不怒自威。一位身穿白大褂的年轻女医生紧跟在她身后，正在劝说。

“别叫我阿姨，我叫艾丝黛拉，你也可以叫我‘苏小姐’。这位先生，我是律师，这位方刚先生涉嫌诈骗，我需要问一些重要的问题，请您回避一下。”老女人报完自己的姓名后不再理会女医生，径自来到周乐乐的座位边，说道。

“患者情绪并不稳定，攻击性很强，您这样做很危险！”女医生急了，上前就要拉扯艾丝黛拉。

“我警告您，不要碰我，否则我会起诉您对我进行人身攻击！你们的精神病鉴定结果，我并不认可，我会根据我多年的心理学知识来判定。请你们马上回避！”艾丝黛拉盛气凌人，没有一点商量的余地。

艾丝黛拉？不是狄更斯名著《孤星血泪》里的女主角吗？周乐乐对这些自以为高人一等、喜欢显摆英文名的人非常反感，不过好男不与女斗，何况对方上了年纪，于是默默站起，出了房门。

“您这样非常危险，我去报告领导。”年轻医生显然工作没多久，不敢招惹这位气势汹汹的老年女律师，赌气出了门，飞奔去找援兵了。

不管怎么说，今天并不是没有收获。信任自己？方刚似乎说到点子上了。周乐乐回想这三年来，因为创业失败，对自己、对别人都满肚子怀疑，生怕再次受到伤害，选择封闭了自己的内心，对任何人都是满脸堆笑，活得越来越不是滋味。或许，看到的东西未必是本来面目，正如方刚有严重的幻视，把周乐乐看成了一只大水蚁。而周乐乐，患上的可能是另一种幻视，把所有的人都往最坏的方面去看？

“出事了！强行探望44号的那个律师出事了！你快来帮忙！”

一个惶急的声音打断了周乐乐的思维，几个身穿浅蓝色工作服的护工在一位医生的带领下，急匆匆与周乐乐擦肩而过，大声招呼着周乐乐身后的一位工作人员。

律师？不会就是刚才那个老女人吧？周乐乐不由自主转了个身，尾随而去。

这几个人果然是赶往方刚的病房，为首医生推开房门那一刻，周乐乐激灵灵打了一个冷战，只见方刚面露狞笑，正死死掐住那位艾丝黛拉律师的脖子，后者眼珠子瞪得几乎脱出眼眶，面孔极度扭曲，脸已经变成了死灰色，嘴唇却因为口红而依旧鲜红。

周乐乐不由自主把手伸进了腰包，里边却没有石头或者鸡蛋，而是两个小小的橡皮球。愣神之际，医生和护工已经一拥而上，用电棒制服了方刚，将他死死按在床上，用皮带束缚住。为首的医生则将律师艾丝黛拉平放在地上，解开她的衣领，双掌相叠，在她的胸口上急速按压，连按三十下才停下来。另一位工作人员立即将一个小面罩扣在老人的脸上，用力捏了两下手里一个瓶子一样的东西，将空气通过软管挤到面罩里去，艾丝黛拉的胸口随之隆起。工作人员退开，带头的医生马上又像刚才一样连续在老人的胸口上按压三十次，然后再次用面罩协助呼吸，不断重复，直到呼吸机和活动病床被推进病房，几个医生拉走了老人去抢救，他才站起身来，满头满身大汗。

再看方刚，虽然满脸凶光，却因为被电击而全身无力，挣扎不得。赶来的护士用棉签蘸酒精在他手臂上消毒后，将一针管的药剂推进了方刚的肌肉里。几分钟后，方刚瞳孔涣散，失去了知觉。

周乐乐愣了半天，才把眼前看到的场面和脑海里积累的知识联系起来。刚才为首的医生用的不就是最正规的人工呼吸和胸外挤压的急救法吗，只不过这里是医院，用不着口对口人工呼吸，有专用的简易人工呼吸器。至于方刚挨的那一针，无疑就是镇静剂了。

“这位先生，正想找你，想不到你还跟过来了。这里出了人命，我们会报警，你也算当事人之一，请等会儿为我们作证。”为首的医生擦着脸上的汗，走出病房，对周乐乐说道。

“出了人命？那个人……死了？”周乐乐吃了一惊，问道。

“死了，可能本来就有心脏病，年纪也大，受到袭击时惊吓过度，救不过来了。”医生摇头道。

“那您还……急救？”周乐乐一时脑子转不过弯来。

“那是职责所在，救不了也要救。不说这个了，我是方刚的诊治医生，姓何，刚才一直在监控你和方刚的谈话。我看得出，你心里有很大的困惑，不过希望不要被方刚的话迷惑了。”医生笑了笑，把周乐乐领到医生办公室，倒了一杯水给他。

“他说的话有道理。”周乐乐这时候也糊涂了。回想起刚才被那位送死律师艾丝黛拉打断谈话的时候，方刚的神情已经有些不对劲，看来如果晚走几分钟，很可能方刚就要下手掐死他。

“他的话本身是有道理的，如果能够解决你的问题，那是最好。这位患者有很大的危险性，发病突然，攻击性强，连他的家人现在也不敢来看望他。长期孤独的状态，对他的康复更加没有好处，从你的身形和神态看得出，你有自保能力而且对他有戒心，所以我才同意你的探视。那位香港律师根本就不清楚患者的可怕，白白送了命。”何医生自己也拿了个杯子，一边猛灌水一边说道。

“疯子杀人不犯法，那个律师应该懂吧？”周乐乐觉得脑袋隐隐作痛，没想到疯了的方刚，依旧是个十足的恶魔，自己怎么会想到来找他解决心理问题？

“听说那位律师很懂心理学，可能以为自己能够凭借心理学知识镇住患者吧？她完全没有分清楚心理扭曲和精神病之间的关系，害死了自己，也给我们惹上了大麻烦。我看得出你有心事，但这一次还是请你抽出一点时间，对着警察录个口供。”何医生再次提出了请求。

“反正今天我也没有什么事，作证也是应该的。不过何医生，您一直在监控我和方刚的谈话，觉得他对我有什么企图？我觉得他说已经认不出我来，是真话。而对武侠小说里人物的评论，好像没有什么毛病。”周乐乐对这个做事果断、尽职尽责的何医生有一丝好感，忽然灵机一动，心想何不试试他能否解决自己的困惑。

“现在的方刚确实谁都不认识了。不过，他对别人的情绪依旧非常敏感，一眼看出了你的苦恼，故意想方设法，让你在苦恼中陷得更深，以求达到一种病态的快感。他是精神病病人，恶意捉弄你觉得极度开心，却因为情绪激动导致了发病，做出攻击性的行为。你看，这几幅他面部表情的截图，完全可以看出他的心思。”何医生打开电脑，依次点开几幅图片，里边的方刚从面无表情到微露奸笑再到两眼射出疯狂的光芒，最后面容已经极不自然地扭曲，叫人不寒而栗。

“但是他说的苗人凤确实是个真正的大侠，信任自己和信任别人，是这位大侠的魅力所在，一点都没有错。为什么您说他想让我更加苦恼？”周乐乐皱着眉头问道。

“你的苦恼，我其实一眼就看得出来，无非坠入爱河，为情所困。苗人凤确实是一位顶天立地的侠士，可是他这套英雄气概，是大多数女性最反感的，导致老婆出轨，宁愿死在他剑下，也不肯回心转意。无论什么样的女性，都不会喜欢两人独处时还如此不解风情的男人，方刚如此恶意引导，就是要让你和你女朋友之间变得更加不可收拾。年轻人，女朋友要陪着，小心去哄，不是拿出什么宽广的心胸去信任和包容。”何医生盯着周乐乐足有一分钟，才展颜一笑，答道。

“没可能的，她……根本就看不起我，我们完全不是一个阶层，绝不会在一起。”周乐乐不假思索地否定了“坠入爱河”这四个字。

“你不是感觉被她利用了，很伤心吗？那你伤心什么？一个漂亮的、有心机的女人利用一个她看不起的男人，不是很正常吗？你对她没有感觉的话，会这么烦躁？”何医生似笑非笑、不慌不忙地说道。

“不是那么一回事，我被卷进了一件很重要的事，那个女人是这件事的关键人物，我帮她，是为了……为了避免很多人受到伤害。而她，却想为自己谋取利益，我觉得……被出卖了。”周乐乐嘴里还是不住否认，却连自己都觉得自己的理由靠不住，说话不由得结结巴巴起来。

“一个健康的男人，喜欢一个漂亮的女人，没有错。一个人为大多数人谋取利益的同时为自己谋取利益，也没有错。你需要的不是这么患得患失，是抛开一切，痛痛快快爱上一场。就算得不到，你好歹真心付出过，不是吗？被方刚这种小人出卖过，怕痛？放心吧，这种极度奸猾卑鄙的家伙，永远只是少数。”何医生哈哈大笑，拍了拍周乐乐的肩膀。

好像就是这么回事吧？周乐乐不由自主也跟着笑了起来。心头蓦然掠过一个想法：这个何医生如此熟悉方刚的为人，也看出病人有开始攻击的倾向，为什么不早早示警或者来阻止？是不是想借周乐乐的拳头来好好收拾这个可恨的方刚？那位嚣张跋扈的女律师艾丝黛拉想见方刚，肯定要通过这位何医生，会不会她态度太恶劣，导致何医生想借方刚的手弄死她？

“不要再胡乱怀疑人了！坏人只是少数！”内心似乎有另一个声音在大吼。

周乐乐悚然，刚才又犯老毛病了吗？又发觉手里不知什么时候捏住了什么东西，定睛一看，竟然是腰包里的橡皮球。这些年对谁都满心戒备，感觉到莫名的危机时总会下意识把腰包里的武器拿在手里，刚才又不由自主了吗？

还有，这个东西什么时候放进腰包的？除了李冬萍，估计不会有第二个人有这份闲心。应该是在周乐乐不管不顾去找袁笑生那天，她采购实验用品的时候，顺便买的吧？偷偷放进他的腰包里，是啥意思呢？

三

“我只是一个精神科医生，不是心理医生，所说的话只能代表我自己的意见，仅供参考。你最好多听几个人的分析，好好思考一番，再得出结论。我看得出，你已经工作了这么多年，有了足够的经验，可以分得出好歹了。”何医生似乎看出了周乐乐内心里的东西，沉声说道。

“我觉得吧，您和方刚说的话，其实都对，今天真的没有白来一趟，受益匪浅。”周乐乐定定神，把橡皮球塞回腰包，忽然紧紧握住了何医生的手，满心感激。

“哦？”何医生有些意外，却没有多问，静静等周乐乐后面的话。

“方刚说得其实没有错，我因为以前信任他，却被他出卖，几乎连累了所有支持我的朋友，从此之后变得不自信，总害怕打击再次发生。其实，对现在的我来说，三年前的那点打击已经微不足道，我已经偿还了所有的欠债，还有了自己的事业，早就不是原来的我了。就是因为不信任自己，我没有好好建立自己的人脉，所以发展受限。至于您，您的眼光确实厉害，我很可能真的喜欢上了一个优秀的女孩子，只是我没有自信，觉得和她比，我就是一个三流角色，配不上她。你们的建议其实没有冲突，我在那个女孩子面前，或许更应该像一位苗人凤那样的大侠，才能获得她的青睐。毕竟这位女孩子不是南兰，性格更像胡一刀的夫人。”周乐乐想了片刻，一口气把心里的话都说了出来。

“每个人都在变。苗人凤最终还是把女儿苗若兰教成了一位真正的千金小姐，你愿意去改变自己，命运说不定会就此改变。”何医生这番话，似乎与周乐乐的领悟有关，又似乎扯不到一起。

“再次感谢您，何医生。请问警察什么时候来？我一时兴起，从东关冒冒失失来到省城，把那位女孩子一个人晾在家里，她照顾自己的本事不怎么样，如果我今晚不能赶回去，她估计要饿一整天。”周乐乐这时恨不得马上赶回东关，但答应了何医生的事，不好不兑现。

“估计会耽搁不少时间，你应该来得及赶回去陪她吃烛光晚餐，只是气氛不会太好。不过，做了错事未必要道歉和解释，把这件错事变成一件好事，可能会让对方眼睛一亮。”何医生微笑着说道。

“这个办法真的好极了！”周乐乐得高人指点，马上想到了好主意。

第十八章

一

“你这浑蛋终于肯接电话了？死到哪里去了？”

粟军终于拨通了周乐乐的电话，听到对方那一声“喂”平静如常、若无其事，心里的火气腾地就烧了起来。

“在省城，刚发了个朋友圈，弄了不少自拍照。”周乐乐嘴里嚼着三明治，含糊不清地答道。

“见你的鬼！去个省城还生怕别人不知道，发什么朋友圈！你就不怕被他们抓住？”粟军气极反笑，如果周乐乐在他面前，恐怕很难全身而退。

“舍不得孩子，怎么套得住狼？你这些天不是找不到线索吗？我在省城现身，肯定打乱他们的部署，他们无论如何也会来看看，你不就可以化被动为主动了？”周乐乐满不在乎地答道。

“就你厉害？你知不知道，现在不管坐大巴还是动车，都要身份证购票？对方神通广大，早就渗进购票系统里边去了，知道你买票的时间，再通过无所不在的监控系统，很容易查到你的行踪！你这不是给我添乱吗？”粟军愣了愣，随即又骂道。

“我没有那么傻，去省城坐的是回程的出租车，不用登记，现金支付。现在坐的是黑大巴回东关，任他们手眼通天，也别想查到我的行踪。倒是你，帮我盯紧了，做好你的黄雀，尽快找到线索反攻。”周乐乐慢吞吞说道。

“……看来你这次失踪不是像上次一样发神经，但去省城干吗不先和我们打声招呼？”粟军的火气来得快去得也快，想想自己这几天全力调查，依旧茫无头绪，周乐乐此举说不定真有用，顿时心平气和。

“我也是一时火气大啊！你有没有看东关新闻？这帮家伙为了引我出来，把我的冲洗车都砸了，那是我吃饭的家伙，我咽得下这口气吗？”周乐乐吞下最后一口三明治，沉声说道。

“原来如此，多大点子事！不就一辆破车吗？完事了我买两辆全新的给你。你现在到什么地方了，黑大巴一般把乘客扔到车站附近，要不要我开车来接你？”粟军哈哈大笑道。

“你还是密切关注他们的动向吧。如果真那么有空，帮我向李冬萍解释一下今天的重要任务。”周乐乐知道粟军这关算是过了，但麻烦还没消除，连忙打蛇随棍上。

“哈哈哈，我看那小丫头今天心情差得要命，这件事老哥我就不帮你了，你自己想办法。”粟军一点都不笨，马上明白了周乐乐的用意，当即拒绝，还挂了电话。

得，粟军这个家伙真不仗义，就不知道自己买的礼物能不能过这一关了。

看看手机里的未接来电，大多是粟军的电话，李冬萍居然一个电话都没有打过来。微信和短信也没有李冬萍的一丝消息，这个美女有时候极为沉得住气，完全把主动权抓在手里。周乐乐有那么一点想打个电话过去，却总是犹豫不决，反复点开手机等待消息，足足过了一个小时，还是鼓不起勇气。智能手机提示差不多没电的时候，周乐乐总算有了不打电话的借口，把手机塞回衣袋里，庆幸地责怪着自己出来时忘记带充电宝。

尽管何医生一口咬定李冬萍对周乐乐绝对不是没有意思，而且刚才听粟军的口气，自己这番不辞而别似乎伤害了李冬萍，也从侧面验证了她在乎他，周乐乐始终还是心头发怵，翻来覆去看着手里装着礼物的纸盒，完全没有把握李冬萍会喜欢他精心挑选的东西。

如果李冬萍知道那件礼物才花了三十五元，会不会直接拿起来扔到周乐乐的头上？

二

回到东关那个不知道能不能称为“家”的房子门口，已经是晚上 8 点半钟。周乐乐踌躇再三，终于鼓起勇气，用钥匙开了门，同时庆幸自己居然带了钥匙，看来潜意识里还是有了回来的打算。

二楼的灯亮着，李冬萍却对开门的声音没有反应，不知道是不是还在废寝忘食忙着她的研究。周乐乐捧着手里的礼物，踮着脚尖上了楼梯，满心忐忑，还没拿定主意怎么面对随时扑面而来的狂风暴雨。

改成实验室的二楼客厅里不见人影，所有的灯都开着，实验器材也放得整整齐齐，李冬萍却不知道哪里去了。所有的实验仪器都关着，这似乎很不正常，因为有些实验要持续好几个小时不能停，某些测量设备接通电源后要反复调试半天，为了方便使用会一直处于开启状态，直到深夜。难道李冬萍今天根本就没有做实验？她不是对白蚁研究很痴迷的吗，今天怎么偷懒了？

想起白蚁，周乐乐忽然有不祥预感，转身走到安放蚂蚁工坊的角落定睛一看，果然，白蚁的蚁王蚁后连同它们的王宫也不见了！

周乐乐放下手里的礼物，疾步搜索了整栋房子所有的房间，均没有看见李冬萍的身影。进入李冬萍卧室的时候，周乐乐稍微犹豫了一下，还是推门进去了，里边也不见人，房间里乱七八糟，若非一股若有若无的女性体香，还真不大像一个美女的闺房。

李冬萍也离开这里了吗？还顺手带走了刚安顿下来的蚁王和蚁后？周乐乐颓然坐下，心里一时空荡荡的。

不对！这房子采光很好，白天实验室不用开灯，就算晚上，也没必要把所有的灯都打开，更何况今晚李冬萍并没有做实验。而且这位受过高等教育的美女也不是大大咧咧的人，随手关灯的素质还是有的。那么，用不着灯而把灯全部打开，是为了什么？周乐乐轻易就猜到了其中缘由：她在等周乐乐！

或许粟军嘴上拒绝帮周乐乐美言几句，实际上还是打了招呼；或许李冬萍相信周乐乐绝非无情无义之辈，一定会回来。反正这位美女今晚没有研究白蚁也没有做实验，就在等人。既然肯等待，李冬萍当然不可能离开房子，更不会把蚁王蚁后带走。一定发生了什么事！

难道国外极端组织的特工如此神通广大，找到了这里？那为什么除了李冬萍的卧室，这里收拾得整整齐齐，完全没有打斗过的痕迹？难道李冬萍改变了主意，觉得与其这么偷偷研究，不如回心转意，重新与犯罪集团合作？

别再怀疑猜测了，李冬萍不是那种人！周乐乐在自己脑袋上凿了个爆栗子，心里自我告诫道。何医生教过他日三省吾身，不断总结自己的思想，逐步减少无端怀疑，这个办法果然生效。

楼梯上有不少脚印，确实有不速之客来过，而且离开这里没多长时间。周乐乐掏出快没电的手机，接通桌上的充电宝，准备拨通粟军的电话求援时，忽然发现手机微信有新的消息，点开看时，发现竟然是李冬萍半小时前发来的。她没有打一个字，却发送了一个实时位置共享的请求。周乐乐想也没想，立即通过对方请求，手机屏幕上马上显示地图，李冬萍的头像正在缓缓移动，渐行渐远。

国外的高科技犯罪组织怎么会让李冬萍带着手机呢？而且看地图，竟然是在主干道上，东关汽车数量庞大，这个时候还有些塞车，选哪条路不好，干吗要走车最多的路？很有可能是他们把李冬萍的手机胡乱扔到哪辆公交车上，意图迷惑营救人员。如果真是这样，他们又会把李冬萍绑到哪里去？周乐乐不敢怠慢，拨通了粟军的手机。

“什么？不可能！你别小看丁大少的关系网和消息渠道，在东关这一亩三分地，那帮家伙不大可能在他眼皮子底下把人劫走！再说了，你小子的计划很成功，那个组织已经开始行动，有个级别不低的家伙已经不小心露出马脚，如果真捉到李冬萍，他们不可能上当，暴露了重要人物的身份……你说她手机开通了位置共享？那还不快去救她！别说没用的，那是插进了她手机附属卡的 GPS 定位器，懂不！我现在抽不出人手来，要当好捉螳螂的黄雀！”粟军并不相信他费尽心机隐藏起来的李冬萍会被高科技犯罪组织发现，认为很可能是那个聪明丫头自己导演的闹剧，根本懒得去掺和，胡乱指点了几句就挂了电话。

看来粟军自信过度了，不过总算得知李冬萍早有了准备，周乐乐多少心定了一些。因为塞车，敌人溜走的速度并不快，一楼不是有粟军送来的改造电动自行车吗？这次还真派上用场了。周乐乐摸了摸腰上的工具包，再匆匆收拾了几样可以做武器的东西，疾步下楼，套上快递员工作服，将电动自行车推出门外，锁好门，跨上车，身影瞬间消失在小巷中。

有钱人确实能够弄到高品质的好货。这辆改造过的电动车看起来没有什么特别，却比街头常见的同类产品速度快了两三倍，冲劲十足不说，还几乎没有声音。周乐乐很快适应并喜欢上了这辆几乎不逊色于摩托车的宝贝，在马路上飞驰。

托了整个东关动土修建下水道的福，主干道在晚上 9 点依旧堵得一塌糊涂。周乐乐的电动车在车龙缝隙中左右穿梭，占尽优势，只用了十多分钟，便锁定了李冬萍所在的小面包车。为防出错，他故意将电动车挡在面包车前，用反光镜偷偷张望。在下水道里锻炼出来的夜眼再次帮了大忙，路灯下透过挡风玻璃，不仅看到了李冬萍，而且数清了敌人连着司机只有三个。

三

李冬萍抱着蚂蚁工坊，静静地坐在小面包车的后排中间，左右各有一个年轻男人虎视眈眈。

“这些送快递的，要钱不要命！”司机喃喃骂了两句，狠狠按了按喇叭。

“早知道塞得厉害，不走这条路！”李冬萍右侧的男人不断留意着窗外有没有可疑的人，不住咽着唾沫，极为紧张，却全没意识到前边的电动车才是正主儿。

“导航指点的，这条路最近。”司机解释道。

“你连手机导航都不会用，还学别人开车！导航不是找最近的路，是找最不堵的路！你有脑子吗？”右侧男人恶狠狠骂道。

“废话那么多，要不你来？”司机也不是省油的灯，反唇相讥道。

“你们少说两句吧！咱们拼着命是为了求财，别钱没拿到，先窝里反！这路再堵得厉害，也就这么一两百米，最多二十分钟就到了，交了人，马上分钱离开东关，有什么好争的？”坐在李冬萍左侧的男人开腔了。

“嘿嘿，这二十万倒是赚得容易，小姐姐挺配合，不吵不闹的。”听到钱，两个争吵的年轻人火气立降，司机拨了拨后视镜，看了看李冬萍秀丽的脸庞，色眯眯笑道。

“哪有容易赚的钱！得罪丁大少，被捉到了不死也脱层皮。”右侧男人冷笑一声，又顶了司机一句，语气比刚才温和多了。

“富贵险中求。这位美女，我们兄弟是得人钱财与人消灾，也没打你也没碰你，把你交给别人后，立即离开东关，请别怪我们。要怪，就怪丁大少得罪人多，有人非要坏他的事。”左侧男人见内乱平息，便不再理会另外两人，转而对李冬萍搭起了讪。

“谁派你们来的？”李冬萍已经认出了面包车前那个乔装过的身影，感觉到从未有过的心安，极力压制着喜悦，轻声问道。

“东关敢和丁大少对着干的有几个？”司机抢着反问道。

“闭嘴！美女，我们只是需要一点钱回老家做个小生意，谁都不想得罪。见你的人就在前边不远的夜总会，到时候你就知道了。”左侧男人阴沉着脸制止了司机开口。

“你们没有机会了。”李冬萍淡淡说道。她已经弄明白了绑架自己的这伙人并非国外极端组织的特工，而是丁大少的对头，而且只是几个没见过世面的小混混，远远算不上亡命之徒，说话也就一点都不客气。

三个小混混闻言一惊，分神之际，车里光线忽然一暗，却是周乐乐已从容把电动车停在人行道上，回到车前，拿出一罐五金店买的喷漆，磕去盖子，把小面包车的挡风玻璃喷得猩红一片。

“这家伙是什么人？”司机惊慌之下猛踩刹车，却松了离合，小面包车猛地一震，熄了火，所有电子锁自动开启。

三个小混混乱成一团，大呼小叫，不知道如何是好。周乐乐已到了面包车右侧，把滑道门扯开，手里喷漆对着李冬萍左侧男人的脸喷了一下，另一只手已把李冬萍拉了起来。后座两位看守一个捂着眼睛鬼哭狼嚎，一个呆若木鸡，完全反应不过来的时候，周乐乐已载着李冬萍扬长而去。

顾及李冬萍怀里的白蚁盒子，也怕她受惊过度，周乐乐骑车时小心翼翼，不敢像来的时候一样横冲直撞，力求四平八稳。他也看出这次绑架错漏百出，绝不是厉害的组织所为，根本不担心那三个不学无术的混混追上来。但李冬萍毕竟是个女性，在这几个小流氓手里受了多少气不清楚，等会儿怎么安慰她，这才是最头疼的问题。

四

回到小楼前，周乐乐还没憋出一个主意，眼见着李冬萍一言不发，抬腿下车，捧着手里的白蚁窝缓步上楼，愣是不敢说出一个字来。好不容易把电动自行车推进车库，放下电动卷闸门，周乐乐几步上了二楼，却只见李冬萍已经安顿好了手里的白蚁宫殿，从饮水机里接了一大杯水，正小口小口喝着。看那副神不守舍的模样，周乐乐有些心疼，却不知道该说些什么安慰的话，气氛极为尴尬。

咚的一声，李冬萍终于喝完了杯子里的水，轻轻放下空杯，舒了一口气。周乐乐留意着她的神色，忐忑不安，大气也不敢透一口。忽然，李冬萍疾走几步，一屁股坐到了角落的单人沙发上，捂着肚子拼命笑起来。

周乐乐更加手足无措，原本脑海里拟定了对方哭泣、斥责、冷漠乃至歇斯底里种种情绪失控的应对方法，没有一样用得上。以前无往不利的笑容，在李冬萍的大笑中全然无法施展。那几个小混混究竟对她做了些什么，让这个冷静的美女情绪失控到这地步？

电话铃声响起，周乐乐掏出手机，又是粟军，连忙接听。李冬萍却不管不顾，笑得满脸眼泪、气喘吁吁，仍旧停不下来。

“还真有不长眼睛的蠢货去摸丁大少的老虎屁股！那是个叫‘猫哥’的家伙，和丁大少有点过节。可能从上次那场救你们的闹剧里闻出点味道来，偷偷查访，竟然瞎猫碰上死耗子，让他找到了李冬萍！现在丁大少已经找人去收拾他了，听说你小子大显神威，轻易就把人救走了，没吓着她吧？”粟军居然已经知道了刚才发生的事。

没吓着她吧？周乐乐看看笑瘫在沙发上的李冬萍，有些欲哭无泪，却不知为何，不愿意向粟军诉说李冬萍的现状。正不知如何是好，李冬萍忽然从沙发上一跃而起，抢过了周乐乐手里的电话。

“我没事！真的要笑死我，还以为是组织里的特工这么快就找到我了，装作老老实实跟着他们走呢。谁知道就是几个三流小混混！行了，九房叔，您忙去吧！”李冬萍已经调匀呼吸，对着电话笑道。

她真的觉得好笑吗？茫然接过李冬萍还回来的电话，周乐乐脑子还是转不过弯来，想问话，舌头却像是打了结，失去了语言的功能。

“今天去哪里了？”李冬萍轻声问道，神色像什么事也没有发生过。

“省城。”周乐乐总算从牙缝里挤出两个字来。

“去干什么？”李冬萍依旧平静地问道。

“去探望一个……仇人。”周乐乐望着李冬萍不急不怒、春水无波般的脸，勇气开始一点一点恢复。

“仇人？你去探望你的仇人？”李冬萍笑了笑，似乎不相信。

“没有朋友可以探望，只好去看看仇人。他已经疯了，现在还住在省城精神病院，害得我掏粪和钻臭水沟的，就是他。”周乐乐苦笑，知道这番话虽不假，却很难让人相信。可是这个时候的他，脑子里一片空白，除了真话，说不出别的东西。

“他……好吗？”李冬萍面无表情，似乎是随口问候，心里却又有一丝疼痛，这个男人的内心孤独到了什么地步，连仇人都如此珍惜？

“精神看起来不错，和我谈了金庸的武侠小说。不过，虽然疯了，本性却和以前一样凶残卑鄙，谈话的时候发病，差点攻击我。”周乐乐想起方刚当场掐死的律师，不寒而栗。

“听起来挺有意思的，下次如果还想去省城探病，带上我。”李冬萍歪着头，也不知在想些什么，好几十秒后才说道。

“不行！你绝对不能去！那个家伙极度危险，攻击性很强，下手残忍而且没有任何征兆。他本来就是一个十足的恶魔，如果不是发疯，很有可能已经被枪毙，或者无期徒刑。你这辈子，最好永远不要碰上这种人。”周乐乐吓了一跳，不假思索当即反对。

“那你为什么要去？”李冬萍没想到周乐乐反应这么夸张，倒觉得有趣。

“我？我是今天才发现看错了他。原本以为他本性不坏，是因为精神出了问题才做出那些出卖朋友的混账事，经过治疗可能会变回好人，至少没有那么坏。

今天我才知道，有些人做坏事，是因为本性坏透，与精神状态无关。”周乐乐叹了一口气，说道。

“我只是想跟着你去省城走一趟，散散心，又不是去面对你那个疯子仇人，你有什么好担心的呢？”李冬萍像第一次看见周乐乐一样上下打量着他，忽然扑哧一笑，说道。

“你……不是忙着研究白蚁吗？”周乐乐有些意外，不知道她笑容里的意思。

“研究白蚁曾经是我的工作，现在是我的责任和义务，但忙得多了，我其实很累，也很想出去放松一下。也好，今天遇上这么几个笨贼，好好笑上一场，也算减了压。不早了，洗澡休息吧。”李冬萍不紧不慢说着，缓缓从周乐乐身边走开。

谈话就这么结束了？这可不是他想要的场面！周乐乐有些茫然，内心似乎有个人不断低声说：“笨蛋！主动出击啊！笨蛋！她肯定对你有意思，也给你机会了！笨蛋！快动手！”可不管怎么骂自己，他就是心虚气短，提不起勇气，拳头攥得紧紧的，手心里全是汗。

“对了，还没有谢谢你呢。你刚才救人的手段，真的太像个男子汉了。那个人，才是真正的你。”李冬萍停下脚步，扭头对着周乐乐嫣然一笑，声音低得只有他们两个人才听得见。

这话是什么意思？美女近在咫尺，吹气如兰，眼神里既有鼓励又有挑逗，是在表白吗？周乐乐脑子里更加乱成一团，下意识伸出手去，却又忽然惊觉，火速缩了回来。李冬萍并没有给周乐乐多少时间，鼻孔里冷笑了一声，把头转回去，径自走向浴室。

这一声冷笑却如同一粒火星，一下点燃了周乐乐这个火药桶，一直克制压抑的感情瞬间爆发，他突然张开双臂，从身后死死抱住了李冬萍。双臂如铁箍，几乎让美女透不过气来。

第十九章

一

对周乐乐突如其来的拥抱，李冬萍没有挣扎，没有抗拒，也没有说出一个字。她全身在微微颤抖着，呼吸从细微迅速变得深而急促，而后又慢慢变得几不可闻。然后，是虚无一般的寂静。

周乐乐大脑里的高温渐渐退去，心头开始惶恐起来。李冬萍的平静，与书上、电视上看到的情节完全不同，她心里想的是什么呢？刚才不管不顾这么抱过去，她会不会怪自己要流氓？周乐乐怎么看，都没觉得自己在这个美女高才生面前有什么魅力，对方似乎也没有什么热情的反应，是不是他太自作多情了？想到这里，周乐乐一阵气馁，双臂慢慢松开。

“抱紧，别放松！”李冬萍忽然轻声说道。声音比刚才还小，但每个字音咬得很准，口气更有点命令的意味。

周乐乐悬得高高的心当即放了下来，双臂又紧了紧，还得寸进尺，把脸埋到李冬萍的秀发里，大口呼吸。

“在那辆破车里的时候，我真的很怕，都是被你害的！”李冬萍没有避开，还把头微微后仰，与周乐乐的脸贴得更紧，继续说道。

“我害的？”周乐乐一愣，以为自己没听清楚。

“这些天，习惯了被你保护，我反应变慢了，判断力也弱了，胆子也小了。如果不是你，这三个小混混，我一个人就算打不过，一定逃得掉！”李冬萍仿佛没听见周乐乐的问话，自顾自说着。

“那你怎么不跑？”周乐乐并不笨，听出了李冬萍淡然中的撒娇味道，也知道这个时候辩论谁是谁非简直愚不可及，聪明的方法，是把话题继续下去。

“怎么跑？今天一天没吃什么东西，饿得一点力气也没有，本来以为你回来可以一起出去吃饭，谁知道你比蜗牛还慢。我不知道你有没有带钥匙，留着门等你，却被那三个浑蛋有机可乘。你说，不是因为你，我用受今晚这场惊吓？”李冬萍咬着牙问道。

“我不是送了个灭火器给你防身吗？”周乐乐慢悠悠反问道。凭直觉，这个时候如果道歉认错，只会迎来更多的数落，如果争辩不休，好不容易亲近美人的机会铁定被糟蹋。最好的办法，还是把她当孩子来哄，语言不可过分迁就，态度更不要太认真。

“那东西早过期了，就算能用，喷得满地干粉，我得花多少时间去搞卫生？”李冬萍哼了一声，撒娇意味更浓。

“卫生不是一向我搞的吗？”周乐乐笑着问道。

“我怎么知道你还会不会回来？”李冬萍幽幽反问道。

“幸好我回来了。想找你的灭火器当武器，没找到，只好买了一罐喷漆，效果更好。”周乐乐嬉皮笑脸说道。

“好意思说！你要早点回来，我还用受这场罪？”李冬萍忽然伸手，在周乐乐的手臂上狠狠揪了一把。

“那不太好吧？如果在这里用喷漆对付那几个小混混，弄脏了屋子，一时三刻哪里洗得掉。”周乐乐笑道。

李冬萍的脸怎么也板不起来了，又狠狠揪了周乐乐一把，笑出声来。

二

“一起出去吃点东西？”周乐乐知道今晚的难关已经过去，松了一口气，想起李冬萍刚才说过没有吃饭，于是低声问道。

“为什么不自己做？”李冬萍好不容易被这个男人拥入怀抱，纵然肚子饿，也不愿意马上离开。

“我很累，今晚不想下厨。”周乐乐这句话倒是真的，来回省城100多公里，加上发生了这么多事，确实身心俱疲，肚子虽然也有点饿，实在提不起劲头了。

“没说要你下厨。再陪我多聊一会儿，我让你尝尝我的手艺。”李冬萍在周乐乐怀里一个转身，正面相对，双手抱紧了周乐乐，往后退了几步，两人一起倒在沙发上。

“那我还是亲自动手吧，你想吃什么？”周乐乐苦笑，他领教过李冬萍惨不忍睹的厨艺，实在不想破坏今晚得来不易的好心情。

“你看不上我做的东西？”李冬萍手指忽然用上了劲，指甲随时可能掐进周乐乐背上的皮肉。

“看来你今晚做了很多准备，要给我一个惊喜？”周乐乐感觉到危机将至，立即改口，内心祈祷今晚嘴巴和肠胃不要过于受罪。

事实证明，周乐乐太多虑了。李冬萍这种聪明人如果想做好一件事，绝不会没有办法。

大半个小时后，面对着李冬萍端来的一大锅热气腾腾的浓粥，周乐乐眼睛亮了。这锅粥火候充足，浓郁芳香，色彩也赏心悦目，采用了广东特色的“生滚粥”做法，在熬好的粥里加入了切得薄薄的肉片和大量的葱花，翠绿、粉红和雪白三种颜色交相辉映，卖相极佳，味道也不错，远远超过期望。周乐乐连喝了三碗，只觉得全身舒泰、身心愉悦，没想到李冬萍还有这么一手。

“市场里有一个摊位是卖加工腌制好的肉类的，那里可以买肉之后委托他们切片腌制好，我不擅长的工作全部由他们做了。至于粥，是早已经熬好了的，重新煮开，把肉片加进去之后，立即关火，让粥的余温把肉片慢慢泡熟，再加入葱花搅一搅就行了。这其实和云南过桥米线的原理一样，只不过粥的温度比油汤更高，味道也更浓。怎么样，没让你失望吧？”李冬萍一小勺一小勺喝着自己的杰作，得意扬扬望着周乐乐。

“难得，连咸淡都调得这么好，我以前还真小看你了。”周乐乐不得不承认味道不错，但还是用另一种方式提出了心头的疑惑。

“也没多大难度，那个帮我切肉腌肉的老板娘无意中说了一句，两斤汤加入半斤她腌制的肉片，就可以完全不用加任何调料。她说的汤其实是水，两斤就是一升，煮粥的锅有多大的体积，我还是能计算出来的，按比例放她的肉片下去，不就省了我调味的麻烦？”李冬萍笑眯眯地说道。

“还真会计算。这粥的火候也控制得好，熬了几个小时，没有一点煳味。”周乐乐粗略算了算，这一锅粥少说加了两斤精心腌制过的肉片，还真是不惜工本，难怪鲜味这么浓。

“小时候煮过不知多少锅猪食，方法和熬粥没多少区别吧？”李冬萍的笑容变得坏坏的。

“得了吧，你从小在城市长大，哪会煮什么猪食！”周乐乐先是一愣，马上醒悟过来，哈哈大笑道。

“就算在城里长大，难道就不会煮猪食吗？哪条规定上这么写的呢？”李冬萍也笑着说道。

“那请问，猪食里是什么东西？”周乐乐忍住笑问道。

“和这个有多少区别呢？无非多了一些猪草吧？”李冬萍哪里知道猪食里有什么乾坤，不过反正信口胡说，没谁会当真。

“一看就知道你外行。猪食里要放人参、鹿茸、虫草、鲍鱼、海参、龙虾、松茸什么的，不懂就好好学几年，哪天好好煮一锅正宗的猪食来尝尝……”周乐乐话没说完，已经忍不住笑得直不起腰来。

“够了！别再说这些倒胃口的东西，你给我洗碗去！”李冬萍一巴掌拍到周乐乐肩膀上，好不容易止住了笑声。

今天还是逃不了洗碗的命运？不过算了，反正没有几个碗。周乐乐苦笑着站起来，正要收拾桌面，手机又响了起来。

“猫哥那个浑蛋的手下肯定把地址告诉高科技犯罪组织了，已经去省城的那伙人现在全在回东关的路上！你们马上收拾东西，离开那栋房子！”粟军在电话那头气急败坏，没想到好好的一个局被一帮小混混彻底破坏了。

三

“九房叔的电话？什么事？”李冬萍看见周乐乐的脸色转为阴沉，已经猜到了几分。

“那几个小混混还没死心，把咱们这里的地址卖给了犯罪组织。”周乐乐关了二楼大部分的灯，闪身到了窗边，向外张望，小巷里安静异常，没有一个人影。

“又要离开这里吗？”李冬萍看看桌面上尚有余温的锅碗，满心不是滋味。

“是不是在这里住得开心，不愿意挪窝了？”周乐乐嘴里开着玩笑，脑子却在飞速转动，忽然想起一件事，打开冰箱，拿了一块面包出来，从窗口扔了出去。

“你干什么？”正在考虑该收拾哪些东西带走的李冬萍看见周乐乐莫名其妙的举动，忍不住问道。

“嘘——”周乐乐把食指竖在嘴边，示意李冬萍别说话，轻轻拉起窗帘，隐身在窗边继续观察外面的动静。果然，一分多钟后，黑暗中出现了一条瘦长的无尾杜宾犬，小心走到路中间的面包边，俯身闻了闻，又无声无息往暗处一蹿，不见了身影。

“资料和实验记录已经全部扫描成电子版，带走不难，要记得把电脑里的删掉。就是这个蚂蚁工坊占地方，不好拿。你今天忙了一天，还有体力接着逃跑吗？发现什么了？”已经着手收拾的李冬萍见周乐乐脸色比刚才更加难看，问道。

“敌人比想象中更快，那天的狗已经把咱们包围了，走不了。”周乐乐也不隐瞒，说道。

“电动自行车没有狗跑得快吗？”李冬萍回想起那群训练有素的恶狗，倒吸一口凉气，问道。

“直线走的话，摆脱这群狗没问题。但这巷子弯弯曲曲，电动车速度放不开。而且刚用过不少电，不知道还能逃多远。只要这群畜生记住了味道，总会追上我们。”周乐乐摇头说道。

“那怎么办？”李冬萍脸色变得惨白。

“这可不像你的风格，几条狗就吓成这个样子？”周乐乐这时候反而恢复了冷静，脸上是满不在乎的笑容。

“可怕的不是狗，而是人。对方已经意识到咱们有人帮忙，一定会用最快的速度和最狠的手段，这些家伙有多可怕，你是见识过的。”李冬萍也来到窗边，向外张望，却什么也看不到。而正因看不见，内心的恐惧更加厉害。

“上次是在他们的地盘，他们占了地利，现在天时地利人和都在我们这边，怕啥！冷静一下，想想该做点什么。”周乐乐其实也慌乱不堪，毕竟他与李冬萍现在的体力和精力都消耗了大半，实在不知道能支撑多久。但这个时候，绝对不能乱了方寸，否则只会一败涂地，搞不好命也会搭在这里。

“楼下有狗防守，从楼顶跑怎么样？”李冬萍见周乐乐冷静如常，一阵安心，忽然觉得有这个男人在身边，今晚必定能平安度过。

“这些自建民房高矮不一，房顶四周大多又是滑不溜丢的琉璃瓦，很危险。你如果带着蚂蚁工坊，根本别想走得掉。如果敌人打算要我们的命，楼顶相对开阔，他们只要找到附近最高的楼房，我们就是枪靶子。”周乐乐摇了摇头，说道。

“那最好的办法，就是死守，拖延到九房叔来救我们！我先打个电话给他，告诉现在的状况，让他尽早安排。”李冬萍毕竟也不是简单的女孩子，很快就选定了应对危机的方向。

周乐乐点了点头，眉头紧皱，预测着敌人下一步的行动。李冬萍说得没有错，这个特工组织显然已经知道粟军在东关的势力，如果想达到目标，行动必须迅速。这里是外来人员聚居之地，对方如果行动手笔太大，伤及太多无辜群众，终会引起各方面的注意，所以不大可能上演一场轰轰烈烈的攻城战。但不管怎么说，强攻进来是肯定的了，对方会用什么手段呢？

楼房共有四个阳台、二十多个窗口，但因为所在地段龙蛇混杂，偷窃抢劫时有发生，所有的窗户和阳台都安装了防盗网，而且并没有按照有关规定留逃生出口。周乐乐逐一检查，防盗网和阳台门都是厚实的优质管状不锈钢，里边还加有钢筋，极其结实，哪怕有破拆工具，一时三刻也别想破坏。唯一的弱点，是一楼的电动卷闸门。那东西只能防君子，防不了小人，只要有电锯之类的工具，很快便能破开。

“九房叔说大约一个小时就能够回来，也已经联系了丁大少，他的人可能二十分钟内就能赶到。我们应该能够拖到那个时候。”李冬萍已经联系过粟军，神色轻松了许多。

“恐怕没那么简单。如果敌人选择强行破门而入，很可能会乔装警察或者消防员，丁大少的手下如果分不清真假，一般不会去得罪这两方面的人。你现在先把所有的门都锁好，窗户全部关起来，我找找有什么武器对付这些破门而入的家伙。”周乐乐苦笑着说道。

手机又响，不出所料，还是九房叔粟军。

“小子，这次情况比想象中严重得多，我刚捉到他们组织里的一个头目，还算卖国没卖彻底，说了几句真话：今晚来找你们麻烦的是组织里的头号特工，受过严格训练，手段高超，你们死守等我回来是对的！对方目的也很简单：拿走蚁后，杀人灭口！丁大少的人能够帮你拖延时间，这十几分钟要看你运气了！一楼车库角落里有一些古灵精怪的收藏品，不知道对你有没有用，一定要坚持到我回来，知道吗？”粟军这次带来的消息更加糟糕，手机里更不时传来导航语音的超速提醒，显然他正在高速公路上玩命飙车。

“知道了。”周乐乐看了看李冬萍，极力压下内心的恐惧，说道。他的声音低沉得可怕，听得李冬萍不由自主全身颤抖。

“九房叔嗓门够大，你这手机又漏音，我听见一部分。头号特工是吧？我这就弄死蚁后，看他能得到什么！”李冬萍咬了咬牙，下定了决心。

“别急，还没到最后一刻呢。如果非得死，我铁定先死一步。”周乐乐忽然转身抱住李冬萍，在她背上轻轻拍了两下表示安慰，然后迅速奔向一楼粟军所说的地方。

可惜，这位隐形富豪并不爱收藏武器，角落那个纸箱里只有几样东西：一件西藏的“马头明王降魔杵”、一瓶马来西亚产的“千里追风油”、一把“勃朗宁”的户外运动折刀、一尊樟木雕刻的佛像，还有一条黑曜石项链，吊坠是一只盘着尾巴的狐狸，但认真看一下，狐狸身体又构成一张笑脸。如果把这条项链送给李冬萍，没准美女会喜笑颜开，但用来贿赂特工头子应该没有一点作用。粟军所说“有用”的东西，估计专指那把刀。可惜，对方是有枪的，周乐乐扔石头什么的还可以，飞刀并不擅长。

“这个见了鬼的粟军，难道要我用降魔杵来作法？”周乐乐啼笑皆非，自言自语道。他连刀子都懒得拿，毕竟那玩意儿不便宜不说，有钱也未必买得到，弄丢了赔不起，还不如尽快收集能当暗器的东西。

离开前他还是抱着最后希望扫了一眼纸箱，看看有没有漏掉别的法宝，果然发现还有一个五厘米高的小玻璃瓶，里边是半瓶不知什么液体，瓶字上的标签是莫名其妙的化学名词：四氢噻吩。

这什么东西？周乐乐一向好奇，尽管时间紧迫，还是拿出手机，在百度里搜索了一下这个词的意思。

四

巷子尽头突然彩光闪烁，马达轰鸣，三辆重型摩托车眨眼间由远而近，停到了粟军这栋小楼的门口。三位骑士都是白色头盔、反光黄色上衣、黑色裤子，威风凛凛。摩托车则黑、黄、蓝、白四色相间，各处彩灯耀眼，车头的警徽和POLICE字样庄严神圣，不可侵犯。

这不是今年公安局刚成立的“东关铁骑”？是一支骑摩托车执行任务的一线警察队伍，有一千二百多人，一警多用，有指挥交通、处置案件、打击犯罪、治安巡逻乃至服务群众等多项职责。万万没有想到，这帮犯罪分子胆大包天，竟敢冒充铁骑来作案！

三辆重型摩托车在卷闸门前同时熄火，其中两辆各转了一个弯，一前一后横在小楼所处的道路两端，骑士抬腿下车，各从身上拿出一卷黑黄相间的警戒隔离带，拉开，两头固定在巷道两边的墙上，不到一分钟时间已把巷子封住。路人和车辆远远看见依旧闪烁的警灯和警戒线，以为警察执行任务，纷纷知趣地绕道而行。当然也有好事之辈，在安全距离外看热闹。

为首的假警察没有浪费一点时间，从警车上拿出一个工具箱，打开，取出一把似枪非枪的工具，装上一根圆柱形的冲击杆，对准防盗门的钥匙眼扣动扳机，砰的一声，锁芯立毁。

“他们直接撞门？”李冬萍悄声问周乐乐。从看见摩托车到听见响声，仅仅二十来秒时间，她已经满手心的冷汗。

“那叫毁锁枪，别怕。我最担心他们用消防员链锯直接把车库卷闸门切开，如果从防盗门进来，我们的时间更多一些。下面的防盗门有三处插销，很结实，够他们忙活一阵子。”周乐乐握紧了手里的卵石，口气却装作轻松无比。

果然，粟军买的高价防盗门没那么容易破坏，尽管锁芯毁了，锁舌依旧在，为首特工猛力踹了两脚，不锈钢门纹丝不动。

来人丝毫不急，又拿起了毁锁枪，卸下冲击杆，装上了平凿，又是一声巨响，锁舌也毁了。然而防盗门仍有三处插销，依旧牢不可破。

“公安刑警执行任务，犯罪嫌疑人带有武器，非常危险，大家马上离开，发生伤亡后果自负！”一名负责警戒的假警察见破门两度失利，围观的人员越来越多，拿出一个小型扩音器大声说道。

“这不像是刑警，我见过追捕犯人，不是这架势。”围观的人群中有一个人低声说道。

为首特工又狠狠踹了一脚，大门却依旧没有松动，无法确定插销的位置，无奈之下，他又卸下了毁锁枪上的平凿，换上尖凿，连在门上开了四枪，终于在不锈钢板上开了一个洞，伸手进去，拔掉了门锁附近的插销。但另外两个插销依旧将防盗门死死扣住。首席特工脸上终于挂不住了，狠狠骂了一句粗话，掏出电筒按亮，伸进防盗门里，又掏出一面小镜子，打算利用光照和折射看清楚剩下的插销在哪里。

周乐乐岂会让他如愿，扬手一块卵石掷了过去，电筒应声而灭，特工头子闷哼了一声，抽回了手。虽有手套防护，没有受伤，但十指连心，痛彻心扉。

看来事情远比预想中顺利。周乐乐刚松一口气，却听又是砰然巨响，防盗门上边的插销应声而断。对方竟然在短短两秒钟内看清且记住了位置，隔着门准确无误地将插销铲断。

大惊之下，周乐乐扯着李冬萍三步并作两步上了二楼。他也意识到自己低估了对手，防盗门很快便会失去阻挡的作用。对方很可能有枪而且枪法精准，他用石头对付手枪，就和用鸡蛋去碰石头一样可笑。

第二十章

一

“可惜了这么好的防盗门，也怪粟军，什么都不懂，如果把门设置成外开，可能支撑的时间还会长一些。”周乐乐听到了开门的声音，看了看手机，还不到十分钟的时间，不由得摇头叹息。

“他也没办法，巷子这么窄，如果设置成外开，很容易碰到过往的汽车。”李冬萍见周乐乐这个时候还有心情纠结大门内外开的问题，有些好笑，心头的恐惧感顿减。

破开了防盗门的三个假警察并没有急着进屋，其中一个从摩托车尾箱里拿出一件仪器，与陈校长那天用的生命探测仪很相似，打开看了看，对着为首特工伸出两根手指，点了点头。第三个假警察则拿出强力电筒，往房子里照了照，大致看清了里边的布局，也点了点头。为首特工扔下毁锁枪，右手按在腰间，左手接过强力电筒，一个闪身进了屋。另外两人也紧紧跟上，鱼贯而入。

然而，还不到三秒钟，三个假警察匆匆退了回来，站在门口你望我，我望你，面面相觑。

“这小子，竟然开了煤气，也不怕死？”为首特工咬牙切齿地说道。

“二楼和三楼的窗户都关着，这对狗男女玩命吗？”拿着生命探测仪的特工抬头看了看，又走到楼房侧面瞄了一眼，沉声说道。虽有摩托头盔挡着，也能猜到他此时的脸色必定紫得像茄子。

“煤气浓度不小，干脆等到他们闷死再说，省得动手。白蚁生命力强，一时三刻死不了。”第三个特工冷笑着说道。

“这主意也不错，盯着房顶那边的兄弟没说话吗？”为首特工把已经破坏了的防盗门又掩上了。

“九房叔这瓶宝贝果然有用。”周乐乐听见掩门声，低声笑道。

“这东西臭得要死，我快要吐了。你刚才说没有毒，真的假的？”李冬萍用两层毛巾紧紧捂住鼻子，在周乐乐耳朵边悄声问道。

“你自己用手机查一下资料啊。四氢噻吩就是煤气里的臭味剂，毒性非常低的。这些特工真的不简单，但他们应该不会想到九房叔平时竟然爱收集这些古怪东西，话说他是哪里弄来的？”周乐乐查到了四氢噻吩的资料之后，立即计上心来，在一楼大门附近滴了几滴，想不到恶臭味竟这么厉害，短短几分钟时间，整栋房子都臭不可闻。这一招果然管用，泄漏的煤气遇上火星立即便会爆炸，三个假警察纵然有枪，这时候也未必敢用。而家庭煤气主要成分是甲烷，除爆炸危险之外，本身虽无毒，却也容易引起窒息，不由这些特工不怕。

“五分钟了，两人的生命没有减弱迹象，可能戴了防毒面具，蚁后和蚁王也没事。”第二个特工摆弄着手里的生命探测仪，低声说道。

“上当了，这家伙打算拖延时间！”为首的特工狠狠骂了一声，用力推开大门，再来回开关了几下，用大门当扇子，扇入门外空气，降低室内“煤气”的浓度后，一个箭步跨了进去。

二

“老大，别急，房子里毒气浓度大，何必拿自己的命开玩笑。”第三个假警察眼疾手快，及时跟着为首特工进了房门，拉住了他，不慌不忙说道，接着退出房子，呼哨了一声，巷道的暗处立时幽灵般蹿出了八条杜宾犬，在看见一个特定手势后，马上涌进了房间。

“我就猜到肯定会让狗来打头阵。准备好了没有？”周乐乐藏身的位置正好是一楼通往二楼的楼梯口和窗户边，他一直关注着楼下的动静，看见对方派出杜宾犬，冷笑一声，问李冬萍。

李冬萍没有答话，屏住呼吸，把手里一件菱形扁平状的东西轻轻拉开，晃了几晃，看见黑影闪动，杜宾犬沿台阶急速而上时，双手一挤，一大蓬粉末从手里的容器里涌出，兜头喷了过去。气势满满的杜宾犬遇上这股粉末，当即没了威风，转身便逃，聚集在楼下，不住打喷嚏。

“狗最怕的就是胡椒粉。这个纸折的喷雾器不错吧？我们上小学的时候，就是用这东西喷粉笔灰来玩的。”周乐乐对着李冬萍笑道。

“你还真厉害，一张纸在你手里也能变成武器。不过厨房的胡椒粉有限，这些狗经过严格训练，会不会治标不治本？”李冬萍摆弄着手里周乐乐用纸折的胡椒粉喷雾器，笑道。

“时间长肯定不行，不过我们再坚持四十分钟就够了。就算它们能克服犬科动物的天性，我们还有下一道防线呢。”周乐乐晃了晃手里的棍子，淡淡说道。这个时候他脸上没有一丝笑容，却令李冬萍更为安心。

确实，胡椒粉对人类来说不过是调味剂，对嗅觉灵敏的狗来说却是噩梦。狗的嗅觉比人类灵敏一百万倍，杜宾犬的嗅觉在犬类中更是排位靠前，换句话来说，难闻的气味对狗的折磨绝不是人类能够感受到的。当然，不是所有的恶臭气味犬类都讨厌，毕竟它们的祖先狼最喜欢食用腐败的肉类，这些自然形成的恶臭对狗没有多大效果，它们很可能当香味剂。但化工产品就是另外一回事了，哪怕香水的味道，对狗也是折磨。忍受四氢噻吩的恶臭味对它们已是极大的负担，再遇上胡椒粉，就算再训练有素，这群狗也会丧失执行任务的勇气。

“大家请注意，大家请注意，附近有多名犯罪分子冒充公安铁骑部队进行犯罪活动，犯罪分子带有各种武器，极其危险，如果大家遇到公安铁骑装扮的人员，务必远离！注意，注意，这不是开玩笑，大家远离危险犯罪分子！”一阵高音喇叭声从远处传来，揭穿了这几个假警察的身份。

“早觉得他们不像警察，快走！”远远看热闹的几个闲汉闻言纷纷退避，毕竟犯罪分子不会顾忌他们的命。

“差不多十分钟了，杜宾还没有得手？”拿着生命探测仪的假警察听见警告声，得知对方的援兵已到，有些慌张，不断调整着手里生命探测仪的探测波长，只可惜显示出来的几种生命体似乎选择了和平相处，均没有衰竭的迹象。

三

“老大，怎么办？”第三个假警察镇静得多，知道附近巷道众多，四通八达而且没有监控，脱身容易至极。但这次的任务如果失败，不知道会有什么后果。

“再对杜宾下一次进攻指令。”为首的特工看了看表，沉声说道。

第三个假警察正准备再打呼哨时，一阵杂乱无章的狗叫声由远而近，转眼间，巷道四面八方出现了二三十条各种各样的狗，对着散发出恶臭的房子狂吠不已。所谓“一犬吠形，百犬吠声”，狗本来就是爱凑热闹的动物，几十只狗对着同一个目标这么一叫，把附近的流浪狗也吸引了过来，跟着大伙乱叫一通。室内与周乐乐僵持的八条杜宾犬以为群犬来意不善，连忙舍弃了周乐乐，奔出室外与群犬对峙，场面乱成一团。

“丁大少手下还真有能人，竟然也懂得让狗出面。”周乐乐心里那根弦又稍微松了松，知道丁大少的人开始设法支援。虽然不敢正面与这些有武器的特工冲突，但也不是无所作为。如果真能顺利扰乱特工组织的行动计划，拖延到粟军回来救人不是没有可能。

刚这么一闪念，忽见眼前人影晃动，一条大汉已无声无息快速登上了楼梯转角处。李冬萍全身一颤，刚想提醒，周乐乐猛然发力，把已经搬到楼梯口的双人沙发推了下去。来人脚步丝毫不停，右手在楼梯扶手上一撑，人已跃起，右脚蹬在扶手上，轻松掠过了滑下来的沙发。几乎与此同时，周乐乐手一扬，一件东西掷出，砸到了敌人的头盔上。

来人戴的头盔当然不简单，石头如果砸中护面的高强度透明纤维板，那是裂纹都不会起一条的。然而周乐乐扔过去的并不是石头，而是一小包面粉，击中头盔后塑料袋破裂，面粉散了一脸，顿时眼前一片惨白，目不见物，空中平衡顿失。周乐乐趁此机会，狠狠一棍子打在他的脚踝上。不料来人反应快得可怕，脚上中了一棍后，左手立即下探，一把抓住了木棍，用力抢夺，瞬间爆发力大得惊人。周乐乐腕力本来也极大，这时当然容不得自己的武器被抢走，同时发力猛拽。想不到那人竟然借这股力道猛扑上来，一下子把周乐乐撞倒在地。李冬萍失声惊叫，抢上前去，手里的木棍用力打在那人的后背，却只发出嘭的一声闷响。也不知是那人的公安制服有特别防护作用，还是经受过严格训练，皮厚肉粗不怕打击，反正丝毫未受这一击的影响。他左手放开木棍，解开下巴的扣锁，摘下头盔扔到一边，右手已经从腰间拔出一柄雪亮的匕首，就要捅进周乐乐的左眼。

这一刀真刺进去，周乐乐绝不是失去一只眼睛这么简单，势必被利刃贯脑而入，当场死亡。生死关头的周乐乐哪敢怠慢，也扔了木棍，死死攥住对方的手腕。李冬萍这个时候也冷静异常，一棍失利，第二棍瞄准后脑勺扫了过去。

当时房子里所有的照明灯已经全部关闭，巷道的残旧路灯灯光透过玻璃射入室内，极为昏暗。来人敏锐非常，虽然几乎目不见物，却能听得到木棍袭来的风声，连忙低头躲避。可是他忘记了周乐乐还有一只手，他会用匕首刺周乐乐的眼睛，周乐乐也能够无声无息拔出腰包里的螺丝刀，刺向他的右眼。原本以他久经训练的感官，肯定可以发现潜在的危险，及时避过袭击。然而李冬萍的袭击令他急速低头，等于自己送到了螺丝刀上。待惊觉不妥那一刻，已经剧痛钻心，螺丝刀插进了右眼球！

惨叫声中，那人迅即仰头，避免了进一步伤害，接着身子弹起，急速后退，也不知用了什么方法，倒退下楼时也快得惊人，轻易翻过了周乐乐推下楼梯的沙发，逃之夭夭。

周乐乐死里逃生，一头一身的冷汗，亲身体验了受过特别训练人物的手段，心有余悸，只觉得这短短几秒钟时间，全身的体力都被抽空了，躯体软瘫乏力，像狂奔了许久一般拼命喘气。

“行了，他跑了！”李冬萍简单的一句话，令周乐乐缓过了一口气。脑筋也恢复了高速运转，隐隐约约意识到，这些国外极端组织训练出来的特工虽然可怕，却没有经历过实战，身体的伤害，是他们无法接受的痛。如果从这方面来说，经历过不少伤痛的自己，未必就比他们差劲！

但是敌人最少有三个，不说逃跑这个有回头的可能，还有两个人，很可能比那个家伙更可怕！周乐乐刚意识到这一点，已经看见阳台窗帘上多了一个人影。下一刻，玻璃碎裂的声音响起，对方已经打碎了阳台门的玻璃，伸手进来拔了插销。

周乐乐迅即从地上弹起，拾起地上的木棍，猛击对方伸进来的手。对方在千钧一发之际缩回了手，避过重击。周乐乐马上把插销重新推回去。阳台门和一楼大门一样，也有三个插销，但对方实在太厉害，这道防线如果不小心维护，完全没有意义。

袭击未成反而瞎了一只眼睛的，正是第三个假警察，他逃出房门时，懊恼非常，不顾任务命令，拔出无声手枪，反手对着室内连开了几枪。

“别开枪！”首席特工连忙上前制止，夺去了他的手枪。可是开枪没有引起煤气爆炸，立即引起了他的注意。

“上当了，那个小子根本就没有打开煤气！”第三个假警察终于明白了周乐乐的手段，可是话音刚落，破空声响起，不知道多少弩箭没头没脑向他们射来。

为首的特工不假思索，护着同伴进了房子里，几只杜宾犬中箭受伤，也跟着进屋躲避攻击。围攻的群犬远没有杜宾犬那般机灵，也无人指挥，对房子散发出来的恶臭敬而远之，不愿意接近，除了扯起嗓子乱叫一通，帮不上什么忙。

相比之下，攀上二楼的特工没有那么幸运，眨眼间身中了好几箭。这些特别的弓弩行走于法律的边缘，自带瞄准器，操作简易，杀伤力强，可以说防不胜防。这名特工精于各类追踪仪器，一线战斗训练不多，虽身穿防护衣物，只大腿受了轻伤，却也被吓破了胆，躲在阳台的角落里不敢稍动。

消过音的枪声周乐乐在粟军的餐厅里听过一次，楼下类似的声音连续响起，他立即便留上了心，猜到那个独眼龙受伤后情绪失控，打算不顾一切炸掉整栋房子。他自然无法如愿，可这么一来，自己用四氢噻吩冒充煤气的西洋镜已经被戳穿，对方下一步，肯定会肆无忌惮开枪，不会再因为担心煤气爆炸而投鼠忌器。

“丁大少的人已经在附近的房顶上，正用弩箭支援咱们！”李冬萍抬头依稀看见附近房顶上的人影，高兴地说道。

“你快带着蚁后先上三楼！对了，你戴上这个头盔，希望可以防弹。”周乐乐远没有她那么乐观，知道下一步的攻击更加可怕，已经攀上阳台的特工随时可能拔枪将两人射杀，一楼还有两个人和八条狗，转眼间就会攻将上来。

怎么办？这栋小楼才有巴掌大小，藏也藏不住，逃也逃不掉，如何是好？

与其坐以待毙，不如主动出击！周乐乐记得刚才匆匆一瞥，阳台上那人身手似乎比不上刚才被刺瞎了眼睛的特工，况且对方落单，更被弩箭压制，如果能够制服他，抢夺到武器和护具，说不定可以反客为主。这个险值得一冒，周乐乐想到便做，轻轻拔去阳台门的插销，猛然推开门，扑了出去。阳台上的特工万万没有想到周乐乐胆子如此之大，刚拔出手枪，还没来得及打开保险，已被周乐乐一棍子砸飞。周乐乐知道他的上衣必定防弹防刺防打击，棍子打在身上没什么用，下一棍也是砸在他的手指上。手套虽有防护作用，却只能防切割，不能抗击打，几棍下来，他的手指已经无法抓住任何东西了。那人格斗技能不精，大腿更被弩箭射伤，完全不是对手。周乐乐打伤他手指后扔了棍子，扒去他的头盔，在他的太阳穴上猛击一拳，将他打晕过去，拖着他又进了房间。外面很可能有狙击手隐身在高处，刚才或者怕伤了自己人，或者已经被丁大少的人发现，被迫撤走，并没有子弹招呼周乐乐。但不管怎么说，不能在阳台或房顶停留太久。

事情似乎比想象中顺利，这个特工战斗力并不强，被制服后，身上的装备几乎全部归了周乐乐。只可惜他的枪被刚才一棍子打到了楼下，不然周乐乐更有信心与敌人周旋下去。周乐乐扒下这位倒霉特工的上衣，从他身上搜到了两枚军用烟幕弹，心花怒放，立即拔掉保险后轻轻放在楼梯口，然后转身也上了三楼。

十几秒钟后，整栋楼里烟雾弥漫，伸手不见五指。

四

家犬如果没有经过正确的训练，性格就像歇斯底里症患者，越与它们较真，它们越无理取闹，简直不死不休。但如果置之不理，任它们狂吠乱叫一通后，它们往往会兴味索然，不再纠缠。屋外群狗也不例外，本来受命主人，欲仗着犬多势众，对着那几条杜宾犬挑起争端，无奈对方只是冷然相对，既不回嘴，也不张牙舞爪进攻。偏偏这几条杜宾犬体形健壮，威风凛凛，家犬大多养尊处优，体力糟糕且胆气衰竭，根本不敢主动进攻。这时见对方干脆躲进那栋臭气熏天的小楼房，目标已失，更无意继续装模作样，又吠了几嗓子，自行解散，回去寻找主人。

丁大少的人虽说及时赶到，但早已收到消息，知道敌人是跨国特工，现实中真正的007，手段厉害，身带枪支，哪里敢过多招惹，用家犬、弩箭和扩音器在外围牵制，拖延时间，已经算是尽心尽力。若非他们相助，周乐乐绝不可能一连挫败两个特工。

“我确实低估了你，看来你已经趁我处理黑狼的时候制服了蝙蝠。但你别以为对付了这两个才训练了一年的特工，就能在我手里逃掉。”为首的特工低沉的声音从楼下传了上来。

周乐乐心头一紧，听这家伙的口气，似乎并不打算善罢甘休，看来还有后续的进攻。粟军这个家伙怎么还没有赶到？除了这三个特工之外，还有几个厉害的人物藏身附近呢？

“我指挥失误，让你手里也有了人质，就算组织不在乎他的死活，但只要留下尸体，一定会有线索被查到，以后我们组织已经不可能在国内立足。这一场就算杀了你和那个女人，带走蚁后，我们的行动也没有意义了。我并不喜欢杀人，所以你还活着，既然杀不杀你都一样，我不在乎放你一条生路，做个交易怎么样？”为首的特工话锋一转，竟然开始谈判，只是威胁的意味极重。

周乐乐一句话也不答，对敌人的话丝毫不信。

“我知道你在拖延时间，但你也该清楚，我们组织也有人接应，我脱身没有什么问题。你的底细我们都查过了，一个普通的环卫工作小老板，和那女人完全扯不上关系。当然，一个男人如果看上一个女人，可以为她做任何事，这是你的选择。其实那个女人仅掌握了极少一部分核心技术，杀她灭口没有多大意义。你如果肯把蚁后还给我们，我们从此不追究你们的事，怎么样？”为首的特工不紧不慢说道。

周乐乐还是默不作声，装聋作哑。一只手忽然轻轻拍了拍他的肩膀，吓得他差点跳了起来，扭头一看，原来是李冬萍。不是让她在房间里躲避吗？周乐乐往房间连指了几下，示意不要待在楼梯口，赶紧进房。

李冬萍轻轻摇了摇头，把抱在怀里的蚂蚁工坊轻轻放到了周乐乐身边的地上，做了几个手势，表示同意交出东西，只要大家平安就行。周乐乐摇了摇头，比了个杀鸡抹脖子的动作，意思是这东西要交给他，那是找死。

“你不要再浪费时间！我的耐性有限！马上回话，答应还是不答应？”对方的声音变得阴森起来。

第二十一章

一

周乐乐暗暗冷笑，心想这家伙虚张声势，看来是色厉内荏，无计可施，自己就是一句话也不说，你又能怎么样？现在满房间的浓烟异味，目不见物，连狗鼻子也失灵了，现在自己武器防具都有，居高临下占了地利，拖到粟军来救人已经不成问题。

李冬萍却不这么想，又轻轻拍了拍周乐乐的肩膀，把自己的手机送到他眼前。周乐乐瞥见屏幕上的字，一时怔住。原来那是粟军发来的微信：高速公路上堵车，不知道什么时候能赶回来！

不会吧？运气差到这个地步了吗？周乐乐不死心，掏出手机，点开导航地图，果然通往省城的高速干线深红一片，堵塞路段足有10公里。这九房叔也真活见鬼，明明东关的地铁加上动车去省城何等方便，干吗非得开车不可？辛辛苦苦拖了大半个小时，眼看就要熬到强援回来，却得到这个该死的消息。

怎么办？这些特工的烟幕弹质量极佳，在门窗紧闭的房屋里，烟雾能够保持很长时间，但不管怎么耐用，十几二十分钟已经是极限。何况房子里随处是电风扇，只要打开，烟雾散得更快。丁大少的人至今没有露面，连窗外的狗叫声也听不见了，估计都铁了心明哲保身，不踏入旋涡中心。刚才两场恶斗，周乐乐已经很清楚，凭自己的本事，哪怕加上李冬萍，要和两个人八条狗斗，得胜的概率不超过百分之一。

东关的初夏天气已经十分炎热，小楼房门窗紧闭，烟雾恶臭，加上精神紧张，周乐乐内外衣服全部湿透，却苦无良策。眼看着身边浓烟渐淡，当真欲哭无泪。

李冬萍这时却显得十分镇静，从冰箱里拿了两瓶矿泉水，递了一瓶给周乐乐，自己拧开一瓶，摘下头盔扔到一边，仰头痛饮。看见周乐乐六神无主的模样，凄然一笑，晃了晃手里的手机。

周乐乐愣了愣，随即领会，又掏出自己的手机，果然微信上李冬萍发来一条消息："没事，大不了弄死蚁后，拼了。"

她真的舍得吗？从这个跨国组织费尽心力想抢回蚁后这事上，可以看出培育出来的特种蚁后极有价值。连李冬萍，也明显想从蚁后的研究上获得更大的好处，就这么弄死它？周乐乐望着李冬萍的脸，脑海里乱作一团。

李冬萍笑了笑，拧开螺丝，打开蚂蚁工坊上方的亚克力板，伸手进去一拧一掐，肥大的蚁后已经从腰部断成了两截。周乐乐呆若木鸡。李冬萍无声大笑，捡起放在地上的手机，发了个微信给周乐乐。

"现在，他杀了我们已经没有意义了吧？你说他会不会走？"

周乐乐摇了摇头，现在已经陷入僵局，那家伙如果知道蚁后已死，真不知会做出什么可怕的事来。

"赌注我已经下了，陪你赌一把。"李冬萍坐到了地上，满脸轻松，哪里像把命交到周乐乐手里的样子。

烟雾将要散尽，就不知这个时候谈判，还来不来得及。周乐乐盯着手机苦笑时，一条粟军刚发来的微信引起了他的注意。

二

敌人显然打开了一楼所有的窗户，并把风扇一并打开，烟雾终于全部消散。八条杜宾犬重新闻到了对头的气味，压抑良久，戾气十足，只待主人一声令下，就不顾一切猛冲上三楼，将目标撕成碎片。首席特工已经为独眼龙初步处理伤口，两个特工都握紧了手枪，准备在周乐乐额头上再凿出一只眼睛。

"杨苑平母子平安。"周乐乐在这节骨眼上，忽然开了口。

“你说什么？”为首特工全身一震，不由自主追问道。

“我说杨苑平母子平安，生下了一个大胖小子。”周乐乐从为首特工的反应中看出了一切，顿时如同吃了一粒定心丸，不慌不忙说道。

“你怎么知道？”为首特工强自镇静，冷冷问道，同时极力抑制住发颤的全身。

“我还知道你姓陈，叫陈勇斌。当然，这可能是假名，因为你们这些人，都有多重身份。陈总，您一个组织的首领亲自来找我的麻烦，真令我受宠若惊啊。”周乐乐点中了蛇的七寸，越发沉得住气，说话更见犀利。

“你知道得这么多，觉得还能活下去？”陈勇斌的心越沉越深，心头虽泛起了杀机，却隐隐觉得就算杀人，也无法挽回很多事。

“白蚁蚁后已经死了，你没有好好看生命探测仪吗？”周乐乐不回答，却告知对方另一个重磅消息。

这句话，对陈勇斌是另一重打击，他一时不知道该如何回答。蚁后死亡，意味着所有的研究成果付之一炬；身份暴露，则令他后半辈子可能永无宁日；更要命的是，对方竟然把他最在乎的人控制住了！这一场战斗，已经一败涂地。

“你们想弄死蚁后，早就下手了，何必等到现在？生命探测仪不是落到你手里了吗？你以为骗得了我？我找不到的东西，也不会让别人找到！”陈勇斌思前想后，始终不愿认输，恶狠狠地说道。

“你的同伴就在二楼，那个仪器我不会用，扔在他身边。你可以上来救他然后问个清楚。”周乐乐知道这个时候不能再施加压力，得让对方有喘息的余地，于是转移了目标。

“你没有杀他？”陈勇斌再次感到意外，没想到生死一线，周乐乐竟然还手下留情。

“如果我真这么喜欢杀人，那天杨苑平还会活着吗？”周乐乐淡淡反问道。

陈勇斌无言以对，他听杨苑平叙述过那天在“东方辉”餐厅里打斗的经过，不管是周乐乐还是粟军，确实都没有下死手。莫非这两个家伙知道自己和杨苑平的关系，故意留后手，不把事情做绝？

“我只是一个掏大粪和钻臭水沟的，没有一点后台，不想得罪你们这些厉害人物，为什么你们非要一次又一次逼我？”周乐乐接着又问了一句。

“就是因为没有重视你，才搞到今天的地步，我不想再犯同一个错误！”陈勇斌恨恨说道，内心火气上升，杀机又开始抑制不住。

“你到现在这个地步不关我的事，一味盯着我才是你的错。”周乐乐的心再次悬了起来，可到了这个时候，除了硬着头皮把话说下去，别无他法。

“我知道你说的是粟军和丁学志，他们确实有点难缠，但凭那点势力如果想和一个国家来比，根本就是鸡蛋碰石头。倒是你，本来以为只是一只白蚁，微不足道，谁也没想到是一只毒蜂，一个不小心就坏了我的大事。今天是绝对不能放过你的，否则我没法对自己的手足交代。”陈勇斌的声音已经到了二楼，却没有急着进攻，显然看见了那名全身衣服和装备全部被周乐乐扒掉的特工，有些惊疑不定，正在确认他有没有受致命伤，同时开启生命探测仪，查探蚁后的生死。

“你始终没弄清楚，坏你事的人不是我，更不是粟老板和丁大少，而是一个你根本就不认识也想不到的小人物。他才是指挥一切的人。”周乐乐把心一横，开始胡编乱造。

“是谁？”陈勇斌果然上当，开始疑神疑鬼。

“你非不信蚁后已经死了，自己看吧！”周乐乐拿起蚂蚁工坊，从楼梯上扔了下去，他知道有些假话只能说一两句，多了铁定露馅儿，毕竟对方是受过严格训练的特工。

烟雾已经全部散去，但毕竟是夜晚，周乐乐早关了灯，又拉上了所有的窗帘，房间里漆黑一片，但在特工的微光夜视仪里，一切都很清晰。陈勇斌早已收到情报，知道蚁后是养在一个四方的亚克力盒子里，也就是所谓的蚂蚁工坊。但这盒子就在眼前，他却迟疑着不敢去确认，毕竟当了多年特工，敌人在交来的物品里放遥控炸弹这些手段，他听得太多了。生命探测仪上却显示蚂蚁工坊里边确实有几只大水蚁还在爬动，唯独不见蚁后，难道真的被弄死了吗？

“你那个眼睛受伤的部下反应很快，只是伤了角膜，赶紧找到做手术的地方，那只眼睛以后还能看得见东西。你还是打听一下哪里有角膜捐赠吧。”周乐乐嘴巴里的烟幕弹一个接一个，效果甚至比刚才的军用烟幕弹还好十倍，说得陈勇斌这个盘踞多年的特工云里雾里，判断力完全失效。

两个手下没有大碍；妻子杨苑平在对方手里，似乎也不打算下手做些什么；还有未知的神秘人参与这件大水蚁案；蚁后已经死了。每一条信息，都难辨真假，陈勇斌迟疑不决，完全看不透这个叫周乐乐的年轻人，不知道他的手里究竟还有多少王牌没有打出来。今天的行动，看来注定是一败涂地，哪怕杀了周乐乐，似乎也没有任何好处。可是，上头花了这么多金钱和心血，庞大的计划就此破产，难道会放过他？如果对方说的不是真话，蚁后被反用来对付自己这一边，那可是全身嘴巴也说不清的！

“其实我也看得出来，这场贸易战迟早都会结束，我国和超级大国会选择各自让步，避免两败俱伤的结局。你们研究出来的东西如果真用上了，说不定你东家第一个把你推出来受死。”周乐乐感觉到危机依旧在，绞尽脑汁，忽然福至心灵，说出了一番谁也想不到的话。

三

“就凭你一个环卫工人，也敢评判国际形势？”陈勇斌沉默了足有一分钟，才冷笑道。

“我如果是你，只需要做到像现在一样封锁消息，等待上级命令你停止研究，销毁资料，弄死手头的蚁后，然后再装作服从命令，把几个月前的结果伪造成刚发生的事，往上报就行了。”周乐乐仿佛没听见陈勇斌的话，自顾自慢吞吞说下去。

“我的工作还用得着你来教！”陈勇斌哼了一声，虽然极力装出挖苦的口吻，却更暴露了内心的惊骇。因为如果他不慌张，根本用不着说这句话。

“你不是一直这么做吗？”周乐乐口气依旧淡然。

陈勇斌极力忍住，不再开口，心头惊骇莫名，本来已经多次对周乐乐这个家伙重新估计，想不到他依旧深不可测。这家伙是神通广大，还是像他自己说的另有更厉害的人物帮助，怎么会知道自己瞒着上级，准备私自解决蚁后失窃的事？

“也不用太意外，因为你虽然为国外极端组织工作，但终究是中国人，中国人有中国人的做事方法和思维定式，容易猜得到。陈先生，话已经说得很明白，你觉得要了我们的命有意义吗？我可以向你保证，只要我没有伤在你手里，杨苑平母子不会有事，很快就会回到你身边。我已经说过，要伤害她，也不用等到现在。”周乐乐等了几分钟，又开了口，语气非常诚恳。

“我怎么相信你？”陈勇斌犹豫了片刻，问道。

“你可以联系杨苑平，她也是受过训练的人，有没有被跟踪，她自己应该很清楚。”周乐乐也迟疑了一会儿，才说道。

“闹半天你故布疑阵，其实根本就没有去找她。你就不怕我现在马上宰了你？”陈勇斌半信半疑，却没有按周乐乐的话去联系妻子，而是用阴森森的口气说道。

“一个女人就算受过训练，在孩子即将出生时也非常脆弱。杨苑平在你的人手严重不足时冒着生命危险帮你查探蚁后的下落，和你感情真的很深，我羡慕你们。”周乐乐的口气更加恳切。

“别假惺惺地说这些话，我已经猜到谁落到了你们手里，没想到他竟然出卖了我！今天算你赢了，我马上就走！”陈勇斌满心不甘，却不得不认输，低声对另外两个特工吩咐了几句后，便听房子外先是弩箭风声，接着摩托车声音响起，三个假警察迅速离开。显然陈勇斌先引出弩箭后，再带人迅速撤走了。

周乐乐隐身窗户边，瞪大夜眼，数清楚八条杜宾犬全数离开房子后，极轻极轻地嘘了一口气。

“他们还真被你一番话说走了？”李冬萍原本已经听天由命，却没料到周乐乐居然凭三寸不烂之舌成功退敌，不禁兴奋异常，上前紧紧抱住了这个男人。

“没那么简单，去厨房检查一下他们有没有打开煤气，快！”周乐乐扶住墙才能勉强站立，低声说道。

李冬萍想起那天晚上的火灾，脸色瞬间煞白。

四

“厨房的煤气没有开，也没有定时引火器。”李冬萍提心吊胆检查了一番，终于得出了结论。

“那就好。”周乐乐在这短暂的时间里总算恢复过来，能够自由站立行走，但依旧心有余悸。

“他不知怎么想的，还把你推下楼底的沙发搬回二楼。周乐乐，你到底用了什么手段，让这个杀人不眨眼的家伙甘心离开？”李冬萍确定已经度过了危险期，放下了心，却始终不明白周乐乐是怎么做到舌灿莲花的。

“白蚁蚁后已经死了，他可能觉得我这个小人物的死活，不会坏他的事了吧？”周乐乐苦笑道。

“你又对我说假话！别骗我，我能看得出你的假笑！乐乐，我什么都可以交给你，你到现在，还不肯对我说真话？”李冬萍对周乐乐明显应付式的应答很不高兴，说道。

“有些心理学的知识，你是学理工科的，可能一辈子不会明白。对你来说，学这些东西，没有一点好处。”周乐乐一边说，一边拿起放在身边的矿泉水，拧开盖子喝了大半瓶，却因为饮水太急，呛住了，拼命咳嗽。

“喝水别这么急！不说就不说嘛。”李冬萍一阵心疼，轻轻拍打着周乐乐的背脊，却无意中发现了地上的水渍。

“心理学是一个高深的理论，必须通过一系列他难以接受的事实，增加他的心理压力，最终导致判断失误。如果不用这一招，他怎么可能轻易撤退。”周乐乐顺过气，回答了李冬萍的问题。

“我也猜出了你话里的意思，但他是受过训练的特工，不会轻易对你这些话屈服。要不是你说出贸易战必然终止这个结论，未必能降伏他。我就不明白，你怎么可能看得这么透？”李冬萍一直旁观刚才惊心动魄的生死谈判，虽听出端倪，却始终没弄懂周乐乐制胜的关键所在。

“你今晚是怎么了，一下变得这么深沉？什么时候变成一个智者，能看透未来局势的？”李冬萍忽然觉得这时满脸严肃的周乐乐有特别的魅力，远胜他假笑的时候。

“我今天去省城拜访了一个仇人，结识了一位医生，受他们两人的启发，学会了从不同的角度看问题。很多以前不明白的东西，今天忽然想通了。”周乐乐耸耸肩，笑道。

“你除了学会从一个智者的角度看问题，还会从哪个方面，是不是从这些跨国特工的角度？”李冬萍笑问道。

“我学会了从白蚁的角度。”周乐乐的回答又一次出人意料。

“好,假设你是一只大水蚁,你会怎么看人类?”李冬萍的好奇心也被调动了。

“在大水蚁的眼里，人类侵入了它们的家园，压缩它们的生活空间，它们才是在夹缝中生存的受害者。是不是？”周乐乐一本正经地说道。

“这倒是事实，白蚁在地球上生存了两亿多年，虽然生命力很强，却从来没有统治过地球。大自然很神奇，只要一个生物族群强大起来，必然会有各种各样的天敌来限制它们的发展。我们人类粗暴地打破了生态平衡，反而怪白蚁危害自己，其实是一个错误。可惜，你明白这个道理已经太晚了，蚁后被我弄死，连尸体都被那个姓陈的拿走，我的心血已经全部白费了。”李冬萍幽幽说道。

“如果这只蚁后不死，你和我估计会死得不明不白，更加别想从这些白蚁身上得到任何好处。现在不是关心蚁后的时候，我们得想想怎么离开这里，对方不会轻易放过我们。”周乐乐看着手机说道。

“你什么意思？那个组织首脑还会找我们的麻烦？他不是知道这次行动没有意义，离开了吗？”李冬萍瞪着眼睛问道。

“他是身份已经败露，杀害我们的话，未必逃得出法网，必须先离开制造不在场证据。而且作为一个首脑，总得有一帮手下为他卖命，就算装，也要装作很在乎手下的死活。他的人有不少已经落在粟军和丁大少手里，连妻子也可能落入控制，如果还不顾一切杀人，他两个亲手训练的部下怎么想？”

第二十二章

一

对周乐乐这番话，李冬萍似懂非懂。她是学生物学的，工作这一年里面对各种白蚁远比面对人类多，对复杂的现代管理和人际关系仅限于书本上的知识。但聪明如她，这些天一直在想办法走进周乐乐的内心，多少有些心得。看来就算是极端组织训练出来的特工，管理起来也不是机械化的，得兼顾下属的心理。

“我还是不大明白，干吗非要费这么多心机来杀害你和我？现在咱们的命在他们的眼里已经一文不值，你是不是又多心了？”李冬萍始终没想通，觉得周乐乐又犯了疑神疑鬼的老毛病。

“如果是昨天，我也不明白。”周乐乐发觉李冬萍已经不知不觉凑近自己，偎依在身边，从她微微颤抖的身子察觉出她内心极度不安，忍不住一把搂住了她。

“是不是学会从特工的角度看问题了？”李冬萍装作挣扎了一下，便半推半就靠在了周乐乐的怀里。天气已经很热，周乐乐身体散发出浓烈的男子气味，熏得她一晕一晕的，却给她巨大的安全感。

“没做过特工，不懂特工的心理，但学会了从一个高智商疯子的角度看问题。”周乐乐笑道。

“那个姓陈的不是疯子吧？”李冬萍也被逗笑了。

“一个中国人抛弃礼义廉耻，卖国求荣，更视人命如草芥，他的心理扭曲程度和我今天拜访的疯子相差不远。我们坏了他的大事，还知道他的秘密，他一定要杀我们灭口，这是第一个理由。这一次蚁后被你弄死，任务失败，他在手下面前威信一落千丈，杀我们立威，挽回面子，是第二个理由。蚁后死了，我们在九房叔粟军眼里的价值也没有了，我们就算死了，也不会因此遭到报复，所以更加非杀不可，这是第三个理由。刚才没有下手，是知道外面天罗地网，真杀了人跑不掉。现在确定我们安全，丁大少的人也会撤退了，不在场证据也布置好了，他肯定会悄悄回来下手的。”周乐乐虽然说着生死大事，语气却平静无比，仿佛当事人不是他。

“那咱们还不快点走？”李冬萍发觉失踪了这一天之后，周乐乐好像变了一个人，更加难以捉摸了。

“你呢？好像你也不急着走？”周乐乐又笑了起来，问道。

“我怎么走？人生路不熟，两条腿哪里跑得过四条腿和车轮子。再说了，你不是要保护我吗？有了你，我还急什么？”李冬萍脸色发红，赖在周乐乐身边不肯离开。

“我是想走，但电动车的电还没充够，刚才吓得脚比面条还软，差点尿了裤子，一步都迈不开，哪里动得了。那家伙应该不会太快回来，再休息一会儿，就可以出发了。厨房里的胡椒粉还没撒完吧？记得剩下的全带上，遇上那帮狗奴才，这个很有用。”周乐乐深呼吸几下，笑着说道。

“哼，原来你也不是什么大英雄，刚才的气势全是装出来的。”李冬萍全不在意，撒着娇，在周乐乐的胸口上轻轻捶了两拳，作势推开他。

“我只是一个钻臭水沟的，哪里有什么本钱和这些跨国特工来斗。”周乐乐坏笑着，不肯放开李冬萍。

“难怪你一身臭死了，快去洗一下，马上出发！”李冬萍还是挣扎着脱离了周乐乐的怀抱，满面通红，说道。

“出发去哪里？阴曹地府吗？”

一个冷入骨髓的声音从楼下传来。

陈勇斌不知什么时候又回来了！

二

周乐乐挡在了李冬萍的身前，摆起了打架的架势，神色却并不太慌张。

陈勇斌戴着口罩和平光眼镜，就算打算杀人灭口，也不打算让人看到真面目。他上下打量了几眼周乐乐，忽然问道：“为什么你知道我一定会回来，还不快点逃走？”

“我就知道你肯定在房子里放了窃听器。”周乐乐答非所问，眼睛牢牢盯着对方的一举一动，全神戒备。

陈勇斌心头疑云大起，但时间紧迫，一秒钟也无法耽搁了，手扬处，一柄匕首飞掷过来。周乐乐练了几年的西洋飞镖，眼力极准，加上手上戴了缴获来的手套，不畏锋刃，一把接住了匕首。几乎与此同时，陈勇斌已经瞬间欺近，动作快得可怕。但周乐乐反应也不慢，左掌轻轻一甩，辛辣之味扑鼻，掌心里的胡椒粉撒向敌人的面门。陈勇斌身子急扭，在几乎不可能的情况下避开了周乐乐流氓式的攻击，掌刀猛斩对方颈侧。周乐乐竖起右肘硬挡，敌人的爆发力却大得惊人，掌刀竟像铁棍一样，虽穿了刚缴获的防护服且戴着军用护腕，周乐乐前臂还是险些骨折，痛得几乎晕过去。

这个时候生死攸关，哪怕有丝毫的犹豫，也是惨死收场。周乐乐右手匕首奋力刺出，可是武器还没递出一半，手腕已经被敌人牢牢攥住。陈勇斌没打算给对手哪怕半秒的喘息时间，右肘猛击周乐乐面门。这一下子要打中了，周乐乐鼻梁骨和颧骨估计都要裂开，不仅毁容，而且肯定当即头昏脑涨，失去一切抵抗力。李冬萍这时才反应过来，却只来得及尖叫一声，根本无法插手相救。

周乐乐反应再快，终究没法和这些受过地狱式训练的特工相比，唯有猛力低头，希望用额头承受肘击，拼着脑震荡，好歹不要失去反击之力。就在这千钧一发之际，噼啪一声，陈勇斌忽然急速变招，右臂转向，护住了后脑勺。接着地面响起一连串声音，像恐怖片中玻璃珠在木地板上连续弹击。

“九房叔！”李冬萍惊喜的声音这才传到周乐乐的耳朵里。

陈勇斌哼了一声，知道对方刚才用的是弹弓，右臂一圈，箍住了周乐乐的脖子，身子一转，把他当作盾牌，对着刚才弹弓射来的方向。

这一招既令对方投鼠忌器，又劫持人质，占据主动，极为高明。然而他实在低估了对手的厉害，周乐乐趁此机会强忍左臂疼痛，拔出了缴获来的另一柄匕首，反手往陈勇斌大腿刺去。就在这电光石火间，陈勇斌只觉脑后生风，李冬萍不知什么时候手里拿了一根木棍，猛击他的后脑勺。

在这种不利关头，陈勇斌依旧镇静，两手同时放开周乐乐，将身前的肉盾猛力推向左前方，自己则借力往右后方急闪，同时避开两处袭击。然而，眼前一暗，一个拳头带着破空风声，离他的脸已经不足十厘米。

来人的实力竟不在自己之下！陈勇斌惊骇之余，后仰、倒退、格挡三式齐施，化解了对方的重拳，另一手臂则用力横扫，以攻为守，防止对方凶猛后招，脚下急退几步，背脊靠上墙壁，以防敌手前后夹攻。

来人却并没有乘胜追击，而是点燃了一根烟，悠悠吸了一口，连喷了两个大大的烟圈。陈勇斌一边趁此机会喘息一边打量着对方，只见这家伙身材不高，略见发福，一张脸方不方、圆不圆，眯缝眼，骆驼鼻，慈眉善目中隐现三分油滑，一团和气中包含些许狡诈，怎么看都不像是身怀绝技的人物。

“九房叔你现在才来？”周乐乐险些又进了鬼门关，终于看见了粟军，心头一阵狂喜。毕竟，他也不敢肯定蚁后死亡，这位隐形富豪还肯不肯仗义出手。

“臭小子，你说话小心些！我为了赶你这下半场，玩命开车，万一出了什么事，你还能说话吗？”粟军看似漫不经心，与周乐乐半真半假开着玩笑，其实一点都不敢放松，双眼死死盯着靠墙而立的陈勇斌，目光中除了戒备，还满是遇上了对手的兴奋之意。

“我知道你想打架想得全身痒，不过最好小心一点，你的对手学的是杀人的技能，金庸小说里那些大侠风范，和他完全沾不上边。”周乐乐一边说话一边慢慢倒退，还对李冬萍做了个手势，示意她离得越远越好。

“我也不是大侠，所以用了弹弓。”粟军的语气中还是那股子不变的惫懒之意。

“看来那小子是料到我一定会去而复回，预先和你商量好了，设下这个套子让我钻？”陈勇斌从他们的谈话里听出了一些东西，冷冷问道。

“你不是从窃听器里听到我的话了吗？还问这个？”周乐乐抢过话头反问道。

"那不过是你演给我听的广播剧！你胆子确实不小，知道我会回来，不仅不走，还敢提着脑袋和我硬抗，真是个难得的人才，那帮手下如果像你这么厉害，我也不会有今天。真后悔没有带枪来，始终还是把你低估了。"陈勇斌眼睛也盯着粟军不敢放松，嘴里淡淡应答着。

"你这么小心的人，怎么可能留下过多的证据。我对付你那个偷偷爬上楼来的手下时，你不是正在一楼把弹头和子弹壳全捡回来？临走的时候，你还不忘冒险把我打飞的那支枪捡走。这次回来，你已经有了不在场的证据，怎么可能还带枪？反正凭冷兵器和格斗手段，你想杀了我们两个人也轻而易举。"周乐乐得意扬扬地说道。

李冬萍没有再看陈勇斌一眼，目不转睛看着周乐乐，回想着刚才他喝水时用手指蘸水在地板上写下的字，内心的佩服无以复加。这一次组织头目落网，再也不用过目前躲躲藏藏的生活，全是这个男人的功劳。认识这个男人，可以说她运气实在太好。不过蚁后没了，下一步该怎么办？管他呢！以后能和这么厉害的周乐乐一起发展，还担心生活的问题吗？

"你很厉害，我输得彻底，打下去没有什么意义。"陈勇斌缓缓把双手举过头顶，表示投降。

"你有点英雄气概好不好？我这大老远赶过来，就憋着劲和你好好干一架，你说这话什么意思？"粟军听了对方这番话，有点全力一拳打到水里的感觉，老大地失望。

"你就是粟军？听我妻子说过功夫非常厉害，因为你手下留情，她才保住了自己和我儿子的命，一直想找机会感谢你。"陈勇斌双手已经往上伸到了极限，语气谦卑而礼貌。

"不用谢，如果你能够和我一对一打上一架，我更加高兴。"粟军嘴巴说得大大咧咧，但知道对面这厮绝不简单，哪里敢掉以轻心，两眼牢牢盯住了他的双手，一个小指的动作也不放过。叼在嘴里的香烟亮得耀眼，不断吞云吐雾，看得出他呼吸短而急促，相当紧张。

"对练武的人来说，吸烟可不好。"陈勇斌看似全无斗志，嘴里拉着家常。忽然脚下轻响，一道寒光从他的鞋尖激射而出，直奔粟军的面门。

粟军虽把注意力都集中在他的手上，但听见响动后立即警觉，上身及时后仰，暗器几乎擦着鼻尖掠过。就在这短短的四分之一秒，陈勇斌已经急速掏出了一把奇形怪状的枪，砰砰砰连开三枪，粟军的胸口当场多了三个极小的血洞，仰天倒下。空气中立时弥漫着一股浓烈的血腥味，与硝烟味和还未散尽的煤气臭味混合在一起，令人作呕。

"九房叔！"周乐乐的反应终究没法与久经训练的特工相比，惊觉陈勇斌发难，马上掷出手里的军用匕首，却已晚了半秒，敌人开枪行凶后仍能够从容避开。当啷一声，匕首虽尖锐，终究无法钉在砖墙上，从墙面弹回到地上。同时落地的，还有三颗明晃晃的子弹壳，冒着淡淡的青烟。

周乐乐不假思索，扑过去捡起匕首，正要再次掷出时，却发觉陈勇斌已经站在李冬萍的身后，抓紧了她的头发，手里的枪牢牢顶住她的太阳穴。

万万没有想到，这个特工头子陈勇斌竟然在短短的十来秒时间内，彻底扭转了局势！如果光明正大与粟军对打，他未必能赢，但说到玩心机，坦率磊落的粟军则远远不是对手。他先释放"没有带枪"的假信息，让在场三人松懈，然后把双手尽量举高，吸引众人视线时，偷偷发出安装在鞋子上的暗器，在粟军躲避时拔枪杀人，一系列手段隐秘，三人六只眼睛盯得死死的，仍旧防不胜防。

"你确实聪明，知道我不愿意留下弹头证据。不过这种射钉枪网上到处可以买到，稍微改造一下就能够连发，警察总不能凭几个钉子来找到什么线索吧？你猜得到我会杀个回马枪，却把你自己看得太高了些，我回来，就是为了要这个粟军的命！粟军死了，没人牵头，丁学志也会老实一些，我才能真正继续潜伏下去。不然就算我能应付你们，老婆孩子始终是个软肋。你如果不想这个美女脑袋钉进一枚钉子，最好眼珠子都不要转动一下，看着我的眼睛，告诉我你刚才说的那个坏我事的小人物是谁。"陈勇斌没有马上下手杀死周乐乐，当然有他的原因。

"说不说，你都会开枪。"周乐乐真的眼珠子都不敢动一下，因为那意味着正在想主意，很可能惹来杀身之祸。

"你要是说了，这个女人说不定还可以活下去，虽然活得屈辱些，总比死了好。"陈勇斌冷冷说道。

"你说的话，我标点符号都不信！"周乐乐在这个时候居然笑了，还说了一句俏皮话。

三

"一！"

陈勇斌冷冷开始数数，他没有说会数到几，也没有再度威胁，因为只有不确定的信息，才能给对方更大的心理压力。对面周乐乐的笑容着实令他心里发毛，这个人心计极深，很可能比粟军还可怕，今晚绝对不能让他活着离开。可是周乐乐说过还有一个更厉害的人为难自己的组织，这话是宁可信其有，不可信其无，毕竟他设计纵火的那个晚上，小山包上监视的手下确实告诉过他对手共有四个人。陈勇斌通过手机查到周乐乐的底细后，一度以为第四个人是袁笑生，但在手下的描述中，第四个人是个瘦削的中年人，并不是一个肥头大耳的胖子。而粟军这个人来历更加扑朔迷离，朋友众多，看见过第四人的手下又落到了敌人手里，根本无法排查确认，只能作罢。今天，是无论如何要从周乐乐嘴里挖出那个人来。

"今晚如果活得下来，你肯不肯做我女朋友？"周乐乐还是没有一点正经的意思，不理陈勇斌，却问了李冬萍一个问题。

李冬萍的一头秀发被陈勇斌粗暴地拽在手里，往后拉扯着，头皮剧痛，心乱如麻。目睹一连串惊心动魄的斗智斗勇，已将她的勇气几乎磨光。亲眼看见粟军毙命，还没来得及悲伤又落入敌人头目手里，更教李冬萍几近绝望。这个时候蓦然听见周乐乐开口求爱，似乎有些生离死别的味道，李冬萍内心五味杂陈，不知说些什么好，泪水汹涌而出，眼前一片模糊。

"二！"陈勇斌左手用力拽了拽李冬萍的头发，手肘死死顶在她后颈上。那是大脑和神经联结的地方，武侠小说中的死穴所在，压迫那个位置，不用担心手里的人反抗。

周乐乐索性不说话，默默盯着李冬萍双眼，脸上笑容依旧。

这个时候还笑得出来？泪眼婆娑的李冬萍忽然一阵心安，因为她发觉周乐乐这次的笑容竟然是真的。

"再数一下，你就后悔一辈子了。"陈勇斌见周乐乐不上当，几欲抓狂，却还在做最后的努力。

“你吓我有什么用？射钉枪你以为我不懂？要两只手一起才能发动，你以为我没注意到？”周乐乐似乎也到了崩溃的边缘，终于开口，只是说出的话完全出乎陈勇斌意料。

“你……”陈勇斌愕然之际，耳畔风声乍起，右耳已经吃了一记摆拳。惊怒之下，他立即放开李冬萍的头发，拧身挥肘反击，却打了个空，敌手已经转到了他的右侧，一把夺过他手里的射钉枪，扔了出去。

周乐乐趁此机会一个箭步跨上前，一把扯住了李冬萍，全速退开，顺便接住了粟军扔过来的枪。

“九房叔没死？”李冬萍虽然已从周乐乐的笑容中猜到了一些信息，却没想到形势在眨眼间再次转变。她不顾一切紧紧抱住了周乐乐，没有回头看那已经展开激战的两人，却轻声问道。

“那家伙拖拖拉拉的，就是不出手，非得我告诉他射钉枪的秘密？”周乐乐搂着李冬萍退到了墙角，这才说道。

“谁叫你不早说？”恶斗中的粟军顶了周乐乐一句。只见他胸口殷红一片，动作却依旧敏捷异常，别说没死，似乎根本就没有受伤。

四

面对粟军狂风暴雨般的猛攻，陈勇斌暗暗叫苦之余，并未慌张，不住格挡闪避、卸劲化解、见招拆招，力求减少体力消耗，寻隙反攻。他本是中国人，经受训练时又特别研究过中国功夫，知道这些深藏不露的高手不仅有极其可怕的爆发力，而且常年修炼气功，持久力也非常惊人。NBA 最负盛名的球星“天钩”贾巴尔，当初就是师从功夫高手李小龙学艺，令这个身高 2.18 米的巨人，速度、力量和身体的协调性无人可比，统治了篮球场整整二十年，至今总得分高居榜首，无人超越。

“你知道九房叔没有死？”李冬萍还是抱着周乐乐不放，但终于扭头观看两大高手的恶斗，只觉得他们的动作快如闪电，教人眼花缭乱，与武侠剧中完全不同。再多看几眼，已觉得头晕目眩，只得又扭回了头，轻声对着周乐乐没话找话说。

“不知道，不过他不是第一次装死了，我打算赌一把，所以引他转了个身，背对着九房叔。”周乐乐嘴巴回答着李冬萍的话，眉头却开始皱了起来。他虽然不大懂武术，却经历过多次斗殴，经验比李冬萍丰富得多，隐隐约约看出粟军表面上逼得陈勇斌只有招架之功，其实已经耗力过度，支持不了多久。

“我也觉得奇怪，你分明身上有东西可以扔他，还要扑过去抢刀子。九房叔穿的是防弹衣吗，怎么看不出来？”李冬萍对粟军极为崇拜，压根儿就没想过他有输的可能，只顾细声细气和周乐乐说话。

“凭我的本事，就算手里有匕首，也不是对手。除了开动脑筋想办法外，根本就没有一丝胜算。”周乐乐虽然手里有射钉枪，苦于投鼠忌器，不敢乱开，就算知道粟军不利，也无法帮忙。这时听李冬萍发问，灵机一动，心想自己真笨，屡战屡胜的心理战术为何不用？一念及此，马上把说话的声音故意放大。

“你就吹吧！虽说知道他安装了窃听器，故意引诱敌人来，却反而被利用了，如果不是九房叔早料到这一层，预先穿了防弹衣，你和我已经见阎王了。”李冬萍揶揄道。

“事实是一切都在我掌握之中，我先设计，姓陈的将计就计，自以为聪明，却没料到我这将计就计再就计！九房叔的防弹衣估计是去年才推出的新款液体防弹衣，他可能还让人做了一些修改，添加了伪造流血的效果，竟然连这个老牌特工都骗过了。他老人家并不笨，古灵精怪的东西多着呢。”周乐乐笑道。

“是啊，好浓的血腥味，差点吓死我。”李冬萍也笑了起来。

“他能弄到煤气臭味剂，弄点能散发血腥味的化学物质也没什么难的。毕竟有钱了，爱怎么玩都可以。”周乐乐一边说，一边对着陈勇斌晃了晃手里的射钉枪。

陈勇斌的心不住往下沉。原来这个粟军并非一勇之夫，刚才的疲态很可能是假装出来的！而且就算体力消耗过度露出破绽，有防弹衣护身，自己也很难对他造成致命伤，必须等待更好的机会。更要命的是，那个周乐乐在一旁虎视眈眈，随时可能开枪，万万不可把后背卖给他！

敌人有了这几重顾虑，粟军的压力顿减。

第二十三章

一

这时粟军真是有苦说不出。

中国传统武术当然不像武侠小说中写的那么神奇，但不可否认，确实厉害，真正精通武术的高手，虽然不可能像武松一样赤手空拳打死老虎，但对付十个八个壮汉，也不是什么难事。做到“精通”这两个字，绝不是像大多数武侠小说的主角一样，武功秘籍一看就懂，胡乱练个十天半月，再吃一颗增加百年功力的丹药，立马天下无敌。中国武术不仅要经历长时间苦练，而且对天赋和体质要求非常高，更要从幼年时便开始习练，真不是大多数人玩得起的。

粟军这位从小学武的九房叔确实受过高人指点，苦练多年，颇有功底，近十年来没有遇到过对手，这次能够与高级特工单挑一场，自然兴奋异常。只可惜，他把自己看得高了些，这么多年虽说没有间断过练功，可终究是个富人，养尊处优惯了，每天抽出一个小时已经算自律，哪里肯像职业武术家一样长年累月日日六七个小时高强度练习。而传统武术最大的缺点是闭门苦练，极少切磋，实战经验比经常参加比赛的散打冠军之流差了一大截，九房叔素来低调，更把这缺点极度发扬光大。最要命的地方，是粟军有富人的通病：怕痛。学武之人讲究的是“未学打人，先学挨打”，实战中难免中招，不能忍耐疼痛的话，战斗力直接下降一大截。

周乐乐费尽心机，利用陈勇斌“枪杀”粟军并挟持李冬萍后的心理松懈，不动声色为装死的粟军制造了一个绝佳的反击机会，九房叔却迟迟没有动手，除了害怕伤及李冬萍外，还有一个原因就是胸口剧痛，满身冷汗，简直站不起来。幸好这个弱点掩饰得极好，否则让陈勇斌这个高手善加利用，给他来个硬接硬架，粟军估计早被打趴下了。

粟军身上那件看起来平常的短袖衣，确实如周乐乐猜测的一样，是新近问世的液体防弹衣。这种特殊的黏稠液体遇到巨大的外力冲击时能够在千分之几秒内变得坚硬无比，平时则有一定的流动性，与当下防弹常用的“凯夫拉”超级纤维一起做成的新型防弹衣，既薄且轻，刀枪不入，舒适实用兼而有之。富人的命宝贵，愿意花钱购买这种高级防弹衣，而制作商也懂得投其所好，制作时增加一些类似中弹出血的效果，也不是难事。陈勇斌虽然也听说过这种新型防弹材料，但信息和资料均来自组织资料库，哪里会把脑筋动在如何装死方面，所以粟军的防弹衣连这位特工头子也瞒住了。

只不过，防弹衣虽然能救命，却不代表不会受伤。毕竟现代枪械不但杀伤力巨大，而且子弹纵然穿不透防弹衣，身体也要经受这粒超过音速的小东西猛烈冲击，不是闹着玩的。就算液体防弹衣有卓越的性能，实战中还是要配上防弹钢板，才能最大限度保障生命安全。粟军连中三枚钉子，已受内伤，如果不是陈勇斌为了能够连发和便于携带，对射钉枪进行过改造，也考虑自身安全没有选用威力最大的射钉弹，九房叔别说打架，能不能站起来，都是个问题。

尽管如此，粟军仍是满腹宋襄公嫡传的仁义君子之风，哪怕为救李冬萍偷袭，也没有对着陈勇斌的要害下重手，始终想凭高超手段将其生擒活捉，让这些虽有中国血统但背叛了国家的假洋鬼子知道中国功夫天下无敌，绝非这些所谓的专家训练能比。

只可惜现实与理想总有一段距离。这些发达国家训练特工的擒拿格斗技巧早就与时俱进，吸收了世界各地的武术精华，已不是霍元甲时期英国佬只会拳击、法国佬只会踢打术、俄国佬只会桑博摔跤的状况。而且粟军虽然有学自武侠小说的大侠风范，却忘了武侠小说里最常见的理论之一：活捉高手比打死高手难得多，除非武功远胜，否则恶斗时绝不能手下留情。

粟军总算没笨到姥姥家，高风亮节后立即悔悟，意识到自己有伤在身，加上往返省城舟车劳顿，状态大打折扣，刚才实在做了蠢事。但事实既成，哪里还能时光倒流，唯有全力猛攻，只求先声夺人，尽快结束战斗。只可惜，对手远比估计中厉害，粟大侠纵然全力以赴，再不留情，还是奈何对方不得。

就算如此，粟军依旧死要面子，不肯开口叫周乐乐上前夹攻。犯下如此大忌，这位九房叔还能活着，不能不说是个奇迹。幸好周乐乐心如明镜，虽然不出手，也从侧面捣乱，增加了陈勇斌的心理压力，缓解了粟军的危机。

二

粟军此时的状况周乐乐当然知道，更清楚如果再拖延下去，只是一时当局者迷的陈勇斌迟早看得出来。这个敌人狡诈至极，就算没发现粟军外强中干，也是每秒钟都可能想出奸计的主儿，绝不能给他一丝机会。幸好刚才粟军那记摆拳不是花架子，陈勇斌半边脑袋应该疼得几乎裂开，加上为了掩盖真面目戴着口罩，影响呼吸，一时半刻也不会整出什么新花样，还有缓冲时间。

周乐乐也想过直接让粟军逼开敌人后倒退，自己开枪把陈勇斌打成筛子，但略微摆弄了一下手里的射钉枪后，便发觉这东西后坐力极大，难怪需要双手一起才能使用，而且准头极差，未必伤得了那个比猴子还灵活的家伙。现在枪拿在手里只能装腔作势，没有什么用。若非以前见过射钉枪，刚才更一语道破弱点所在，估计陈勇斌也不会把拿枪的他放在心上。枪既然无用，周乐乐的暗器手段似乎还比不上敌人，而且还暴露了不会用射钉枪的事实，更不能轻举妄动。该怎么办好呢？

“九房叔打不过吗？”李冬萍发觉周乐乐身躯因紧张而僵硬，抬头时，更发觉这个男人脸色极为难看，吓了一跳，低声问道。

周乐乐一个激灵，忽然想到了一样东西，用手指在李冬萍背上写了几个字后，轻轻推开了她，双手紧握射钉枪，缓缓向恶斗中的两人走近一步。

“钉子没眼睛，就算穿了防弹衣，射到后脑勺也没得救。”陈勇斌冷冰冰说了一句。他与粟军恶斗时还是眼观六路、耳听八方，对周乐乐的一举一动都在留意。

周乐乐不说话，一点一点向右横移着脚步，这个时候一言不发威慑力更大，根本没有斗嘴的必要。

陈勇斌头皮发麻，知道周乐乐在寻找最佳射击位置，哪敢怠慢，也逐渐往右横移，始终让自己、粟军和周乐乐保持着三点一线，让粟军来当人肉盾牌。粟军也看出了对方的意图，拼命抢攻，无奈所有的招式不是被挡住就是被化解，自家体力在一丝一毫地消耗，敌人却始终守得稳如泰山、滴水不漏，脚步更丝毫不受攻击影响。虽然戴着口罩看不到表情，但从陈勇斌平静如水的目光中，看到了高手特有的气定神闲，可知他不反击则已，一旦反守为攻，后果不堪设想。

粟军呼吸越来越粗，额头见汗，已现疲态。陈勇斌暗喜之余，也不得不佩服中国功夫的独到之处。按现代西医理论，武术属于剧烈的无氧运动，身体在短时间内会产生大量的乳酸，堆积在肌肉内产生疲劳感，很快会令人支持不住。拳击比赛之类的剧烈对抗运动一般规定每回合三分钟，便要中场休息一分钟，就是让机体有时间代谢乳酸，消除疲劳。而粟军这个家伙竟然维持这种高强度运动足有十五分钟才开始疲劳，西医理论完全无法解释。

不管怎么说，这个粟军毕竟不是铁打的，眼看就要支撑不住，只要他体力耗尽，陈勇斌有把握在一分钟内送他上路。眼看对手出汗越来越多，气喘如牛，招式渐乱，陈勇斌心里乐开了花，蓄足了劲力正要反攻之际，忽然噼啪一声，接着后背受了一记重击，剧痛钻心，动作不由得一缓。粟军早等着他的破绽，哪里还肯放过这稍纵即逝的好机会，也顾不上手下留情，在敌人的面门、咽喉、前心等要害连环猛击，短短几秒钟，陈勇斌防守崩溃，连断几根肋骨，脸上颧骨碎裂，眼前一片模糊，烂泥般软倒在地。在倒下的电光石火间，这位特工老大明白了：周乐乐又一次故技重演，成功引开了他的注意力，李冬萍则悄悄过去捡起粟军刚才救人后便潇洒地扔到一边地上的弹弓，打中了他的后背。

粟军的弹弓可不是地摊上的小孩玩意儿，是真正的军用弹弓，杀伤力不小。李冬萍虽没用过弹弓，但毕竟绝顶聪明，摆弄几下已经知道大致使用方法，耐心等到周乐乐把陈勇斌引到最佳角度后，奋力弹射，一击命中。

周乐乐上前扶住已经累得半死、站立不稳的粟军，将他扶到沙发上坐下后，立即回到陈勇斌身边，正寻思找绳索把他绑起来时，倒在地上的陈勇斌忽然一脚踢向他的咽喉，鞋尖寒光闪烁，不知什么时候弹出一截明晃晃的利刃。幸好周乐乐一直提防没敢松懈，见状急忙后退。谁想到陈勇斌重伤之下，出脚的速度仍旧快得惊人，周乐乐虽然避过喉咙，刀尖依旧刺中了胸口。李冬萍尖叫声中，陈勇斌一个翻滚弹起，拧身扑向楼梯口，连滚带爬下了楼梯后，径直奔向门口。他虽然看不清东西，方向却丝毫没有错。

正要拉开已经被破坏了的防盗门时，陈勇斌身后“砰！砰！砰”一连三声巨响，后心、后脑勺都传来一阵钻心剧痛，伴随着疼痛的，还有对死亡的恐惧，因为他已经清楚地感受到，三枚尖锐的钢钉分别扎进了他的心脏、肺脏和大脑。临死前，他最后悔的，是自信过度，杀这次回马枪前脱下了那件稍嫌笨重的防护衣。

三

看见半死不活的陈勇斌竟然还有余力伤人逃跑，粟军心里愤怒烦躁到了极点，挣扎着想跃起追敌，全身上下却像与脑子脱了节，根本不受控制。刚才他连番恶斗，已经耗尽了体力，全凭意志支撑，一旦获胜，当即虚脱，一丝力气都使不出来，只有半躺在沙发上干瞪眼的份儿。李冬萍则不顾一切扑向前心中了脚刀、踉跄后退的周乐乐，嘴里发出的咆哮声尖锐嘶哑，完全不像人类的声音，根本就顾不上阻止敌人逃跑。

眼看着就要倒下的周乐乐忽然腰一挺，稳稳站住，对着李冬萍摇了摇手后，立即双手紧握射钉枪，紧紧跟上了逃跑的陈勇斌。李冬萍和粟军目瞪口呆之际，楼下枪声连续响起。这是谁开的枪？周乐乐，还是那个可怕的陈勇斌，或者是特工组织的后援？两人你望我，我望你，忐忑不安，不约而同盯紧了二楼的楼梯口。

出现在他们面前的，是周乐乐那张笑脸。

李冬萍狠狠喘了两口粗气，声音既像猫的嘶吼，又像孩子的呜咽，几步抢上前去，先重重地在周乐乐的胸口上捶了几拳，然后死死抱住了他的脖子，两条腿同时一软，站立不住，蹬跶了几下，索性整个人吊在了周乐乐的身上。

周乐乐拉开拉链，脱去了身上那件从特工身上扒下来的假警服，也抱紧了李冬萍，两人几乎都全身湿透。

粟军调匀呼吸，过了半晌，才颤巍巍站起来，先下楼走了一圈后，再缓缓来到这对到现在还不愿意分开的情侣身边，弯腰捡起了周乐乐刚才扔到地上的假警服，捏了捏，又搓了搓，终于明白了其中原因。这身假警服虽说不是防弹衣，也用上了“凯夫拉”纤维材料，能抵抗普通的冲击和切割。陈勇斌虽然偷袭成功，终究也是强弩之末，不仅没有收到出其不意杀人的效果，还赔上了性命。

再看身边这对亡命鸳鸯，李冬萍嘟嘟囔囔地不知说了一大堆什么话之后，不管不顾吻上了周乐乐的嘴唇，根本把身边的粟军当成了透明人。周乐乐倒是还保留着几分清醒，看着粟军的眼神中有几分尴尬，却无法拒绝投怀送抱的美女。被冷落在一边的粟军苦着脸摇了摇头，扭头不看这两个没一点收敛的年轻人，蹒跚移步上了三楼，找了个房间自己休息。他已经认命，知道今晚的主角注定不是他，任他历尽艰辛、奔波劳碌、苦战恶斗、伤疲交煎，收官的始终还是周乐乐。

不过，粟军的内心似乎并没有什么沮丧，为他人作嫁衣裳，感觉也不是那么差。尤其周乐乐那个小子总算开了窍，没有再抗拒这场桃花运，也是件值得庆祝的事儿。

四

“你……考虑清楚了吗？”

已经洗干净全身的周乐乐坐在床边，望着面前亭亭玉立、全身仅裹着一条浴巾的李冬萍，不敢相信自己还活在现实之中，咽下一口又一口唾沫，勉强压下自己粗重的气息，问道。

“我一个女孩子都做到这分儿上了，你能不能拿出一点刚才对付敌人的英雄气概来呢？”李冬萍看着周乐乐一副面红耳赤、手脚不知该放在哪里的窘迫模样，又好气又好笑。不过，刚才面对跨国特工时临危不惧、智勇双全的男子汉，在自己面前变得如同绵羊般胆怯，巨大的反差，更令李冬萍难以抗拒。

“我就不明白，你一个前途无量的大学高才生，怎么会看得上我这个钻……”周乐乐的话说到一半，李冬萍的食指已经按在了他的嘴唇上，他知趣地住了嘴。

“别说煞风景的话好吗？难道我就这么没有魅力，你不喜欢？”李冬萍居高临下，口气温柔婉转，却有股“如果敢说不，就宰了你”的淡淡杀意。

眼前的美女身材修长，曲线玲珑，没有一丝赘肉；长发披散，没有瑕疵的俏脸一片通红，水汪汪的双眼里情意无限，真是活色生香。周乐乐如果说不动心，那确实是世上最大的谎言。只不过，多年来被坎坷命运折磨得死去活来的他，真不敢相信自己何德何能，竟有这等艳福。在李冬萍热切的目光下，他越发自惭形秽，却始终无法违背自己的本心，低声说了句："喜欢。"

"那，你好意思让我等吗？"李冬萍得到了想要的回应，心花怒放，无形杀气瞬间烟消云散，缓缓蹲下，仰望周乐乐，声音也轻柔得像风中的柳絮。

"无论什么样的女性，都不会喜欢两人独处时还如此不解风情的男人。"

"你需要的不是这么患得患失，是抛开一切，痛痛快快爱上一场。就算得不到，你好歹真心付出过，不是吗？"

周乐乐的耳边，忽然响起了省城脑科医院那位何医生的话，犹如当头棒喝，驱散了脑海中一团迷雾，眼前顿时清明一片。是啊，都到这个时候了，还犹豫什么呢？李冬萍如此优秀，眼光不会差，既然能看上自己，自己就一定有可取之处，何必如此没有自信！先抛开一切，痛痛快快爱上一场，明天的事明天再说，畏首畏尾，像什么男人！

一念及此，周乐乐霍然站起，一把拽起李冬萍，掀开身上的浴巾，把她紧紧抱到了怀里。李冬萍不仅没有丝毫抗拒，还主动献上了长吻。抑制了良久的爱火一旦爆发，世间没有任何东西能够阻挡，两个早已情投意合的年轻人忘掉了一切，也忘掉了自己，眼中只剩下对方，如胶似漆，抵死缠绵。

也不知道过了多久，李冬萍睁开眼睛时，天已大亮。看看四周，原本整洁的闺房像被洗劫过一般，乱得无法形容，再看看自己，平素优雅知性的美人，把男人的肚皮当枕头，睡姿简直不堪入目。反而身边酣睡未醒的周乐乐，居然保持着一份沉静，躺得四平八稳、中规中矩。

五

"醒了？"闭着眼睛的周乐乐忽然开口问了这么一句，吓了李冬萍一跳。

难怪这家伙睡相看起来一本正经，原来早醒了！李冬萍立即意识到自己此时狼狈不堪的模样，连忙穿好衣服，整理了一下头发，正要去洗漱，终究舍不得离开这个缠绵了一夜的男人，轻轻叹了口气，重新躺回床上，依偎在周乐乐的身边。

“叹什么气？”周乐乐伸手搂住李冬萍，低声问道。

“怎么能不叹气，一切都过去了，没了蚁后，我也没有了价值，等会儿九房叔说不定就要把我们赶走。我没了工作，连吃饭都成问题。”李冬萍的语气，却没有多少担忧的意思。

“不是还有我吗？你怕我养不起你？”周乐乐笑道。笑归笑，他其实很清楚李冬萍说得一点没错，粟军花费了这么多钱和时间，当然想从白蚁研究中得到一点什么，如今一切成空，损失巨大，对自己和李冬萍未必会有什么好脸色。

“你的冲洗车也被他们砸了，如果九房叔不肯帮你修好，你自己也一身麻烦，我怎么可能还要你养。我只是觉得可惜，原来以为利用在学校学的知识能为国家做一点贡献，现在却连工作也找不到，白读了这几年的生物学。”李冬萍幽幽说道。

“你的研究成果不是有重大意义吗？难道没有科研机构用得上？”周乐乐终究不是什么都懂，没弄明白李冬萍所学专业的就业形势。

“很难。”李冬萍不愿意解释太多，顿了顿，又说道，“英雄梦已经醒了，我也该回到现实。现在的我，和一个理科应届毕业生分别不大，没有任何生存的技能，现在都不知道该做哪一行好。欠你这么多，根本就没法补偿。”

“你不是以身相许了吗？”周乐乐看出李冬萍内心的彷徨，一边开玩笑，一边轻抚她肩膀以示安慰。

“以身相许是因为喜欢你，你值得这么做。如果拿这个做补偿，我不是变成卖身了吗？”李冬萍哼了一声，不大接受周乐乐的俏皮话。

“那就找份文职工作，从头开始呗。”周乐乐满不在乎地说道。

“专业不对口，我能做什么？”李冬萍苦笑着问道。

“看来你完全不了解东关这个地方。”周乐乐总算明白了李冬萍焦虑的源头，暗暗好笑。这个美貌与智慧兼备的女孩子毕竟没有多少社会经验，不知道东关现在有多缺人。

“你的意思是？”李冬萍皱着眉头问道。

“今年东关的大部分企业都缺乏文职人员，要求非常低，只需要懂电脑基本操作，就可以接受。哪怕没有工作经验，这些公司也愿意从头培养。你虽然专业不对，好歹是个正正规规的本科生，综合素质相当高，加上相貌和身材的优势，根本就不愁找不到工作。正规的公司只要肯学肯做，几年下来升迁没有多大问题。”周乐乐因工作原因，与各行各业均有接触，对目前的就业形势了如指掌。

“真的吗？”李冬萍眼睛一亮，抱紧了周乐乐。

尾　声

一

“我不想打扰你们两位的好事，但现在手头一堆麻烦，你们还是先处理了再继续亲热吧？”

粟军的大嗓门在房间外响起，周乐乐和李冬萍才意识到房子里还有一具尸体，现在确实不是卿卿我我的时候。

“白蚁蚁后被你们弄死了？”粟军好好休息了一夜，精神恢复了不少，终于问起了这个问题。

“是，蚁后如果再回到他们手里，后果不堪设想。”李冬萍早已有了思想准备，平静地回答。

“你对我说过的巨大经济价值，也成了泡影，是吧？”粟军半躺在沙发上，脸色如常，看不出他心里想的是什么。

“九房叔的损失，我们会想办法补偿。”周乐乐握着李冬萍的手，说道。

“你打算怎么补偿？陈勇斌是你杀的，他是逃跑时被你开枪打死，属于防卫过当，你自己很可能承担法律责任，搞不好要蹲几年班房！”粟军冷冰冰地把周乐乐的话顶了回去。

李冬萍的心沉了下去，她一直没有考虑过这个问题。现在他们对粟军已经没有什么利用价值，粟军当然也不会动用自己的人脉帮他们的忙。难道刚和周乐乐确定了关系，就要被迫分开吗？

“没有办法，如果让他跑了，我们说不定一个都活不了。”周乐乐苦笑着说道。

“我知道，但人是你杀的，你总不会把罪名推到我头上吧？”粟军不阴不阳地说道。

“既然我做了，也就会承担一切。”周乐乐早已有了思想准备，也没有太把这事放在心上。

“你这小子倒是看得开。你呢？这小子估计得坐几年牢，你打算怎么补偿我的损失？”粟军把脸扭向李冬萍，问道。

“九房叔难道不肯帮我们？”李冬萍轻声问道。

“我帮你们还少吗？为了你们，餐厅我没法开了，这房子也成了犯罪现场，以后谁还肯租？这一堆实验器械花了多少钱，你很清楚吧？还别说欠下了丁大少天大的人情。你觉得我还得怎么帮你们，难道对警察说人是我杀的？”粟军的声音更加冰冷，没有一点温情。

“几年后，我出来了，再从头打拼，这些损失都会想办法还给您。”周乐乐不卑不亢地说道。

“你是打算把所有的锅都一个人背了？”粟军淡淡问道。

“他出来的时候，欠您的我已经还清了。”李冬萍见粟军如此翻脸无情，心头火起，也冷冷回答道。

“哦？看来你还算有良心，打算怎么偿还？”粟军脸上闪过一丝不易觉察的微笑，问道。

“我是学生物学的，还知道一些研究机构，这些实验器械能够打折转卖给他们，剩下的钱，我马上去找工作，从基层文职人员做起，两三年内争取在企业里做到中层主管级别，这些损失可以在几年内还清。”李冬萍刚与周乐乐商量过这事，这时把周乐乐的指点搬了出来。

“没有我帮忙，你能找到什么好工作？”粟军冷笑道。

“东关目前缺乏文职人员，如果找不到，也先找个包食宿的地方，再骑驴找马，不至于饿死。只要不死，总有还清欠债的一天。”李冬萍满脸平静地回答。

“你甩了这家伙不就什么事都没有了，用得着这么麻烦？”粟军忽然笑道。

“他以后说不定比你厉害多了，为什么要放弃这个潜力股？”李冬萍对粟军满心失望，没有留意对方神情的变化，恨恨反问道。

“到这地步了，你们都不肯乖乖来求我吗？”粟军皱着眉头问道。

“你和我本来就是互相利用，这个时候我没有了利用价值，求你有用吗？”李冬萍咬着牙答道。

“别说了，刚才九房叔一直在逗你呢。”周乐乐按住李冬萍的肩膀，笑道。

李冬萍愕然，粟军捧腹大笑。

“看来这个小丫头对你真心实意，我没看错人。等会儿警察来了，你把开枪的时间改一改，说成是陈勇斌和我打斗时，你为救我开的枪，他是中了钉子后逃跑不成暴毙的，懂吗？还等什么，打电话报警啊！对了，顺便叫几份早餐外卖！”粟军打着哈哈说道。

二

不管怎么说，人命关天。既然死了人，有关部门的调查是不可避免的。

国外极端组织利用白蚁制造大麻烦的计划没有正式实施就已经夭折，就算实话实说，调查人员也不会相信这回事。粟军早已有先见之明，就这事与周乐乐、李冬萍统一口径，最后的结果，无非是东关一个涉黑组织对粟军这个隐形富豪眼红，利用一系列非法手段意图掠夺财物和绑架当事人，最终被房主及住客正当防卫，惨死室内。

粟军、周乐乐和李冬萍作为涉案人员，经受了多番调查，最终回归自己的正常生活，已经是一个多月后的事。

粟军这个隐形富豪，继续收租和开餐厅，生活没有受到影响，虽说花费了大量的时间和金钱，并没有得到什么好处，但经此一役，他自觉获得了精神上的丰收，为国为民办了大事，此生无憾。

对周乐乐来说，粟军仗义承担了他修复高压冲洗车的费用，往后的生意可以继续做下去。只是经历过这一场变动，他的心理发生了变化，改变了对人性的怀疑，且意识到合作的重要性，终于把自己的车辆和生意转租出去，寻找袁笑生一同创业。袁老板因为副手王云遇害，更一度被陈勇斌派人监视和威胁，生意和管理都乱作一团，正在焦头烂额，周乐乐的加入自然是真正的雪中送炭，哪有不欢迎的道理。周乐乐能力出众，完美填补了王云的空缺，成为袁笑生的左膀右臂，公司很快摆脱了各种发展的不利因素，进入快速发展的轨道。

损失最大的，似乎是李冬萍。原本伪造身份进入跨国组织的她，因为参与了核心研究，并取得了最关键的数据，身价难以估计。但是她为了国家的利益，牺牲了一切，连白蚁皇后，也亲手弄死。这一切归零的时候，李冬萍也回归到了一个应届毕业生的尴尬境地，一切从头开始。但金子总会发光，周乐乐说得一点不错，李冬萍的综合能力是东关这个城市需要的。没有花多少时间，她已经找到了合适的工作，备受器重。而她认为自己最大的收获，是得到了周乐乐这么一个特别的男人。

那次奇特的大水蚁事件，犹如昙花一现，很快被人们遗忘。没有人知道东关有这么几个人为了化解这场大灾难险些牺牲性命。正如早已预料的结果，这类没有变成事实的计划，最终会烟消云散。说不清道不明的问题一旦摆到桌面上，后果更加难以预料，不如自己消化了。

周乐乐有时会回忆起省城脑科医院里那个疯子方刚曾经说过的话，自己在他的眼里是一只大水蚁，始终没有想明白那是不是巧合。

（全书完）

后　记

我工作和生活的这个沿海城市，每年春夏之交，都要闹几次大水蚁。

不知不觉又到了时候，这天暴雨过后，一个朋友用手机拍了个小视频发到微信群里，只见一大群大水蚁铺天盖地般飞扑向路灯，刺眼的LED光芒在这群疯狂的昆虫面前也变得忽明忽暗，看得我头皮发麻，脑海里却灵光一闪，开始构思起这本小说来。

幼时受到的教育作祟，我多年来总把白蚁看作十恶不赦的害虫，哪怕从《舌尖上的中国》里得知蘑菇中最美味的鸡㙡菌必须生长在白蚁窝边，也没有改变印象。然而，查阅了大量有关白蚁的资料后，却发现它们本来是地球的原住民，有着远比我们人类更悠久的历史，之所以对我们穷凶极恶，是因为人类侵占了原本属于它们的地盘！

困惑打乱了我的构思，不断推翻先前的设想后，一本人蚁大战的科幻小说，变成了人性善与恶的争斗，大水蚁沦为了被坏人利用的工具，主角周乐乐反而当了蚁后的间接保镖。再写到后面，我又莫名其妙地把自我心灵救赎提升到了和救国差不多的高度，感觉思维越来越不受控制。

纠结中写完了这本书，从头翻看，面目全非。

情节是老套的，故事的主角却真有其人，且性格相似——当然，没有做出小说里拯救国家的壮举。不过这位现实中的周乐乐并没有小说里那么年轻，比我还大着几岁，已经年近五旬，与我聊天时，那句“我这辈子都只能钻在臭水沟里，爬不出来啦”听得我心头沉甸甸的。

这个人，在我人生低谷的时候，给过我很多帮助和建议。他乐观开朗的性格、百折不挠的意志力，我至今折服。既然在残酷的现实里他不能扬眉吐气，我就让他在我的小说世界里当一回英雄吧。

可惜，直到最后，书里的周乐乐还是沉寂依旧，默默无闻。

不过，我更喜欢这个全新的周乐乐。他战胜了命运、战胜了自己，也帮助朋友和伴侣战胜了自我，这样的人，比科幻小说里的英雄更接地气。

看来，我真的不适合写白蚁，更擅长写人。

何鹰

2020年7月8日